大地时辰

张远文 著

天津出版传媒集团
百花文艺出版社

图书在版编目（CIP）数据

大地时辰 / 张远文著. -- 天津 : 百花文艺出版社, 2025. 6. -- ISBN 978-7-5306-9136-6

Ⅰ. I267

中国国家版本馆 CIP 数据核字第 20253G037N 号

大地时辰

DADI SHICHEN

张远文 著

出 版 人: 薛印胜

策划统筹: 王 燕

责任编辑: 王 燕 徐 姗

封面设计: 彭 泽

出版发行: 百花文艺出版社

地址: 天津市和平区西康路 35 号 **邮编:** 300051

电话传真: +86-22-23332651（发行部）

+86-22-23332656（总编室）

+86-22-23332478（邮购部）

网址: http://www.baihuawenyi.com

印刷: 河北鹏润印刷有限公司

开本: 880 毫米×1230 毫米 1/32

字数: 200 千字

印张: 10.625

版次: 2025 年 6 月第 1 版

印次: 2025 年 6 月第 1 次印刷

定价: 58.00元

如有印装质量问题，请与河北鹏润印刷有限公司联系调换

地址:河北省沧州市肃宁县经济开发区

电话:(0317)7587722

邮编:062365

目录

惊蛰·平旦

芒种·隅中

白露·亭午

秋分·日稷

小雪·人定

惊蛰·平旦

最初的晨曦,最后的暮色,从东边到西边,一点一点,水淋淋地漫漶过来,藤蔓与树梢上挂满了历朝历代的鸟鸣。几只散落在水面的白鸟,伸长细细的脖子,鼓出亮闪闪的眼睛,灰白色的羽毛掠过折叠的水面,泛出远古的油光。翩翩双翅,仿佛就从两千多年前的黎明,飞到了两千多年后的黄昏。

半瓢月光

月光是个好东西，半夜三更洒在庄稼地里，不厚此，不薄彼，茂绿的萝卜白菜不多沾一瓣，枯黄的红薯藤也不少附一粒。月光，浮在树梢、草叶上，也溶在屋瓦、篱笆中，随着不屈不挠的鸡鸣一声，狗吠一阵，月白的光就跳脱脱的，沿了山坡，循了溪水，悄无声息地顾盼有情。坡陡，它也陡；溪深，它也深。待溜进屋檐、水缸、灶台，早起的人们随便舀起一瓢或是半瓢，水便有了光，光中有了水，或者说，水便是光，光就是水。天刚麻麻亮，各家灶台的炊烟升起来，袅袅的，整个村子刹那间死寂寂地活了过来，许多逐一光明的事物，被无法定格的草鹀、鹞鹰，一翅一翅飞到很远。

村子活过来的时候，很快，没有了月光，只有村子，低处不紧不慢的生机，经年如新。看得见最早的黎明，蓼子草给泥土上色，花朵为果实让路，一只瓢虫趴在露水里击壤而歌。没有了月光的村子，灰扑扑的，整个轮廓有些漫不经心，甚至是潦草。屋顶的小青瓦，黛幽幽的，鱼鳞般朦胧的光，从屋檐上早早滑下来，如同一只薛定谔的猫，将生死有无叠加在前庭后院的鸡鸣狗吠中。水缸里，先前荡漾成碎银子似的月光，也随了灶台燃烧的柴火，毕毕剥剥隐了身形。日升月落，天边，略显羞赧的太阳光，在云层罅隙里遮遮掩掩，先是一抹嫣红、粉红，然后是一线橘红、杏红，而后成了簇簇的朱红、枣红，不过一袋烟工夫，漫天的霞光迸射出来，笼了整个村子，疏疏离离的屋舍，瞬间有了蓬荜生辉的气息。阡陌田畴，丘垅墟曲，鸡鸭斜了翅膀，牛羊晃开步子，男人扛着犁耙，女人背上背篓，鸟雀音声相和，草木高下相倾，颇有点陶潜“晨兴理荒秽，带月荷锄归”的归园田居景象。

磕磕绊绊的日子过得久了，常年生活在村子里的人们，并不觉得月色、晨光有什么稀奇、好看。他们低下头来，需要盘算的是“清明前后，种瓜种豆”，“清明谷雨两相连，浸种耕田莫迟延”……大清早起来，男人首先得到溪边井旁，挑着一担担月色回家，将沉浸了一整夜的新鲜的水，挑满水缸。女人们则拿了棒槌，在溪边，起起落落地捣洗头天晚上换下来的衣物，彼此匆匆忙忙、扑脚翻天。然后是，男人劈柴，女人烧火，急切切做饭，红薯米、南瓜汤，一阵稀里哗啦碗筷乱响。男人一仰脖子，碗底朝天，又意犹未尽，长舌顺势舔了舔转动的碗沿，咂巴咂巴双唇，伸出青筋突露的手，下意识抹抹嘴，一顿囫囵吞枣的早餐，算是迅雷不及掩耳地完成。女人往往会小心端了碗，并不上桌坐，只是站在一旁，低头瘪了瘪嘴，略显斯文地吞咽，不管饱与未饱，待男人的碗筷一落桌，便默默弓身收拾，一瓢水落入灶锅，顺手操起丝瓜瓤，窸窸窣窣净了碗筷，一双湿手抹了抹了耳边鬓发，抖一抖绣有并蒂莲花样的衣襟，旋即回转身，镰刀锄头在手，随了男人上山下坡，一前一后，双双致力于田间地头的事事物物，风来雨往，该当如何，便是如何。日子晴过了头，蓄不下秧田水，一时兴起，还会一起扯了嗓子，高腔的锅，想起五黄六月的愁眉苦脸，感觉每一锄大大小小的土块，都是可以救命的亲人，每一缕掠过双肩的风，都是绿油油的，每一缕指缝间漏下的月光，都是香喷喷的。事实上，那块荒地，在每年青黄不接的日子里，确凿让全家人得以勉强果腹，续了全家老小的性命。或许是结草衔环，又或许是心有戚戚，不知在何处完成自己，事隔多年，英年早逝的二哥，长久地躺在这块荒地旁，将自己存放在最近的雨水里，举出几朵小花，心心念念守着它。除了坟头未荒，其他的，却彻底荒了。每次清明，陪二哥抽支烟，我都沉默着，不多说一句话，看似唾手可得的兄弟相见，终究隔了一道荒芜得太久的月光，近在咫尺，却又遥不可及，心慌，亦心荒。

老家的村子，说句实在话，算不上完整意义上的村子，没有前庭挨后院、屋檐搭屋檐的密密麻麻，全是东一栋，西一间的，散落在溪旁、路边。乌黢麻黑的天，偶有一星灯火，从浓稠的夜空挤将出来，很像是田野上某只落单的萤火虫，可怜巴巴的，一闪，一闪，闪着闪着，就闪没了。家中的灶台，铺陈得有点与众不同，土砖三合泥砌成，环了三孔灶眼。灶面上安放有大、中、小三口灶锅。大凡屋里有红白事路时，大锅多用来上木甑蒸饭，平常倒是熬猪食的时候多；中灶锅，用来煮饭，小灶锅，作炒菜用，中锅与小锅相接的夹弧处，凿一小孔，置放鼎罐，无论是小灶或是中灶生火，鼎罐连带受热，罐内始终会有热热的水汽氤氲，可供洗菜、洗碗。灶台边烧早火，是个技术活儿，得用细细的枞毛、楠刷垫底，然后架上细细的干柴，劈了小块的枞膏，用火柴点燃。待燃烧得透亮时，再将略略粗一点点的干柴拢进去，整个过程由细到粗，由慢到快，由虚到实，需要循序渐进。若是柴火架得太实，少了足够的空隙，又或耐心不够，虚架的柴火塌了，稍有不慎，灶火便会熄灭，得重新再来，留下满屋青烟，熏得人眼泪双流，呛得人咳天咳地的，麻烦得很。若是寒冬腊月，将晚上用灰埋好的火籽缩手缩脚地扒拉出来，架好柴后，就用吹火筒，深吸一口气，鼓起腮帮子，接二连三的，使劲吹，直到灶火"嗤嗤嗤"地燃起来，黑黢黢的屋里，瞬时有了可喜的辉煌与亮堂。火烧得旺，不时爆出噼里啪啦的响声，大人见到就会说，这是笑火，说不定会有亲戚六眷，或是远客，走进屋门槛来做客，得好生招呼。

灶台上早过晨曦的炊烟，与月色最为亲近，有它的灵性。它的颜色，它的形状，它的味道，与生命的气象息息相关。年成好时，炊烟厚实、灰白，热热乎乎，飘飘摇摇，扭来扭去，有着手扯白糖的绵长劲道，又咕嘟咕嘟弥出饭菜的醇香；日子紧时，炊烟稀薄、青黑，有气无力，东倒西歪，若有若无，像是月色中的一炷熏香在祷告上苍，来年多雨水，多庄稼，多收成，不至于两手空空，比天空还空。大白天，从村子到镇上的小路，弯弯曲曲，知趣的小草慢慢退到两旁，为脚步让出一条通道。路旁，枝条舒展的黄荆条开出蓝花儿，硕大繁茂的丁香开出紫花儿，有棱有角的绣线菊开出白花儿。野地溪滩上，黄蒿、青蒿、艾蒿簇簇丛生，浓香、馨香、清香涵蕴淋漓。田间地头边，苞谷抽出长长的穗须，黄豆绽出椭圆的嫩叶，红薯牵出翠绿的藤蔓……所有鲜活的生命，都在日升月落中皈依、轮回。时移境迁，春耕夏种，守秋晒秋，有朝一日，它们都会在村寨人家的灶台边缓缓集结，薄暮时分化作鼎盛的灶火，袅成稠密的炊烟，与月色久别重逢，与岁月浑然相融，轻而易举地逾越人间。

太阳晒人，月亮撩人。父母起早贪黑，需要在太阳底下，犁田耙地，割茅打草，烧炭伐木，烧草木灰，烧石灰……汗长水流，想方设法养活一大家人。小孩子，自然也不能闲着，家里各种各样的琐碎活计，都得帮着做。从镇上那栋唯一的三层楼木房子念完书回来，拾柴火、捡稻穗，扯猪草、熬猪食，生灶火、煮夜饭，也是忙得团团转，两头翘。最要命的是，掀开米桶，桶底见光，不知如何是好，心绪瞬间便黯然到了极点。二哥长我几岁，面子薄，怕丑，借米的事，自然而然落到我身上。每当此时，我本能地想急速逃开，二哥倒是眼疾手快，一把将我准确无误地揪了回来，急煎煎地瞪眼：去，还是不去？我只好噙了泪，一步三挪，磨磨蹭蹭，端了撮瓢，拎了升子，去了东家往西家。或许是村人看我面黄肌瘦、可怜兮兮的样子，遭罪得很，大凡自家屋里有过三两升米，都会匀给我一升或半升，我鸡啄米似的低头鞠躬感谢，只差五体投地地匍匐磕头。村人爱怜地摸摸我的头，交代我小心端好米，说："谁都有过缺粮少顿的时候，快点回去，不然，灶锅里的水都会烧干的！"我不敢跑，生怕撒了米，只能是飞快地走回家，快近屋门口，就大喉咙大嗓门儿地喊："二哥，二哥！"二哥知道我借得了米，阴焦的脸顿时舒展得像朵花，连声说："佬佬好脚色，佬佬好脚色！"然后，我就趴在灶台旁的板壁上，用黑火炭写上：某年某月某日，借到某某家一升或半升米。到了家里有米还时，父母便交待，借时浅，还时满，升子堆个小尖尖。后来的很多日子，每想到此，我心里便会涌过阵阵暖流，滚烫烫的，不管哪个人、哪个村，老得有多快，活得有多慢，不管野花说了什么，落叶说了什么，溪流说了什么，山石说了什么，撒欢的牲口说了什么，村人一是一，二是二，吐口唾沫是个钉，他们的淳朴、善良、厚道与悲悯，都是如此地与日俱增，盛大夺目，远胜庄周贷粟的愤然作色，颜子借粮的怏怏而归。

天，不止一次地暗下来，山云过后，月亮缓缓升起，月亮地里，一茬一茬的庄稼，如云中旌幡，在风中，与月色喁喁私语，它们要把积攒了整整一个季节的悄悄话，说给山听、水听、云听、雾听、月色与星光听。或许，庄稼的确会记住许多的事情，风一吹，月亮一照，村庄里每一个全新的旧日子，都历历在目，屈指可数：张家娶的媳妇，李家盘的老人，隔壁丁家添的孙子，湛家冲新起的木屋；上河坪的白菜，沿溪坪的萝卜，老街上的豆腐，新街上的店铺；闲得打盹儿的云，惊风似的雨，长空雁叫的风，全在峰回路转的婆娑之中，青黄枯荣，叶贴着叶，枝靠着枝。

说到底，我算是个记性差的人，记不住许多的事情，许多的事情也记不住我。常常，莫名其妙的，试图走出院门，结果，风一吹，愣愣的，又被刮了回来。我只好老老实实地待着，等待着一些事情的发生。直到有一天，苇风簌动，我顺手拿起水缸边的瓢，舀起了半瓢月光，我才突然发现，村头那棵巨大的苦楝树——早已倒掉的苦楝树，忽然又在月光中站了起来，稳妥妥地，站成一个枝繁叶茂的图腾。朦胧且芬芳，犹如风中摇曳得一动不动的村庄，每一道沧桑的门扉，都可以装载月光，亭亭独坐，夕夕清欢，只是，没有视频，没有导航，也没有签证。

许多的时光，或已辜负，或待辜负。故乡之上，还有故乡，很多事物披上卑微的袈裟，需要亲近，也需要远离。独处一隅，苍茫的月夜，这么远，那么近，一岭岭风中喊疼的树，可以被忽略，可以被忘记，却无法被消逝，被虚拟，因为，它早已准备好银晃晃的枝条，供万物栖息。

山河故土，月晕而风，青木簌簌，梨花满枝。此时此刻，站在时间之外，无需等待，也无需烦忧。

大地上的时辰

一

一个村庄的时辰，大抵是从鸡叫头遍开始的。

起先，略显漆黑的夜里，鸡鸭猪狗，尚有窸窸窣窣的响动，翻地枇杷似的，若有若无。很快伸手不见五指，人和村庄，一天累下来，瞌困得要死。飞禽、走兽与草木，同样，被夜色罩得严严实实，默不作声。

大地一片寂静。

各种形状与味道的风，从一个村庄吹过来，又刮向另一个村庄。

远近高低、深浅不一的“黑”，从屋檐、从树梢、从篱笆、从田埂，铺天盖地皴染开来。

远山的黛黑、炉灶的炭黑，犁耙的棕黑、锄头的藏青、近树的墨黑，毫无例外，都隐匿在时间的深处，等待着一些事情的发生。

乌黑，亮黑，恍惚若有光。

一只大红冠子的雄鸡，扑棱棱，抖了抖翅膀，扯起长长的脖子，庄严地鸣叫起来，激昂、霸气、雄壮、悠长。先是一只，接着是另一只，再接着是，此起彼伏的一群。

时辰到了。鸡，叫亮了天，也叫醒了整个村庄。

天刚麻麻亮时，各家各户的门，吱吱、唧唧、哐哐，各有节奏响起来。然后是哈欠声、脚步声、呢喃声、咳嗽声、吆喝声，以及桶桶钵钵、锅碗瓢盆声，声声不息。男人光着膀子，提起裤子跑，劈柴的劈柴，挑水的挑水。女人手忙脚乱，烧火的烧火，洗菜的洗菜。不过一袋烟工夫，家家户户屋顶上的炊烟漫上来，青青蒙蒙的，婆娑而又新鲜。

不一会儿，缕缕霞光，从山头脊线溢出来，带着夜晚的水汽，轻车熟路，照亮暗处的事物。

村口的树，片片叶子沾了露水，灵泛而耐烦，把土地深处的事情说给风听、云听、飞过的鸟听。云朵，一会儿歇在树上，一会儿伏在屋顶，一会儿又潜到小溪，变幻成自己想要的模样。

天空、山峦、云朵倒映水中，汪然平静。几尾游鱼，或是鲫壳板，或是烂鱼婆，尾巴一摇一晃，尖嘴一张一合，穿过树杈，越过山巅，漾了一袭白白净净的云，游向天空。几只黄狗、黑狗，在篱笆边相互追逐，欢欢的，蹿来蹿去，偶尔来了兴致，又朝天“汪汪”吠上几声，喊山似的。

此时，天苍苍，野茫茫，鸡出笼，牛出栏，男人上山，女人下地，整个村庄的事事物物，硬是不约而同地活泛、热闹起来。

我所在的村庄——花翎桥，其实算不上一个完整、标致的村庄。并不多的屋舍散落在湘黔公路（今 319 国道）两旁，稀稀疏疏的。风一吹，暗处角角落落的事物就现了原形，有点可怜巴巴。三三两两的雨点，间或敲过来，屋顶上的炊烟顿显凌乱，怪模怪样的，很快遁隐在青色的天空，仿佛从来都没有升起过。

村子背靠的山湾，叫鸡公湾，不高大，不巍峨，稀松平常得很，感觉并不太像一只公鸡。在山尖尖上，差不多应该说是鸡冠上的位置，我家曾有一块地，不大，也不小，一层层，蚯蚓似曲着、环着，阳光最早抵达，又最晚离开，适合种红薯、油菜、苞谷、高粱。地中央，有棵苦楝树，枝不繁，叶却茂，树冠刚好圈了两三个簸箕大的地儿。劳作累了，可以躲荫歇凉，从容地抚摸一年到头，甚至一生的苦累与伤痛。

村子里的纪年，有时并不完全依靠公历或农历，往往是依村子里发生的大事件来记忆。譬如，说到某年，往往会说，小溪里涨洪水的那年、麻二佬家牛被偷的那年、木脑壳起架子屋的那年、四大爷盘媳妇的那年；说到某月，会说正是阳雀叫得亮的时候、烧草木灰的时候、割冬草的时候、碾米推磨打糍粑的时候……

村子里的人，唤小名的多，叫大名的少。小名叫得多了、久了，大名往往就给忘了。这些小名或者说是乳名，稀奇古怪的，贱得很，说是粗生粗养，才好。村子里，长得高的，多叫麻秆；长得矮的，称牛屎坨；不想事的，唤铁脑壳；倔强一根筋的，名揪脑壳；生出时斤两重的，叫八斤、九斤；成天在田间地头不歇脚的，呼地二佬；长得憨实的，为憨牯子；长得妩媚水灵的，曰秋怪婆。如此，早上天刚亮，或傍晚麻眼时，一村子的乳名，蠢蠢欲动，大呼小叫，甚是热闹。

太阳由东到西，升高，落下。人拖着影子，树拖着影子，云也拖着影子。人到树下，人的影子不见了。云到树上，树的影子无影无踪。天地之间,各种事物的影子,随了不同的时辰,彼此纠缠,彼此消长,彼此融合。

一天天,一年年,风吹过它曾经吹过的地方,雨落在它多次落过的村庄。风风雨雨中的庄稼,从立春到立夏,从秋分到冬至,青了黄,黄了青,长了一茬又一茬,像是从遥远的梦中回来,全是季节的质感与味道。

很多次,我站在山尖尖的苦楝树下,望着村庄里的一切。一些人,从村前的马路走出去;一些事,从屋后的田塍走回来。前前后后,来来回回,每个人,每件事,无论愿不愿意,最后都一遍又一遍,成为村庄的一部分,辽阔而幽远,微弱且深情。

二

立春日。万物开始复苏。

最初的嫩芽,是从村庄的矮墙缝里挤出来的。微风拂过,探头探脑,活灵活现。

父亲与村庄醒得很早,比往常至少提前了半袋烟的工夫。

“一年之计在于春”,这是村子里人人都知道的事情。一大清早,村人走东走西,轻手轻脚,生怕踩疼坪场上的嫩草芽儿。有风吹过,有云飘来,各样的芽儿,俯仰参差,嫩鲜鲜的,活蹦乱跳。

父亲,抿着嘴,艰难地笑了笑,抡起瓢,喝了瓢凉水,随手拾起箩箕里的一个红萝卜,狠狠地咬了一口,嚼得满口流汁,随后又递给我,让我也咬一口,算是“咬春”。

父亲手脚勤快，母亲会安排划算。这在村子里是出了名的。

三下两下，扒拉完粗糙的红薯米早饭，又顺势喝一大碗“浪锅汤”，父亲紧了紧衣服，将刀匣子捆在身上，一把锃亮的柴刀插入身后的匣中，又担上一担撮箕，扛起锄头，前往王里丘、露长丘的油菜田里，给油菜摘薹补肥。母亲到后山扯上一背篓猪娘子藤，咚咚咚切了，拌上米糠，喂完猪食后，在菜园子里开始挖地、撒种、薅草，忙活了大半天，又扑脚翻天提了箪篓，匆匆忙忙，给父亲送饭到山上。土地上的事情，总是忙不完的。

日子，不长，不短。空蒙蒙的天，往往从明晃晃的水田里亮开，又从碧如烟的油菜地里黑起。水田里的天，有形状、有颜色、有气味，像是印章，盖在青绿的画里，又似一枚银簪，别在黛青的髻中。油菜地的天，青碧，厚实，有鸣虫爬上爬下，有蜜蜂、蝴蝶飞来飞去。枝枝叶叶间，天与地，没有大起大落，也没有大悲大喜，眨一眨眼，处处寂静而澄清。

父亲读过两年私塾，多少懂些文化。闲暇时，总喜欢背了一双长满老茧的手，东走走，西逛逛。村子里的石头、矮墙、菖蒲、狗尾草都认得他。他也熟悉那些长年累月待在村子里的阳光、空气和水分。比如，老街上的阳光，比较古旧，上桥的空气有股子豆腐脑的味道，颜家的水汽里总带有一缕潮湿的芷草香，桑树塔的风里有枫香树上鸟鸣啾啾的情绪。

后来的某一天，父亲说，做农活儿的人，得懂二十四节气，不然，手慌脚乱，青黄不接，会失了做阳春的方寸，并随性念起了顺口溜：“春雨惊春清谷天，夏满芒夏暑相连。秋处露秋寒霜降，冬雪雪冬小大寒。每月两节不变更，最多相差一两天。上半年来六廿一，下半年来八廿三。”

从父亲那里得知，原来，每个节气分为“三候”，五天为一候，二十四节气有七十二候。同时，三候谓之气，六气谓之时，四时谓之岁，由此，有了“气候”。譬如，立春的三候，初候时“东风解冻”，二候时“蛰虫始振”，三候时“鱼陟负冰”。惊蛰时，初候，桃树开花，到了二候，黄鹂鸟开始鸣叫，三候时，布谷鸟出现于田野。

再后来，我终于知道，二十四节气中的立春、春分、立夏、夏至、立秋、秋分、立冬、冬至，古人称为“八节”。一年四季有八个方向的风，古称“四时八风”。春分和秋分这两天，昼与夜时间相当，称之为“日夜分”。立春、立夏、立秋、立冬，四立者，为生长收藏之始——春为发生，夏为长嬴，秋为收成，冬为安宁。且“木火土金水”五行在四季中两两对应：木主春，火主夏，金主秋，水主冬，土居夏与秋的中央。木生火，火生土，土生金，金生水，水复生木，周行四时，年年无异。

大挠作为黄帝时的史官，又作甲子，即干支计时法。《周礼》中就有“掌十有二岁，十有二月，十有二辰”的说法。十天干，即甲、乙、丙、丁、戊、己、庚、辛、壬、癸。十二地支，即子、丑、寅、卯、辰、巳、午、未、申、酉、戌、亥。天干与地支相配，一个循环可计六十日。十二地支将一昼夜分为十二时辰，对应于今天的二十四小时。半夜十一点到一点的时间为子时，一点到三点为丑时，三点到五点为寅时，其余的依此类推。地支计时，还有着许多好听的别称，如寅时，又称平旦、黎明；巳时，又名隅中、日禺；申时，又叫晡时、日稷；亥时，又名人定、定昏等。干支不仅计日，还计年、月、时辰，构成中国大地上独特的计时方法，一直袭用至今。

村子里的人，一天到晚，一年到头，其实，该干什么，不该干什么，并不需要太多上古的理与论，只要抬抬头，看看天，看看云，看看树，看看鸟，就知道了。

朝霞不出门，晚霞行千里，云向北，一阵黑，云向南，雨涟涟。屋里的水缸返潮，田里的蛤蟆乱叫，雨水即时就会来到。瞅一眼对面山上的山岚雾气，迟雾阴，早雾晴，半夜来雾雨不停。桃树开花，种豆点瓜；桃花落地，豆子落泥，青蛙打鼓，豆苗入土。梨花香，要早下秧；到了惊蛰节，耕地不能歇。处暑里的雨，谷仓里的米，等到豆子开了花，便可捞鱼又摸虾。

土能生万物，地可发千祥。一块土地，四季轮回，细碎的风中，泥土在开裂，稻子在抽穗，流水在浇灌。无数的庄稼，叶对叶，芒对芒，秆对秆。地下，蚂蚁营巢；地上，鹞子翻身。处处山花烂漫，野果遍地。风来，雨过，有的是花鸟草虫，多的是飞禽走兽；日升，月落，有的是青树翠蔓，多的是蒙络摇缀。

小满后的村庄，始终在寻找一块适合它的土地。一块土地，同样需要一个自自然然的村庄相依。就像一棵树，成百上千年，一直在找那片适合它的叶子，叶子也在找那棵可以风雨相伴的树。找到了，叶子开心，树也满意，树深秀蔚然，叶子也特别好看。人勤地不懒，青黛漫山，群鸟啁啾，蜻蜓点浪，碧水潺潺，春夏畦畦禾苗，金秋瓜果飘香。村庄与土地，彼此找到了，土地开心，村庄称心，人也舒心。

三

村庄，是大地的徽章。有的方，有的圆，有的压铸，有的蚀刻。每一块土地上的徽章，各循山形水势，千形万状，色泽质地，各不相同。这枚徽章，草木为邻，禽鸟为伴。佩戴它的人，行于阡陌，歌于水畔，在时光深处，回响出磅礴的寂静之声，常常隔浦隐约，一派天籁。

村子的水塘边，亭亭玉立的高粱、苞谷，将自己的影子一不小心，掉进水里。一只从黑夜飞过来的鸟，栖息在二毛家的水牛背上，左顾右盼。很快，另一群白鸟，争先恐后，俯冲而下，扑翅，尖喙，打捞水里的影子，结果又将更多的影子掉入水中，且无端地四处荡漾、凌乱。

水塘，连着环村而过的小溪。小溪连着村庄，将无数萝卜、白菜、芫荽、葱姜蒜的夜话，捎向远方。丝瓜牵了玲珑曲卷的藤，黄瓜撑开宽卵形的大叶，四季豆开出浅紫色的花……土地，仿佛听从季节号令似的，循序渐进，变着花样，长出一个村庄连绵不断的生机与欣喜。

村子里的人，被各样层层折叠的事情绊住了脚，无法完全起身。田里插秧管水的事儿、山上割茅打草的事儿、院子里猪狗牛羊的事儿、菜园豇豆莴笋的事儿……硬生生，把人活成了事儿。

人活成事儿，并不打紧。打紧的是，有时抱着自己无法动弹的身子，想在霜降日取取暖，却常常野风吹彻，寒意阵阵，不免心生悸动与战栗。

风，还在吹。

一些热的事物，被风吹冷。另有一些冷的事物，又被风吹热。冷热之间，一只蜻蜓俏立在小荷尖尖之上，昏黄的日头慢慢开始返清。一些暗处的力量，轻悍素骄，宿命般涌来。一时间，薄薄的云絮，有着某种难以言说的败落，以及深入浅出的忧伤。倏地，又云起峰间，六千多年的稻香，浸透了整个村庄的童话，将很多五颜六色的情节，隐入尘烟。

草垛旁的乌桕树，遒枝嶙峋，蒴果点点，露出匀整的牙白，粲然哂笑。片片叶子，由绿转黄，由黄变红，一些春天的试探，夏日的眷恋，秋天的诀别，在纷至沓来的时光中，"吱吱"微响。

雨，还在下。

墙头上的草，湿漉漉的，开始往外长，往天上长，似乎想竭尽所能，窥听整个村庄的动静。牛栏旁的蛐蛐忘了鸣叫，怪模怪样的，伸腿弓腰，嗅着刚刚拉下的牛屎，甚至有些习惯那股温热的草香味。随后，它又侧耳倾听牛栏内一头黄牯、一头水牯的反刍声，显得十分耐烦。它很奇怪，一头牛，两头牛，把一天到晚的时光都消磨完了，怎么还会如此漫不经心地嚼着，嚼着，嚼得自己都成了早晚，成了时辰，成了阴晴，仍然不急，不躁，不怨，不悔。

雨，从村庄左边的瞿家山横过来，又从右边的董家垴斜过去。一些，落在田坎、屋檐；一些，落在树丛、草间；还有一些，落在人的心上、梦里。这些路过村庄的雨，有的，是从海上飘过来的，还有的，是从喜马拉雅的崖壁上滑下来的。这些见过大世面的雨，如今，落在整个村庄，落在人们潮湿的一生中，显而易见，它有目的，有意图，它需要一些事情发芽，需要一些忙碌生根，更需要一些声音永恒。

“天为绳，地为准，春为规，夏为衡，秋为矩，冬为权。”这是《淮南子·时则训》里的一句话，说的是阴阳大制有六度，通过准绳、规矩、权衡这些语词，用季节、气候、时序，给世间万事万物、所行所为，立下自然而然的规矩，柔软而明确，温和而清晰。

阳光，每个傍晚都会老一次。雨水，每天早上都会新鲜一回。

有了时间，就有了历史。有了历史，就有了尺度。像一场风那么远，如一场雨那么久。如此这般，人便不至于，在未来的某个日子，头一偏，就将一些角角落落的事情，从左侧歪到了右边。也不至于，枯枯瘦瘦的路，会被哀哀怨怨的脚给堵住。

天，黑了，又亮了。

一只鸟，飞到时间上面，啁啁的，再次鸣叫。一只狗，蹲在院墙外，朝着刚出的日头，吠得旺旺的，也活得旺旺的。

大地上的每一个时辰，如此寻常，又如此奇妙。

春上书山

一

很多次，远远的，并不止于春天，我眺望着这座难以一下子娓娓道来的山，每一次，毫无例外的，都会在默神良久过后，走神好一阵子。

山，不高，也不大，远远望去，似乎并没有什么特别之处，只是，凝望得久了，就会有一种莫名的翰墨书香之气，隐隐地溢出来，既气势磅礴，又悄无声息。这种特别的气息，没有丝毫间断地绵延了两千多年，足以让清蔚的时间，在树梢，在水岸，在峻极于天的崖壁，颇显巍峨地沸腾。

这让我想起，在太行山的西麓，同样有一座普通的山，只因春秋时期程婴舍子相救，在此藏匿“赵氏孤儿”达十五个春秋，于是后人将这座原本名叫盂山的山，改名为藏山，并立祠祭祀。一座山，因藏一个人而忠义千年，成为晋东第一名山，山因史传，史以文传，千秋节义，闻名遐迩。

眼前，这座名叫二酉的山，虽然主峰海拔只有五百余米，没有泰山之雄、华山之险、衡山之秀、恒山之奇、嵩山之峻，然而它隐逸在武陵与雪峰山脉的深处，背靠青龙山，左对蟠龙山，右伴鳄龙山，千嶂叠翠，万壑含烟，半山腰处一溜巉岩峭壁，如刀削斧劈，每当夕阳西下，斜辉映照，绿影参差中犹如雪域金山，斑驳陆离，仍旧煞是壮观。

山脚下，酉溪从西南向东北清清泠泠，蜿蜒而来，八百里酉水则白浪翻腾，一路向东，两水彼此凝望，相顾无言，然后气定神闲地交汇于山脚，你中有我，我中有你，水波澹澹，沉璧静影，倒映了蓝天白云，以及山树深深浅浅的嫩绿、青绿、翠绿、碧绿、苍绿……三山拱卫，两水环绕，山似浴水而出，枕水而立，水犹山的脚步，含情脉脉，朗润而行。时不时可见青峰林立，又听白鸟鸣涧，山顶穹隆，状若华盖，加之壁立千仞，翠玉为屏，莲花为座，上有炼丹池，池水从记崖喷雪而下，谓之记崖溪。中有藏书箧，可容数人。之所以为记崖，乃记藏书之由。可惜的是，字迹早已磨灭不可读。旁有石穴，名妙华洞，尧时善卷隐此，洞在崖半，可悬梯而上，至明末，尚有避兵于洞中者。今仅余外一层，有石棹，可坐数人，内渐闭，不可入。山境幽异，藤石萦绕，水绕绝壁，云烟缥缈，恍若人间仙境，其峥嵘万象，造化悲悯，得其浸润者，无不神清气爽，风姿绰约，冥冥中，可脱人俗气，焕人常形，直抵微醺的灵魂。

这样的一座山，隐于酉水一隅，幽绿深邃，许多的事事物物从山脚到山巅，再从山巅到山脚，上上下下，进进出出。四季轮回，多的是枯藤、老树、昏鸦，青苔、岚雾、人家，各样的花鸟草虫、飞禽走兽，叽叽喳喳、哟哟喔喔，你方唱罢我登场，淡妆浓抹，随性自洽，其实，它并不想在某一天，有金灿灿的阳光裂天而下，光芒耀眼，负有什么极大的盛名，更多时候，它只是想默默地，藏山于山，藏川于川，藏天下于天下，斯文所寄，如此而已。

然而，如同南美亚马孙河热带雨林中的一只蝴蝶，偶尔扇动几下翅膀，常常会引发北美德克萨斯州的一场龙卷风一样。公元前221年，六王毕，四海一，雄心勃勃的嬴政称帝，一个帝国的车轮开始踏上恢弘的征程，北击匈奴，南征百越，筑长城以拒外敌，凿灵渠以通水系，设立三公九卿，废除分封制，实行郡县制，书同文，车同轨，统一度量衡。作为横扫六国、席卷天下的胜利者，他需要让自己成为整个天下唯一的主人。遗憾的是，此时的嬴政并没有真正能够如愿以偿，因为这位帝国最高的统治者，东到大海，西涉流沙，南及北户，北过大夏，第一次拥有了如此广袤的领土，而正是这个无比辽阔的疆域与民心，却很快成为他心中最大的困扰，甚至被它彻底困住了自己。天下初并，罔不宾服，他迫切地需要建立起坚不可摧的统治，改变与创造一个全新的时代：普天之下，莫非王土，率土之滨，莫非王臣，履至尊而制六合，执敲扑而鞭笞天下。于是，他浩浩荡荡地不断高调东巡，试图威震四海，威仪天下，从疆土到民心，既平天下，又始欲驾驭能臣，俘获民心，完成朝思暮想的真正大一统，其声威显赫，以至刘邦慨叹“嗟乎，大丈夫当如是也”，项羽惊呼“彼可取而代也”。只是，造化弄人，水可载舟，亦可覆舟，他想要赢得世道民心，却不被世人理解与认可，博浪沙遇刺险些身亡，泰山封禅雨中受辱，至高无上的皇权，一次次遭遇到六国贵族与士人的无情挑战，他被质疑、被嘲笑、被否定，在重重打击之后，彻底失去了耐心，公元前213年，及至秦之季世，咸阳城里的一场大火，焚诗书、酷刑法、坑儒士，六艺从此缺焉。

天下何其嚣嚣，千里之外的二酉山，原本与一个朝廷、一个皇帝、一场烽火，并没有什么过多的关联，然而正如鲁迅先生所说，无穷的远方，无数的人们，都与我相关。这一场史无前例的大火，因为嬴政，也因为李斯，焚毁秦记以外的列国史记，凡博士官以外，天下有敢“藏诗书百家语者”，所藏均在焚烧之列。有敢谈论《诗》《书》者弃市，以古非今者灭族，知情不举者同罪，令下三十日不烧者判黥刑。

一时之间，帝国上下到处人心惶惶，浓烟滚滚，先秦时代那些火热的百家争鸣、绚烂的百花齐放，都在冲天的烈焰中顷刻间化为灰烬，山河黯然失色，万物鸦雀无声。“敢有挟书者族”，如此，玩火者必自焚，嬴政最后并没能真正地独步天下，而是成为地地道道的孤家寡人，在第五次东巡时积劳成疾，驾崩于沙丘平台。由“厕鼠”而“仓鼠”的李斯，也在这场大火的余烬中，最终被腰斩弃市，临刑前与儿子抱头痛哭：“吾欲与若复牵黄犬俱出上蔡东门逐狡兔，岂可得乎？”

兵戈扰攘，风雨如注，再黑暗、再寒冷、再不堪的年代，总会有抱薪者，虽千万人吾往矣。所幸，一个名叫伏胜的朝廷博士官，眼见灿若星辰的经书古籍行将灭迹，他痛心疾首，忧心如焚，连夜领着妻儿、家将，冒着被诛灭九族的危险，偷偷将千卷书简运出咸阳，取道终南山，历尽千辛万苦，越过肃杀的生死之路，经河南，过武关，经南阳，入汉水，逾洞庭，水舟陆车，在命运的掌纹里日夜南奔，划着一只不朽的渔舟，沿沅江转酉水逆流而上，行至二酉山下，选中了二酉山半“鸟飞不渡、兽不敢临”的二酉洞作为藏书之处，将乃凌大壑的竹简，一卷一卷拾掇给惊慌四散的流云。秦亡汉兴，伏胜又把藏书献予朝廷，中华文明因此得以薪火相传、生生不息，不至于像古埃及、古巴比伦、古印度文明那样出现不可逆转的断代。故后世颂曰：汉无伏生（本名伏胜），则《尚书》不传；传而无伏生，亦不明其义。正因为此，汉孝文帝在获得伏胜所献大量秦前书简后，大喜过望，将二酉藏书洞钦封为“文化圣洞”，二酉山立为“天下名山”。从此后，一脉胜地，一处藏书，二酉山与二酉洞成为天下圣迹，令无数读书人毕生向往，历朝历代文人墨客，前往二酉山虔诚拜谒者更是络绎不绝，留下了大量的逸响伟辞。洞外建有亭阁，悬崖峭壁，层台高耸，飞阁流舟，倒映于清潭碧水之中，旖旎清幽，实为奇观。山上曾一度建院立阁，修堂造亭，香火旺盛，所至者走云连风，如觅水影。尘世浩大，山河暌隔，因为有了无数“伏生”们的舍身护书、藏书、献书、讲书，华夏文明才弦歌不辍，绵延生辉。

或许，这是一种偶然，但所有的偶然，又常常无不是一种必然。历史，为劫后余生的书简早早准备了一座名叫二酉的山，而二酉山，为最后的文明薪火准备了一个显赫的石洞，就这样，藏之名山，传之后世，山因书名，书因山存，二酉藏书，在一个雨夜搁置了连天的烽火烟尘，无数私藏的简牍，将春秋无法抵达的争吵，小心翼翼地一一封存，遒劲凝重的一笔一画，侧身斜卧在隐秘的光阴里，臻心逸辞，斯文在兹，卑以自牧，寂然欢喜。

一座鲜为人知的山，一个名不见经传的洞，因为藏书千卷而卓绝天下。于时间看不见的地方，芦苇在水畔听风，渔歌在岸边唱晚，大地和水的歌谣此起彼伏，万卷岩上细细密密的褶皱里，韦编三绝的籀文、钟鼎铭文、大小篆，一天天，一年年，与凝重的青铜在一起，与千年的长风浩荡在一起，与胸中不败的成竹在一起，用世世代代祖传的脚步，踝躞在昔我往矣、杨柳依依的风雅里，铿锵在大风起兮、响遏行云的跫音中。曲径通幽处，酒不过三巡，话不过二两，人们在此学富五车、书通二酉，山光悦鸟性，烟霭有无中，左手武陵，右手雪峰，立于橹歌阵阵的船头，只需用手指轻轻一划，五万峰青山便可分娩出三千里碧水为路。

二

最初的晨曦，最后的暮色，从东边到西边，一点一点，水淋淋地漫漶过来，藤蔓与树梢上挂满了历朝历代的鸟鸣。几只散落在水面的白鸟，抻长细细的脖子，鼓溜出一双亮闪闪的眼睛，灰白色的羽毛掠过折叠的水面，泛出远古的油光，翩翩一翅，仿佛就从两千多年前的黎明，飞到了两千多年后的黄昏。

春水一点点的，涨起来。一些白鸟贴着水面，忽上忽下，将一些可以被追溯的往事，飞出一个个恰到好处的弧度。其实，我清楚地记得，历史上有确切记载的舍命藏书、护书者，一为济南伏生，字子贱，故为秦博士。秦时焚书，伏生壁藏之，其后兵大起，流亡，汉定，伏生求其书，亡数十篇，独得二十九篇，即以教于齐鲁之间。孝文帝时，欲求能治《尚书》者，天下无有，乃闻伏生能治，欲召之。

是时，伏生年九十余，老，不能行，于是乃诏太常使掌故晁错往受之，学者由是颇能言《尚书》。一为藏书鲁壁的孔鲋，听闻秦将灭先王之籍，毅然决然地将《论语》《尚书》《礼记》《春秋》《孝经》等儒家经书，藏于孔子故宅墙壁中，以待其求。孔鲋年五十七，为陈王涉博士，死于陈下。后鲁恭王好治宫室，扩建王宫拆除孔子故宅时，忽听天上似有金石丝竹之声，颇有六律五音之美，结果从墙里面发现了孔鲋的藏书，灿然于天下，可谓彪炳史册。只是，藏于壁间之书，终究有限，绝无藏之大麓，纳于洞中可堪比拟，因此，伏生藏书二酉的流传，势必更加艰险曲折、波澜壮阔，更为惊心动魄、扣人心弦，它深深地嵌入光阴的深处，翻涌出历史古老的回声。

难怪，“二酉”两字，作为中国古代历史文化话语体系中使用频率较高，且具一定影响的语词，常常出现在古代文人的诗词著述与楼阁命名之中。如唐陆龟蒙在《寄淮南郑宝书记》诗中写道：“五丁驱得神功尽，二酉搜来秘检疏。”唐刘禹锡被贬为朗州司马时曾游二酉藏书洞而《咏伏生》：“京宅紫宫巷，飞车若云游。峨峨舆篷内，卷卷百家书。字字准宣尼，步步拟相如。皓天舒荆楚，灵景照神州。”唐段成式，字柯古，祖籍邹平人，鲁迅在《中国小说史略》中评其“所涉甚广，遂多珍异，为世爱玩，与传奇并驱争先矣。”段成式博学强记，多奇篇秘籍，仕至太常少卿，曾游辰州，著《酉阳杂俎》三十卷，传云隐小酉山终焉（《民国沅陵县志》载）。宋黄庭坚《朝拜二酉山》：“巴山楚水五溪蛮，二酉波横绕龙蟠。古洞寻书探奇字，思怀空吟三千年。”明王世懋将其文言笔记小说集称为《二酉委谭》。明代中叶著名学者、诗人胡应麟将自己的著述称为

《二酉缀遗》,将藏书楼命名为“二酉山房”。晚清著名经学家、史学家和金石学家张澍则将其藏书处称为“二酉堂”,所搜集36种地方文献刊刻成《二酉堂丛书》。旧京书肆中,北平最大的书店仍叫老二酉堂,据传肇始于明代,岿立数百年依然汗牛充栋。明陈子龙《寄郢中郑澹石座师》云:“楚酉山,吴林屋,其中有书贮深谷”;王世贞《九友斋十歌》(其十):“祇园山水天与开,酉馆图书世希识”;王思任《送李戒庵吏部出参辰沅》:“酉穴藏书在,公余字字雠”;郑仲夔《耳新·立言》:“善为文者,观天之道,类物之情,广稽乎酉藏之秘,冥探炳巧智之渊”;清钱谦益《答书砚》:“帝阁悄然私自问,蓬山酉室又何如”,《毛子晋六十寿序》:“颂其书,则酉阳、羽陵”;牛焘《由施秉泛舟抵镇远七首·其三》:“拟向云崖探酉穴,却从月下听猿声”;林则徐除题赠沅陵“一县好山留客住,五溪秋水为君清”外,另有赠婚亲庚孙联“华国文章探二酉;承家福命记三庚”。清光绪庚寅年(1890),张亨嘉在出任京师大学堂总监督(北大第四任校长)之前,曾任湖南督学使,在农历二月的刺骨寒风中专程朝拜二酉山,于二酉洞前榜书碑刻遒劲有力的“古藏书处”四个大字,算是官府对二酉藏书的郑重认可。“嬴氏烈焰中,大力负之走,茫茫九有周,选胜于小酉。”“层岩叠岫插青云,直扑岣嵝玉洞分。若说秦龙书尽废,空山万卷不曾焚。”是故,典出于二酉藏书的成语“学富五车,书通二酉”,更因形容人的知识丰富,学识渊博而为世人广泛传播、耳熟能详,以至南北朝时梁湘东王萧绎专程寻访二酉山,结果寻藏书未果,成为遗憾,撰《访酉阳之逸典》赋以纪其行,继而留下“湘东遗恨”的成语。

山脚汀渚的蓼花，碎碎的，开了一地，红的红，紫的紫，显得柔软而蓬勃。高大的竹树、可南可北的云朵，以及半坡的微风，在有聊无聊中窃窃私语，像是清浅的打望，又似深刻的慰藉。敦敦实实的山梁起伏，状如书页，我忽然发现，没有哪里的石头能够如二酉山的石头，更像书山的样子，层层叠叠，整整齐齐，彼此覆压，而那些参差披拂的藤蔓，宛如细密的简绳，紧致地穿过仄声宽韵，将一座山编订得既葳蕤，又温雅，且美气。

山石云树，雾霭溶溶，拨开时间的谜团，无论伏生藏书于鲁壁，抑或是藏书于二酉，都已成为一种文化与文明薪火传承的意义与符号。秦时的二酉藏书，甚至可称秦朝最大的“藏书馆”。南朝宋盛弘之《荆州记》载：“小酉山上石穴中有书千卷，相传秦人于此而学，因留之。”南唐徐锴《方舆记》曰：“山下有石穴，中有书千卷，秦人避地隐学于此。”明彭大翼《山堂肆考》云：“小酉山石穴中有书千卷，相传昔人避秦，于此学道，因留之。”南宋祝穆《方舆胜览》有：“小酉山在酉溪口，昔秦人避地之所，尧时善卷，唐张果皆尝隐居于内。”《郡县志》更言：“大酉山有洞，名大酉。小酉山在酉溪口，山下有石穴，中有书千卷，旧云秦人避地隐学于此。自酉溪北行十余里，与大酉山相连，故曰二酉。”《辞源》则释名：二酉，指大酉小酉二山，在今湖南沅陵县西北。《中国古今地名大辞典》明确指出：“小酉山在湖南沅陵县西北二十里。”《沅陵县志》引《山川形胜图说》言：“小酉山有洞，曰小酉、曰藏书箧。昔传秦人藏书于此，以为美谈。又云善卷先生之所隐居也。”

沅陵，自古为五溪山水交汇之所、荆南要冲雄峙之地，“上扼川黔，下蔽湖湘”。以滇黔之冲，地介楚尾，所谓“天下积储在楚，楚之咽喉在辰，故辰安则楚安，楚安则天下安”，极言沅陵山川形势战略地位的重要。千里沅江与八百里酉水在虎溪山脚下汇至一处，如破天门，烟波浩渺，自西南而东北，直入洞庭，因此，形成了“南方水上丝绸之路”。也正因如此，沅陵，历为郡、州、路、府、道和湘西行署治所，曾是整个湘西地区的政治、经济、文化中心，历史上曾一次封侯两次封王。相传，远古时期，伏羲曾在二酉山上作龙书，黄帝于二酉山藏书万卷，周穆王也在此收藏过异书，故明唐九官有诗云：“闭寻酉室到云窝，未见藏书见薜萝。深谷尚余三代俗，白云遥忆穆王歌。泉飞绝壁人踪少，林翳重冈鸟语多。着作使君饶异况，胸藏二酉兴婆娑！”《方舆胜览》又载：“尧时善卷隐此，洞在崖半，梯而上。”武陵人善卷因避舜帝禅让，隐于二酉山守护黄帝藏书，冬日衣皮毛，夏日衣葛絺；春耕种，形足以劳动；秋收敛，身足以休食；日出而作，日入而息，传授礼仪，以德化人，深受百姓爱戴，被后人尊崇为德圣。至今，在二酉乡棋坪与泸溪相交的山岭上尚留有一块古碑——“古代生苗熟苗分界处”，无不表明善卷的教化之功。彼时，作为八蛮峒口的二酉，苗民生活渐渐淳化，进入文明状态，成为与汉人无异的熟苗区。北宋大中祥符年间，辰州通判欧阳陟，有感于善卷对辰州（古沅陵别称）百姓的教化功德，上书朝廷“善卷有功于民，应予祠祀，以示崇德报功之意”。真宗皇帝赵恒收到欧阳陟的奏折，着令辰州府在二酉山为善卷建祠堂、修亭阁、封大墓，并且为祠堂外的亭阁钦定亭名为“仰止”，寓意“高山仰止，景行行止，虽不能至，然心向往之”，实际亦指善卷的德行像大山一样高耸在上，无人能超过他，显然，这是这座书山文化内涵的另一至高境界。

二酉山，因其特殊的山川形胜，同时也是《道书》所载明的第二十六小洞天之地。《湖南通志》引《明统志》、杜光庭《洞天记》载："大酉山在县西北四十里，上有龙湫，甚灵，祷雨即应，山岭有善卷墓。""第二十六洞天大酉山周围一百里名大酉华妙之天在辰州。"《湖南通志》引《一统志》《方舆胜览》《九域志》载："小酉山在县西北二十里，一名乌速山，亦名酉阳山。""山在酉溪口昔秦人避地之所，尧时善卷唐张果老皆隐居于内。" 明朝太仆少卿满朝荐有诗云："修丹羽客呼仙兔，遁世幽人驾懒龙。"表明了二酉洞作为道家洞天福地的身份。相传八仙之一的张果老（张果）曾在此山修行炼丹。张果，历史上实有其人，新、旧《唐书》有传，恒州中条山人，往来汾、晋间，因年岁之大，人称张果老。唐开元年间，武后遣使迎至京城，欲以玉贞公主降之。张果老大笑不奉诏，未久还山，号通玄先生。曾云游至二酉山，但见树木扶疏，林荫蔽日，鸦雀成群，二水滔滔，民风古朴，一派仙境，于是始隐二酉庵，后居二酉洞，念经修道，帮助当地人在沅江、酉水放排送木，故在沅酉两岸，留下许多关于张果老的神话故事与传说，包括陈氏仙女无意间从神堂溪获得一册张果老遗下的修仙秘笈，而得道成仙。陈氏仙姑成仙后仅留下一双绣花鞋，于是家人把绣花鞋葬进陈氏家族墓地，陈氏三房后人在所立墓碑上刻写着"明故陈氏处女仙姑七姐墓"几个字。陈氏仙姑的故事就此流传开来，直到今天，仍然被二酉山的人津津乐道，也使二酉山蒙上了一层神秘的色彩。

二酉山，自善卷于此隐居开坛讲学始，至伏胜到此藏书，传文明薪火，春风化雨，润物无声，四邻八舍学风蔚起。明时，先后有辰州卫人董汉策在山下的蒋村建翠山书院，高挂“正谊”匾额，仁人正其谊不谋其利，明其道不计其功，授徒讲学。同是辰州卫人的王世隆则在二酉山上的神堂溪垭口建妙华书院，希望生徒个个都能写出妙华文章，成为雄才俊杰。及至抗战时期，乌宿小学校长龙盛恒创办新学，延请南渡北归的一批名师任教，致使二酉山下的乌宿村，先后走出了一百多位在全国乃至世界都有影响的教授、专家，如颇有世界影响的英文教授彭文明，抗美援朝时彭德怀的英文翻译彭文汉教授，长征五号系列运载火箭副总设计师陈建华，中国经济学界泰斗厉以宁教授等等，成为闻名遐迩的“教授村”。

登临书天门，环顾四野，只见山川逸致，空灵争胜，僻径曲折，如入仙源，岩石林木，随山烟笼，多渍润滴沥，附近村落，似从水尽处历历而出，苍茫一色中，我突然有些困惑起来：设若秦人二酉藏书，这秦人确系伏胜诸人，他们为何会选择二酉，又是怎样抵达二酉的呢？

幽幽空山，采采流水，我有些气喘吁吁地半蹲下来，稍稍歇一口气，轻抚青褐的崖壁，随手扯上一瓣春天的繁缕，又折了一茎箬叶，顺着青翠晃眼的叶脉，将思绪缥缈到千年之前，万里之外。

试想，伏胜作为秦博士官，自然博古通今，思接千载，视通万里，他肯定知道黄帝、穆王藏书与善卷的归隐之所。在那个火光冲天的寒夜，他也一定会想起《庄子》所述，在荆楚的酉水河岸，有一个叫乌宿的地方，那是太阳休息的地方，金乌每日巡毕周天，就到那里安眠。特别是三闾大夫屈原在那里涉江颂橘，深林杳以冥冥兮，猿穴之所居，且与渔夫对话，观龙舟激流横渡，驾龙舟兮乘雷，载云旗兮委蛇……大隐不可隐于市，欲藏欲隐，非乌宿、二酉莫属。于是，他如大禹随山刊木、奠高山大川一样，趁着月黑风高，将沉重的书简从渭河的陋船搬运到双轮双辕的牛车，一路剑胆琴心，一路颠沛流离，栉风沐雨，星夜兼程，终于叩开二酉山门，将千卷书简藏于半山腰绝壁的二酉洞中。

二酉洞，又名妙华洞，为古藏书处，意即收藏精妙绝伦中华文化的地方。洞，其实很平凡，不高深，也不宽大，分内洞与外洞。洞厅里有两块岩石，一块矩形石台，似从洞顶撬落而下，相传为古人读书所用，另一块岩石，浑璞拙陋，却又形如菩萨，人称菩萨岩，上面凹凸不平，像是若干小尊佛刻，因年代久远，已无法辨别是人为雕刻还是天然生成。然而，洞的外形有如“酉”字天然生成，酉天酉地，酉日酉月，上摩苍苍，下覆漫漫，陆离上下，鬼斧神工。当地人习惯将酉水两岸的山分别叫大酉山和小酉山，山下之水分别称酉水和酉溪，酉洞下，酉水、酉溪彼此交汇，大酉山、小酉山相互守望，山因水名，水因山称，兼有德圣善卷，德立天地，书圣伏胜，大雅扶轮，是谓：高山仰止，天下二酉，声名鹊起，名副其实。

三

暮色四合，天空黯淡得多少有些黏稠，翠嫩的山风吹过来，又吹过去，将皇天后土最后一点岌岌可危的威严吹得四分五裂，惊慌失措。我慢慢起身，收拢好脸上略显零乱的斗转星移，感觉头顶几颗被隐藏起来的星星，或许正在等待寻找它的主人。我捋了捋日渐稀疏的头发，撩了撩有点破旧的衣襟，沿洞壁走了几步，又轻手轻脚地停下来，止步于一座山前，心却似在水中一般载沉载浮。山上，一块石头是一种孤独，一棵树是另一种孤独，一朵云每天以不同的形状证明自己的飘逸；山下，水中的一尾鱼是一种行走，一棹船是另一种行走，流水一波套着一波，打着结似的成为山的脚步。

蹲伏的山脉，邈邈的流水，我不知道当年的伏胜，将五车书卷千里迢迢运抵二酉山时，是种怎样的情形，是瘦骨嶙峋、形容枯槁，还是蓬头垢面？是犹豫彷徨、悲愤填膺，还是矢志不渝？也许这一切都不重要，重要的是那一双坚毅如炬的眼睛与一颗长风烈烈的愿心，他以羸弱瘦小的身躯为路，百折千回心不退，无畏方能事无敌，把一册册书简装运成白云初晴的避难所，把一座普普通通的山藏成了文化与文明的圣山，把一个平淡无奇的山洞隐成了一处大河前横的浩瀚，他用一车车书简镶嵌自己苍茫一生的命运，用一片片尺牍清清楚楚、不慌不忙地赢过了一场烽火、一个王朝、无数个朝代，他是幽鸟相逐的主角，更是明漪绝底的观众，他是自己的群山，更是自己的流水，他一往无前在自己的风光中，不屈不挠在自己的山川里，弯弯曲曲，高高低低，非同寻常，非此不可。

这，或许就是文化与文明最后的使命与力量。

一些事物，因无法选择的诞生而不得不死去，另一些事物，因恰到好处的生逢其时而躬逢其盛。素处以默，我仿佛听到一座山正在反虚入浑，积健为雄：气脉连贯着长江、沅江，身影沉浸在酉水、西溪，在八百里洞庭的云雾之上，在武陵雪峰的雄峙之中，车辚辚马萧萧，我是萧萧长风的喘息，我是风日水滨的灵犀。藏起来，我是中华文明薪火的暗线；敞开来，我是茫茫九州文明的肌理。我是天涯，我是险境，我是知识的庇护，我是智慧的凝聚，我是英雄的孤胆，我是天下的精魂。我是若隐若现的二酉山，我是血脉偾张的二酉山啊，我是柔肠百转的二酉山。

暮色中，通往二酉寨的路正在穿越飞鸟的痕迹，岁月似在某一瞬间被荏苒在衣的清风劫持，我仿佛看到二酉山下一年一度的“书香节”，无数的师生面对滔滔酉水、巍巍酉山，齐聚一处，敬先贤、增灵智、助成长，朗朗而诵：华夏吾祖，尚德赫赫；社稷泱泱，伟业煌煌。善卷德圣，学识渊博，智通天地；尧之师也，不欲强逼，辞官归隐，布泽蛮荒。伏胜书圣，甘冒诛族，书出咸阳，移藏小酉，其道大光。二圣功德，勋耀寰宇，德贯天地，慧播四方，延五千年中华之文脉，启百族万代之隆兴。学富五车，冀佑中华之祥瑞；书通二酉，福泽天下之康宁。

天风浪浪，酉山苍苍。癸卯季秋，潜隐多年的二酉山，迎来了“中华书山”盛大的开山大典，许多悬而未决的往事尘埃落定。古色古香的书山大门透出始终如一的层岩叠岫、书香崔嵬，黄永玉先生绝壁，也是绝笔题写的“中华书山”四个巨大的红色大字，在林翳重冈鸟语多的蒙蒙烟气中，尽显体势宽博，气势恢弘。这一天，款款而来的时间与空间，文明与历史，与中华书山共赴一场美轮美奂的千年之约。人们从五湖四海摩肩接踵，纷至沓来，寻中华文脉的薪火，溯华夏文明的荣光，开蒙启智以求教化、勤学笃行经纬天下，朝圣祈福以展乾坤。泉水叮咚中，孩子们懵懂而清脆的童声响起来。以整套秦制编钟为核心，古琴、大鼓、金、石、土、革、丝、木、匏、竹、埙、萧等合奏起黄钟大吕之颂，用“八音”的魅力唤醒传统的“律吕”，穿透历史的烟云，每一个音符都潜存着文化与文明的基因与密码，由隐而显，由低而高，庄严肃穆，悠远泠然，逸韵古朴。这一天，著名作家梁晓声来了，他站在二酉山下，在半山烟雨中口诵冠绝天下的二酉山——中华书山开山纪文。王跃文先生携长篇巨著《家山》来了，在此深情地“山山对话”。这一天，倪大红来了，他在继《典籍里的中国》之后，再度饰演伏胜，见贤思齐，致敬伏生，致敬“中华书山”，于二酉山下作揖道白，热泪盈眶：“日照大地，从不谓艰，圣贤传道，从不怨难……这山一日不开我敲一日，十日不开我叩十天，百日不开我等百日！”书山有路，莫问来处，山峦的起伏见证了华夏的纹路；清风做伴，皓月如初，穿越五千年触摸着岁月脚注。中央广播电视总台倾情演绎，深入挖掘与传递来自历史深处的铿锵之音，立标打样出“中华书山开山大典”文化新IP，且将以二酉展览馆与二酉藏书馆为串联，观黄永玉老先生“中华书山”绝笔崖壁石刻、饮发蒙泉、登书天门，借“二酉高峰论坛”“二酉大讲堂”等高端文化活动，加速生成“书山登顶”“酉水摆渡”“二酉寨”“教授村”“北孔庙、南二酉”等中华书山文化品牌，翰墨丹青，流光溢彩，恰似一夜清香发，散作乾坤万里春。

时光流转，沧海桑田。这座书山，屈原、刘禹锡、黄庭坚、王阳明、林则徐、沈从文、黄永玉、金庸……曾如此流连忘返；周立波、闻一多、金山、朱湘、梁思成、林徽因、厉以宁，曾如此依依不舍。每个人杖藜行歌，不问来处，却都在这片如见道心的山水中，找到了适合自己的诗意注解，寻觅到了馥郁书香的人生归途。山川湖海之间，孕育着华夏民族文明演进的痕迹，典籍记载深处，是古代先贤上下求索、笃行致远的足迹。如此风物，如此人文，如此历史，云起风泱，莫不与天地比寿，与日月同光。

隔村风满树，入夜气沉洲；月白双篷冷，风清一曲幽。入夜，乘一叶扁舟，披两肩月色，虽然初春的江风尚有些瑟瑟，然而抚意烟霞，寄情书山，心却有一丝暖意。我上得岸来，拾级而上，歇息在二酉山寨。山寨静谧，微风习习，桃红李白。依山势参差的苗家木屋，或五柱四挂，或四柱三挂，中间是堂屋，木刻有“一等人忠臣孝子；两件事读书耕田”之类的楹联；两边多配有吊脚楼式的厢房，青瓦覆顶，飞檐翘角，三面悬出木质栏杆，皆成走廊，风吹日晒的梁柱板壁多用桐油反复涂抹过，木色深褐，油光发亮。厢房里的火塘上方有晾炕，挂满了过年要熏的腊肉，竹篾筛子里满了腊豆腐、霉豆渣等。每逢寒冬腊月，火塘里的炭火，毕毕剥剥的，发出几丝脆响，主人说，这是笑火，火一笑，意味着会有客人来到。寨子人户并不多，然而，许是受书山影响，寨中人都有一个朴素的信条——“养儿不读书，不如养头猪。”正因为如此，“耕读传家”被一代又一代乌宿（即二酉）人信奉，重教尚文成为一种黏稠的传统文明习俗，寨子里几乎家家户户都有大中专学生，甚至一户都有好几个，可谓出人头地，光宗耀祖，书香不断。

屋旁的马尾松、辰杉、枇杷与橘柚树，枝叶摇曳，有风从双肩掠过，云水做伴，星月入怀，崖壁之上巨大的黄色竹简地标处，隐隐的，似有跨越时空的吟哦声传来——予闻曰：能自得师者王，谓人莫已若者亡。好问则裕，自用则小。呜呼！慎厥终，惟其始。殖有礼，覆昏暴。钦崇天道，永保天命。

春上书山，空灵蕴藉中，我不禁有些恍惚：这定是千年前的伏胜，正在苦心涵咏仲虺之诰。这声音渐渐的，由模糊而清晰，继而大大方方，磊磊落落，不俗不滥，不繁不冗。

夜深，许多事物沉沉地睡去，唯有书山醒着。我抬头看看窗外，又低头望了望自己，中华何以书山？书山何以中华？只因，民为邦本，本固邦宁，此乃天地之常经，古今之通谊也。我也一时禁不住有点心凝形释地念叨起成汤的《盘铭》：苟日新，日日新，又日新。

我知道的，之前，之后，很快，一个又一个崭新的黎明，会毫无悬念地如约降临。

北纬二十八度的草木碣滩

碣滩，显然，是有许多碣石的，很容易让人想起曹孟德的“东临碣石，以观沧海”。碣石山的碣石，多在岸上，远在千里之外的河北昌黎，西嶂排青，东峰耸翠，披襟远眺，可见山岛竦峙，洪波涌起；碣滩山的碣石，却是滩中礁石，竖立如碑，野积峥嵘，居武陵雪峰两山夹一江的沅水中游，距离我住的小城，可说是近在咫尺，因其长风跳波，日光穿浪，云山雾绕，滩啸声声，而颇有令人胆战心惊、迷蒙诡异的声名。

“三垴九洞十八滩，滩滩都是鬼门关。”碣滩，作为十八滩之一，沅水流了多少年，碣滩的声名，便显赫了多少年。只是，因凶险湍急而名，并非碣滩的初衷，就像沅水河畔的女人，并不只是一味泼辣霸蛮、喜怒皆形于色，还有更多的长身细腰、柔情似水、佳期如梦。千百年来，人在草木间，不停地寻觅、打望，直到一片树叶，落入水中，改变了水的味道，改变了滩的形象，有了天造地设的碣滩茶，碣滩，自此，在惊涛拍岸之余，又变得温婉清泠，馨香四溢，人们由惊恐、畏惧而至眷念、生津，就连五大三粗的排工、船工汉子，飙滩冲浪后，也会架上鼎罐，汲水煮茶，无需“坐酌泠泠水，看煎瑟瑟尘”的斯文，只需大大咧咧地牛饮，一碗喉吻润，二碗破孤闷，三碗四碗毛孔散，直至两腋习习清风生。

茶与碣滩结缘，或者说，碣滩与茶联姻，想来，都应不是偶然的事儿。因为好奇，我总想探一探其中的究竟。

北魏郦道元在《水经注》述及沅水与碣滩：沅水又东径沅陵县北，汉故顷侯吴阳之邑也……因冈傍阿，势尽川陆，临沅对酉，二川之交会也……山深回险，人兽阻绝，溪水北泻沅川……山下水际，有新息侯马援征武溪蛮停军处，壶头径曲多险，其中纡折千滩。汉伏波将军马援征蛮，因水急浪涌，船难溯行，受困于碣滩附近的壶头山，道遇瘴毒，最终，左右虽哀其壮意，无奈却病死军中，一语成谶，马革裹尸。可惜，千年之后，明徐霞客布衣草履"楚游"时，其足迹仅限于湘东与湘南，未能目睹沅水及碣滩的曲岸、皎月、清浦、雪浪与绮霞，一支"朝碧海而暮苍梧"的丹青之笔，就这样被遗憾地错过。

所幸的是，八十多年前（1934）的冬日，沈从文先生从北平回乡探母，眼见了沅水两岸的大雪覆盖了一切，苍山林野都白了头。先生沿江过柳林汊，泊缆子湾，经梢子铺长潭上行，入礁多水深、风高浪急的清浪滩，夜宿鸭窠围，次日再上行三五里，就到了北溶的碣滩。碣滩是一长滩，滩水相连，风顶风，浪对浪的，河水明显变得湍急，吞船之浪肆意翻腾，滩啸凄厉急切，雾如乱幡，山泽苍然，烟气缭绕弥漫，霏微嘘吸，肤膝生寒，分不清是水汽、雾气，还是云气。沈从文的小船行到这里，白浪从船旁跑过，快如奔马，惊心炫目，河流已随山势曲折，再不能张帆取风，于是决定增加一个临时纤手，"一个老头子，白须满腮，牙齿已脱，却如古罗马人那么健壮”。小船上了滩后，老头子来取钱，沈先生惊奇地发现他“眉毛那么浓，脸那么长，鼻子那么大，胡子那么长”，“简直是个托尔斯泰”——这个“托尔斯泰”，就是来自磄滩附近溪口的飙船师傅，人快到八十了，对于生存还那么努力执着。当船到了平静长潭里溜着，天气转晴，日头初出，两岸小山皆浅绿色，山水秀雅明丽如西湖。忽然听见村中有炮仗声音，有唢呐声音，且有锣声；原来村中人正接媳妇，锣声一起，修船的，放木筏的，划船的，莫不皆停止了工作，向锣声起处望去。多美丽的一幅画图，一首诗！如今，随着二十世纪九十年代国家大型水电站五强溪水电站的建成，滩水相连的“三垴九洞十八滩”，早已化作水波潋滟的“五溪湖”，旖旎荡漾，水平如镜，形成特有的高峡平湖库区小气候，云雾多，湿度大，阳光充沛，林木蓊郁，特别适合茶叶生长。当年的“托尔斯泰”的后代子孙们，已无滩可飙，也无需去飙，他们大抵要么进了城，有一份安安闲闲的工作，要么，做了磄滩茶场的制茶师，在茶香中芳华绽放。

谷雨前夕，我从县城出发，坐机帆慢船，专程去了趟磄滩。从凤凰山对面的河码头上船，顺沅水而下，过九矶、横石、北溶、朱红溪，经斑竹溪、蒋家坪，至简家湾码头上岸，沿途山光水色，壮气蔚然。时不时，可见两岸山石峥嵘险峻，重重叠叠，吊脚小楼隐在山石、橘柚、篁竹后面，如宋画一般，皴中带染，染中有皴，显得清寂、素净。远山，多在云气之上，青黛竦峻，峰秀甚高，山岚水雾随意涂抹，有着水晕墨章般的隐约起伏，且，渐远、渐小、渐淡。近岸，常年被河水舔蚀的岸石并不圆润，处处嶙峋瘦硬，嵯峨峭拔，岩上疏树葱郁，坡地草木葳蕤，一派不失法度的盎然。各样的鸟儿忽飞忽停，叽叽喳喳，似在山麓水畔开启一场灵动秀润的音乐会。一泓泓涧流，从青坡绿岭间蜿蜒而出，淹了零乱碎石，汇成大小不一的平潭，潭中鲤鱼、草鱼、青鱼、翘鱼，恍若乘空，变着法儿跃出水面，也想看看两岸随风摇曳的奇丽景致。丰厚的河水浮了两岸的山，有时抬高，有时放低，全凭了水的性子。疏而不薄的风，吹过来，又吹过去，青青绿绿的，晕染出簌簌的声响，带着鱼的味道、花的颜色、树的形状。碣滩，早已险滩全无，碣石也沉入水底，仿佛时间的遗骸，只适合在沉思默想中历历可数。

登临碣滩山，只见银壶山云蒸霞蔚，山峰挺立，苹苹大端处带了点"大漠孤烟直"的味道。山脚潺潺东流的一江好水，缥碧明澈，遥遥绵绵处，又烟水空蒙，仿佛溢出时间之外。一垄垄的茶树，从山脚到山顶，依山循势，层层叠叠，曲折蜿蜒，像是大地的指纹，又似流水的旋律，翠气弥漫，起伏连绵，茂美而壮观。片片嫩芽，如鹰嘴，似雀舌，蘸了嫩嫩的光，翡翠般晶莹剔透，散发出同样嫩嫩的清香。一梯梯的茶垄间，有采茶姑娘笑语盈盈的声音传来，婉转而圆润，间或有采茶的歌子悠悠扬扬响起，拽得人的心尖尖满是自在翩翩的归鸿，可以将翠生生的灵魂轻轻浮起来。姑娘们身穿蜡染花布衫，有的扎碎花包头巾，有的戴休闲太阳帽，斜挎篾篓，婀娜的身影徐步款款，纤指在枝叶间灵巧地上下跃舞，瓣瓣细芽飞入篓中，像是滴绿的音符，在琴弦般的垄间恣意流淌。我缓着步子往上爬，滋茂的茶叶牵衣拂袖，随时触了额头、耳朵、鼻尖，到了半山腰，有亭翼然，名仙鹤亭，为纪念碣滩茶人刘先和而建，仙鹤即先和的谐音。在仙鹤亭，我气喘吁吁地揩了揩额头上浸出的汗珠，坐下来，抬眼四顾，视线所及处，环山皆翠，满目清烟，南北武陵，东西沅水，处处流光泛碧，女儿坪上云雾袅袅，神仙峰前烟光蜃景。我不由想起英国剑桥大学艾伦·麦克法兰教授所说的一句话：茶、咖啡和可可，只有茶征服了世界。

碣滩山，地处神秘而又奇特的北纬二十八度。这个纬度，贯穿了四大文明古国，有神秘的百慕大三角、著名的埃及金字塔、玛雅文明遗址、世界最高峰珠穆朗玛峰，以及传说中一夜之间沉没的大西洲亚特兰蒂斯……同时，特有的地形、地貌、地质与气候条件，有着特别适合茶叶生长的自然生态圈，中国十大传统名茶中，有西湖龙井、洞庭碧螺春、君山银针、祁门红茶等九大名茶都产生在这个纬度上下。如果说，上苍给了法国最好的自然环境种植葡萄以制佳酿，那么，上苍无疑给了中国最好的山水云雾来种茶、制茶，香飘整个世界。中国，作为茶的故乡，山川纵横，河流遍布，既涵蕴着万物的深情，也孕育着茶的滋味，吐纳着自然的芬芳与浪漫。

顺着北纬二十八度的阳光，攀缘中国从东向西的高度，上溯千里奔腾的沅水，在湖南“人头版图”的眼睛部位，会有一个美丽而神奇的“泊点”——沅陵。它地处中国地势从第三阶梯迈上第二阶梯的台阶上，北倚武陵，南靠雪峰，中间流淌着沅江酉水，万山耸翠，千河叠韵。走进沅陵，青山云雾，步步高升；走出沅陵，碧水东流，一马平川。林则徐盛赞：“一县好山留客住，五溪秋水为君清。”沈从文感叹：“沅陵，美得令人心痛！”

这样一个泉清风舒、嘉木森茂的地方，注定会与茶息息相关。

唐陆羽《茶经》载:“茶之为饮,发乎神农氏,闻于鲁周公。”炎帝神农“尝百草,日遇七十二毒,得茶而解之”,成为中国第一个发现茶的饮用功能与药用、食用价值的先祖。《世说新语笺疏》引晋代《伏滔集》载《习凿齿论青楚人物》明确指出“神农生于黔中”。习凿齿(湖北人),为东晋著名的历史学家,神农氏族的嫡系后裔,其言,自然颇有相对的权威性。古“黔中”即指湖南西部,包括湖南沅水、澧水流域、清江流域,四川的黔江流域及贵州东北部一带(见《读史方舆纪要·历代州城形势·秦》),按《辞海》和《辞源》所注,黔中即包括湖南境内的会同、沅陵、常德在内的沅水流域广大地区(即五溪地区)。

茶祖在湖南,茶源始三湘,神农生于黔中,为五溪人。作为“湘西门户”的沅陵,秦汉时称黔中郡,曾是整个大湘西的经济、政治、文化中心,区域内外遍布着神农文化印迹及传说。如此,处处云山烟树的沅陵,自然堪为最早沐浴炎帝神农茶祖的雨露阳光之地。

无独有偶的是,唐陆羽《茶经》卷七引《坤元录》:“辰州溆浦县西北三百五十里无射山,云‘蛮俗:当吉庆之时,亲族集会,歌舞于此山。山多茶树。’”人们对陆羽《茶经》研究已逾千年,注疏之作可谓汗牛充栋,唯其茶山“无射山”却扑朔迷离,一直没能找到具体的所在,成为茶界难解的千古谜团。貌似山穷水尽之后,烟岚流转,柳暗花明的是,施兆鹏、欧阳勋、蔡镇楚、余悦等茶界专家经过不懈的实地寻访,在丰富翔实的历史、地理、民族、物产、气候、方言等第一手材料基础上,通过大量的探索性研究,终于形成了学界可信的结论——陆羽《茶经》中的无射山,就是距碣滩山并不远的沅陵县二酉苗族乡田坳村的枯菽山。无射山，一场跨越千年的寻找，尘埃落定；碣滩茶，一段隐秘千年的厚重历史，横空出世。

沅陵碣滩茶，始于神农，茶缘无射，业继盛唐，扬名凤姣，盛于明清，大成于当下。唐代权德舆作陆贽《翰苑集》序云：领新茶一串作此字，即今茶苑之茶，“邑中出茶处，先以碣滩产者为最，后界亭茶盛行。”又云：“极先摘者名曰毛尖，今且以充土贡矣。”据《辰州府志》载：“邑中出茶多，先以碣滩产者为最。”最在何处？最在质清，最在品贵，最在位孤。夜风惊竹时，积素闲庭，最宜饮一杯碣滩茶，苍简超逸，与天地对谈。

当我坐忘于碣滩山，且陶陶，独对满坡茶、一河水、数峰云时，不知不觉间，开始在自己的内心修篱种菊，心中所思所虑，便愈发清晰。花开花谢，都来几许？卷曲身骨，却内蕴芳华，相契着红尘深处的眷顾倾心：相传唐高宗第八子李旦因朝廷皇位之争，被武则天贬谪到山高水远的辰州，流落在胡家坪胡员外家，与员外千金胡凤姣一见倾心，私订终身。后来，李旦回朝廷即位，为唐睿宗，不久，即派员迎奉皇妃胡凤姣进京。凤姣冰心素洗，觉得重云积雾的碣滩茶，香高持久，鲜醇甘爽，于是择其佳制带往长安。睿宗与众大臣品茗啜饮后无不交口称赞，从此，碣滩被辟为皇家茶园，朝廷每年派人督造监制，碣滩茶被钦定为朝廷贡茶和国礼茶。天子与民女，皇妃与茶妃，一场驱山走海的御饮，一段与茶蔓生淋漓的爱情，使得碣滩贡茶名扬天下，并流传到日本、印度。日本首相田中角荣访华时，特地向周恩来总理探问“碣滩茶”。几近消匿的碣滩茶，在总理亲自过问下，由此重出江湖，并被总理作为“中日友好茶”赠送给田中角荣。故有诗人感叹:“栽培布局夺天工,碧毯铺陈十五峰。林溢乳香人欲醉,杯呈翠绿味偏浓。休夸龙井能消渴,漫道君山腋起风。唯有碣滩茶最好,知音海外话田中。”后世著名茶学专家施兆鹏先生也由衷盛赞:“盛唐一帝,中日二相,皆问佳茗何方?唯有碣滩茶香。”

在碣滩茶场,一群独具绝顶功夫的茶人,正屏气凝神,将姑娘们采摘回来的鲜叶精挑细选。摊放在簸箕里的单芽,芽叶肥壮,叶质嫩软,芽茸甚多。山色入帘,烟水潋滟,融合着土地与手掌的温度,茶人们有条不紊地杀青、清风、初揉、初干、复揉、复干、割脚摊凉、烘焙、摊晾、包装,每一道工序都小心翼翼,每一处本原都神遇迹化,仿佛面对的不是一片树叶,而是山川终极的骨血,天地之间的精魂。眸色深秀的茶艺姑娘,一边手捧着条索细紧、色泽绿润、挺秀显毫的新茶,一边在庄子梦蝶的管弦丝竹里窃窃私语。一片茶叶,离开了树,沉浸于水,完成又一次活泛水灵的重生,让芸芸众生有了不疾不徐、无忧无惧、从容冲淡的灵魂皈依。云水禅心的音乐响起,仙鹤亭内,姑娘们手法娴熟地进行碣滩茶独有的茶艺表演。手腕带动手指,恍如描摹一幅精致的画,一点点,一笔笔,从心底晕染而出。熏香袅袅,梧桐映月去妄念,铜壶滴漏洗尘心;素手轻托瓷杯,鲸阁晓钟择妙器,虎溪云树候佳茗;陶壶注水,酉水拖蓝汲龙泉,金盆捞月养太和;眼笑眉舒,凤鸣丹山迎佳人,美女梳头润莲心;待沸水稍息,拎壶冲水,碣滩流瀑三重浪,笏山叠翠沉清江;水浸叶舒时,壶头夜月捧玉瓶,五溪春波展旗枪;轻啜慢饮中,二酉藏书悟茶香,黄草朝霞品茶心;清寂回味处,白田映雪通仙灵，五溪秋水为君清。

说实话，我是个粗人，没有那么多的讲究。只是用玻璃杯沏上一杯新茶，任锋苗显露，银毫隐芬。茶与水相遇，只需稍待一小会儿，便见汤色黄绿清透，轻轻一嗅，缕缕香气扑鼻，轻啜一口，阵阵回甘醇爽，整个身心为之一振，洇润惬意得莫可名状。茶叶在水中不断上下沉浮，旗枪初展，如鱼似虾，确凿是"形若碧云茸如霜，巧艺天工芽中藏。清汤绿叶醉人眼，越夜长留齿颊香。"手握茶杯，如泡日月，恍惚间，看一叶浮沉，风云变幻，无不恰似人生，经受风霜的折磨，炽热的煎熬，寂寞的沉眠，滚烫的冲泡，起伏与冲淡相伴，失意与得意相间，涅槃与重生转换，青涩与馨香互联。一片树叶的故事，一段人生的际遇，都在随意沉浮中化作了诗篇，铺成了画卷。纵有烦恼三千，我且清茶一杯，不管浓淡凉热几时休，不问春花秋月何时了，只需云淡风轻的热茶一杯，有清清爽爽的须臾一瞬，亦可宽心静好，足矣。

记得周作人先生说过，喝茶当于瓦屋纸窗之下，清泉绿茶，用素雅的陶瓷茶具，约三两知己，得半日之闲，可抵十年的尘梦。我不知道，先生瓦屋纸窗下喝的是什么绿茶，设若先生在吊脚楼上喝的是碣滩绿茶，肯定会多多少少喝出武陵雪峰的高耸，沅江酉水的清越，楚辞章句的浪漫，巫风傩韵的玄秘，可抵的，或许不只是十年的尘梦。

五万峰青山做营盘，三千里水路可通天。天地入庐，山水迢迢，且将薪火试新茶，诗酒趁年华。一个人，一段日子，若是相遇了碣滩，即是相逢千年的光阴故事，相约万载的山水奇缘。一杯碣滩茶里，有云的身影、风的轻吟、露的光华，有日月星辰的辉映、山川河谷的淡定，有乡间常忆的风景、人间烟火的回味。在一杯杯碣滩茶里，“王阳明书院举盏说心悟，董其昌宝殿清目谢活佛，林则徐借茶辰州撰清联，沈从文追香梦里回芸庐。”古之迁客骚人屈原、刘禹锡、李白、王昌龄、王阳明、秦纮、董其昌、林则徐等多有品茗，近人张学良、沈从文、林徽因、周恩来、袁隆平、沈培和、黄永玉、厉以宁等皆与碣滩茶结缘，更有二〇〇一年朱镕基总理重访湘西时啜饮碣滩茶，发出“好喝”的感叹。

数曲清溪浮碧玉，一县好山催茶生。一段时间以来，我在沅江、酉水边的角角落落里，有意无意地走来走去，随处可见的多是以茶命名的村庄、溪流：茶冲、茶坡、茶秧坪、细茶坪、提茶坪、茶园坪、茶头坪、茶园垭、茶叶岭、黄茶溪、茶叶溪、中茶溪、茶溪口、茶路坪等等，这些地方，直到现在，庭前屋后，依然还多半种有茶树，当然，有的，仅仅只烙下一个带“茶”的地名，以示不可忘却的纪念。然而，无一例外的是，几乎所有的村庄，依旧散发出陈年的茶香，都有“三茶六礼”、红事“筛茶”分大小，白事祭祀“敬茶”唱孝歌，甚至“闹茶”的习惯。

在村庄的街头巷尾、田间地垄行走，耳边时不时会突然飘来一支婉转动人的茶歌：“正月采茶是新年，姊妹双双点茶园……”阵阵茶歌，有时是解闷儿的黄鹂，有时是交心的风雨桥，更多的，却是苗家、土家阿哥阿妹划向心河彼岸的渡船。平常，无论到哪村、哪寨、哪个人家，串门或办事，屋主人总会习惯性地在衣襟上擦抹擦抹手，架上鼎罐把山泉烧得哗哗响，为来客捧上一杯热气腾腾的香茶，要是来了贵客，还会郑重摆出茶盘阵夹道相迎。“茶七酒八”，差不多每个农人都是茶人，与人寒暄，不出三两句，免不了就会谈茶、品茶，话说得投机时，还常常还会来点板眼，按献茗、受茗、闻香、观色、尝味、反盏等六道礼序切磋村中特有的茶道，古朴客气，礼数周全。采茶时节，家家户户几乎朝暮不忘祭茶神，晨祭早茶神，午祭日茶神，夜祭晚茶神，口中多念念有词：“一杯茶，敬神仙，再把茶种撒满山，来年长出雀嘴来，根扎岩土嘴朝天；二杯茶，敬祖先，香茶一杯庆丰年，喝口清茶有清福，子孙后代享平安；三杯茶，敬土地，风调雨顺是丰年，高山弯坡茶叶绿，感恩报德万万年。”这些村庄，村人多生不离茶，死不舍茶。婴儿出生了，要用茶水洗眼洗澡，说是消灾、免病，易养成人。“家有一园茶，累得子孙爬”，女孩儿从小要学会摘茶、揉茶、唱茶歌；男人从小要学会种茶、制茶、品茶、熟稔茶道、茶俗。男婚女嫁时要送“三茶六礼”，且“一女不受两家茶”，茶的分量远远超过茶本身，显出格里格外的一种庄重与虔诚。人到寿终正寝时，家人总要在他的口腔里放上一片茶叶，说是灵不迷失，体不发腐，有茶神护佑，魂可升天。农闲时分，在官庄界亭驿一带，人们往往还喜欢“闹茶”。“闹茶”时，主人会在堂屋的八仙桌上摆“碟子”，碟子里有瓜子花生、金银蛋儿、兰花根、油炸红薯片、炒黄豆、爆米花、酸刀豆、辣椒萝卜等，再加上一些时令水果、糖饼、点心之类，用陶瓷壶烧足开水，放置在庭院堂屋中，扯起喉咙大声招呼，乡邻也绝不客气，纷纷络绎而来，有时三五人，有时三二十人，大家热嘴热身地拢手啜茶，脑门子发亮，天南地北的，大摆龙门阵，茶香四溢，唾沫横飞，乐此不疲，且谁家“闹茶”的人越多，时间越久，家运就会越旺。有时还兴起而行茶令，令至则歌起，或击渔鼓而歌，或唱限韵嵌字的“太平歌”，诸如“碣滩岭头春露香，青浪女儿手指长；过船爬坡采茶去，晌午归来茶满筐”之类，旋律跌宕起伏，歌词雅俗兼容，难怪，清代诗人张旬会在《辰阳竹枝词》中如此写照：“……谷雨节前采茶去……界亭新雨簇春纤，茶社新歌阿鹊盐……”

闲暇之时，或许是喜欢随便晃晃的天性，再加上茶园弥香的只此青绿，隔三岔五的，我在各式各样的茶园中信步徜徉。春天，瓜瓢湾里的红星茶场，一畦畦墨绿的武陵山本土种群体茶，有点桀骜不驯，梓木香樟下，且清且明的小嫩芽，鹅黄着脑袋，羞羞答答地探出身子，在风中东瞅瞅，西看看，惹人怜爱。这座曾经的知青茶场，历经岁月激情燃烧的淬炼，万岁峰下，树成行，茶成字，绿了云朵，香了日子。情侣樟，见证无数青年男女因茶结缘的美好。婆婆岭，仍依稀可见张果老当年夸父山上架锅做饭，茶姑亭内沅江煮水斗茶的传说。衔远山满目秀峰，倚翠岭四溢香茗，柳林绿波，持续二十余年欧盟认证，天然，有机。瓜瓢湾，一瓢在手，舀山舀水舀日月，一茶于山，茶寮茶歌茶天下。夏日，辰龙关下的十里茶廊，昔日的战火硝烟化作缓轡烟霞里的一路茶香。旭日阳光，暖浮晴色，温了一地的云影村舍，煦了一季的稼穑躬耕。金洲湾淙淙小溪，流出了茶区变景区的青葱妩媚；烟野田畴的片片茶叶，散发出茶旅深度融合的芬芳喜人。秋天，马底驿雷公洞、天湖池茶场，层林尽染，茶垄苍郁，茶农们弓身清理着垄间的杂草藤蔓，就像成熟的稻穗总是懂得弯腰和低头，每弓身一回，都是向山川、河流、大地的感恩与致敬。冬日，清浪滩边的青山茶场，尽管在山岚水雾中显得有点老气横秋，然而零零星星的茶花，犹如白色的蔷薇，绽放出淡雅的花香，金黄色的花蕊随风轻漾，将蜜蜂关于春天的嘱咐一一记住。

在北溶、在太常、在官庄、在五强溪、在齐眉界，在云里，在雾里，在坡岭，在山涧，成千上万亩茶园，郁茂得沁人心扉，每一片叶子，都在蓄积足够多的水分，足够好的阳光，足够沁心的向往，靠实力“宠粉”，凭火热“出圈”，经过刘先和、谢长清、张干发、唐方烛、李树泽、曾次炎、舒珲、邓传健、王平等一代又一代茶人的匠心智造，碣滩茶，近者因“醉”而不闻其香，远者因“渴”倒备觉芬芳，纵情于大风起兮，叱咤于鸿儒白丁，成为中国地理标志保护产品，中国高端卷曲型绿茶的杰出代表，先后斩获米兰百年世博中国名茶金奖、上海国际茶博会特别金奖等多个具有国际影响力的奖项。沅陵，因茶而荣，凭茶而福，获称“中国生态有机茶之乡、中国名茶之乡、中国茶叶百强县、全国十大生态产茶县、二〇一六年中国十大魅力茶乡、沅陵无射山——中国茶文化名山”等多项荣誉。碣滩茶，有着“挑担茶叶上北京”的深情告白，有着中欧班列驶向东盟，加速“万里茶道”融入“一带一路”的急速远航，更多的国家与人民认识碣滩茶，品尝碣滩茶，用一盏茶的时光，丰盈彼此的年华，感受茶时光的美好。

撷一轮辰州月，掬几把沅水波，润生香莽，蓬勃其山，葳蕤于岸。时至今日，千年国饮碣滩茶的最新评估品牌价值已达31.9亿元，正形成百亿产业，其品类亦由碣滩绿茶拓展到碣滩红茶、白茶、黑茶、莓茶等，特别是新近研磨而出的碣滩紫茶——“紫袍”系列，聚千河神韵，承贡茶风范，融六大茶类精髓，首创出中国第七种茶类，重点打造紫芽、紫叶、紫片、紫饼、紫砖五个十亿元级单品品牌。陆羽《茶经》有言：“茶者，南方之嘉木也……阳崖阴林，紫者上，绿者次。”紫茶，自当为稀有珍品。虽然，在云南也有紫茶，但从本质来说，它属于基因变异的普洱茶茶树，因此仍属于普洱茶中的一款。碣滩紫茶却不同，水孕神机娴雅，地萌蕙馥幽华，采撷于武陵雪峰两山云雾之间、沅江酉水两水之上的紫岩之中，精选生长于紫色土壤中的紫色芽叶，严格按照“采摘、萎凋、晒青、摇青、发酵、初烘、复烘、提香、精选、后熟”等十道独创新工艺精制而成，鲜叶多紫色，干茶显褐色，冲泡后呈青绿色，饮后香甜回甘，紫气东来，别具韵致。

烟花日暖，云起峰间，日历并不说话，有风一阵接着一阵，大凡熟透了的果实，总是无枝可栖。坐在北纬二十八度草木碣滩的深处，我试图将自己坐成一座山，许是盯着水看的时间太过漫长，于是，山便有了水的模样，水便有了茶的滋味，心斋里，一壶茶的春秋，有时言之凿凿，有时又语焉不详。

枝枝叶叶的时光，黄了又绿，绿了又黄。临风续水，闲闲地啜饮着一杯碣滩新茶，我似乎又一次看见：王昌龄在沅水河畔渴望“明年春水共还乡”；刘禹锡遥望一轮湘江月，举杯“照出霏霏满碗花”；明户部尚书秦纮在北溶的“安遇轩”中欣然：“轩中客常满，杯中茶不空”。一九三七年，一代文学大师沈从文，更是专门给居住在沅陵芸庐的大哥沈云麓捎信，要他为取道沅陵、南渡昆明的梁思成、林徽因夫妇采办一些包括碣滩茶在内的地方食品，供他们路上好用。事后，被胡适誉为“中国一代才女”的林徽因给沈从文写信，倾诉沅陵山好、水好、城好、人好、茶好：“今天来到沅陵，风景愈来愈妙，有时颇疑心有‘翠翠’这种人物在！沅陵城也极好玩，我爱极了。沅陵的风景，沅陵的城市，同沅陵的人物，在我心里是一片很完整的记忆，我愿意再回到沅陵一次，无论什么时候，最好当然是打完仗！”

苍山一别，再无别的苍山。从碣滩山坡看下去，冥冥中，似有遥远的船工号子响起：一声号子一身汗啊，一颗汗珠碎八瓣；一声号子一身胆啊，一声号子过险滩。喊声号子加把力啊，船过滩头把家还……急流险滩中，一位艄公，稳如铁塔一般立于船头，眼疾手快地左右挥篙，将船只调摆得像一尾春暖花开的鲫鱼，灵巧自如地绕过一块又一块礁石，避开一次又一次险境，任船只在水面上飞飘起来……我忽然觉得，正是这样的身形、这样的声音、这样的勇气，从过去到现在，从水里到岸边，从云山到雾海，才将无数的滩与茶、山与人、事与物，自然联姻，让一块块礁石，一朵朵浪花，一岭岭茶园，没有了界限，没有了隔阂，每一瓣从时间里拱出的嫩芽，都带着未晞的朝露，在霞光云影中泊来漾去，霑沐出眼前湿漉漉的尘世。当缕缕小风悄悄溜出来，每一片叶子都会微笑，都会鼓掌，都会圆融，每一滴露珠，都会澄澈晶莹，风起烟舞。

入夜，碣滩山上，山河远阔，云合雾集，一轮新月升上来，月亮，已然不是月亮，而是一枚最为诗意的徽章，别在茶人忙忙碌碌一抹微澜的心上。

酥雨润花，草木碣滩，有微妙的瑟瑟声传来，似天籁，不远不近，不浓不淡，不浅不深。

欣欣然，醺醺然。

心美，一切皆美。茶香，一切都香。

西辞东归

一

到达蜈蚣坡时，明显的，山色热闹而荒凉。

一条古驿道，弯来盘去，像条大蜈蚣，荒芜在满目的乔木与灌木丛中。我强忍着痛风带来的“哦嗬翻天”，龇牙咧嘴，一瘸一拐的，缓缓挪动在这条古道上。

这条古道，距今已有六百二十余年，是古时黔中连接水西彝族地区（今毕节）的唯一通道，为奢香夫人所筑。

奢香夫人，夫巾帼之大者，卓卓而有异香，是水西彝族有名的头人，代夫摄理贵州宣慰使一职后，即亲率各部披荆斩棘、凿山刊木、开辟驿道。在洪荒草昧中，剪蒿莱、穿蒙茸，以偏桥（今施秉县境）为中心，一条向西，经水东（今贵阳东北）、过乌撒（今威宁）、达乌蒙（今云南昭通）；一条向北，经草塘（今修文洒坪）、过黔西、逾大方而至毕节，与川黔滇驿道相接，直达蜀地的蔺州与永宁。全程千余里，并立龙场、陆广、谷里、水西、奢香、金鸡、阁鸦、归化、毕节“九驿”，及龙场、蜈蚣、青岗、垛泥、雨那、西溪等“十八站”，沟通滇黔川湘桂，东进西出，南来北往，岁供马匹及廪积，自是，道大通而西南日益畅行无碍，以至明太祖朱元璋盛赞“奢香归附，胜得十万雄兵”。

孟夏的阳光，多少有些炽热。脚后跟的太阳一跳一跳的，我的疼痛也一跳一跳的。树叶把天空顶得老高，寂寂的，并不多说一句话。脚下的石板路，同样沉默寡言，间或有几声时缓时急的蟋蟀声传来，让一些渐行渐远的事物，在这个夏日的午后，又渐行渐近起来。

从头暴晒到脚的日光，比我更熟悉路上的每一块石头。这些石头，大小不论，厚薄不一，挤挤挨挨的，数百年来，伴风、伴雨、伴鸟鸣，伴着一双双行走的脚板，一溜溜骡马的蹄印，当然，也伴随着无数的生死、希望与绝望。沿途的牛筋草、铁线蕨、蒿草、猪娘子藤处处牵绊，每挪一小步，入骨入髓的疼痛，扯歪了我的眉梢、鼻子与嘴巴，汗珠子八颗八颗地掉，整个五官显得奇形怪状、动荡不安。

瘫坐在大碑垭口，我似乎确凿看见五百多年前的那个秋天，一位来自京都的吏目，携其子与仆人，触风雨，犯寒暑，风尘仆仆，忧戚蹙然，饥渴劳顿，筋骨疲惫，瘴疠侵其外，忧郁攻其中，中午行至蜈蚣坡时，吏目奄奄一息，有些瞌睡，拼尽最后的力气，望了望同样疲惫、憔悴不堪的儿子与仆人，浊泪潸然，颓然委地，头一歪，一动不动，再也没有醒来。当天傍晚和第二天上午，其子和仆人因呼吸毒疠，饥渴悲伤过度，被连峰际天的时间和命运狠狠绊了一跤，两人相继遽然奄忽，再也无法起身，随之悲怆凄惶而去，客死蜈蚣坡下。

所幸的是，彼时，谪居龙场的王阳明听闻此事，念其暴骨无主，恻隐之心油然而生，于是带领两名童子，拿着畚箕铁锨，来到蜈蚣坡，欲将三位死者埋葬路旁，随身童子疑虑重重，面露难色，王阳明却说："噫！吾与尔犹彼也！吾念尔三骨之无依而来瘗耳，乃使吾有无穷之怆也！"知我者，谓我心忧；不知我者，谓我何求。如此，听罢，读罢，无不悲从中来，悯然泪下。

其实，许多年前，最初识得王阳明，我便是从这句句是泪、字字皆血的《瘗旅文》开始的。面对吏目俸不能五斗，却易其七尺之躯，且搭上儿子与仆人的性命，一如烂板子搭桥，难过得很。王阳明由此联想到自己，以窜逐而来此，远离父母乡国，同样处于万山丛棘之中，处处蛇虺魍魉，蛊毒瘴疠，虽历瘴毒而苟能自全，却也性命无期，未尝一日不戚戚也。今悲伤若此，是吾为尔者重，而自为者轻也。又转念一想，不宜复为尔悲，应为之歌曰：连峰际天兮飞鸟不通，游子怀乡兮莫知西东。随后又自宽自解，告慰吏目：假若有一天，自己也死在了这个地方，请你带着你的儿子、仆人一起来邀约，我们一起遨游嬉戏，一起驾驭紫色虎，乘坐五彩龙，登高而望故乡，放声长叹唏嘘，在另一个天地，也是可以苦中有乐，其乐无穷的。假使我有幸尚能生还，你也不要孤孤单单，悲悲切切，你尚有儿子、仆人在一起，况且道旁还有诸多的累累枯冢，大抵都是中原的游魂，你可以与他们一起餐风饮露、呼啸徘徊，朝友麋鹿，暮猿与栖，只是，一定要尔安尔居，无为厉于兹墟，莫干扰、惊吓周围的百姓啊。言毕，伤人自伤，怜人自怜，读之，思之，莫不令人黯然神伤。只是，可见，王阳明毕竟是王阳明，无论是诘问之辞，还是宽解之语，即便死生两端，命悬一线，也还是胸有悬镜，纤毫不落，心怀苍生，玄机湛妙。

后来，无独有偶，王阳明的同科好友詹恩于弘治十六年(1503)回贵阳为父治丧，从此音讯杳无。王阳明被贬贵州龙场驿而到达贵阳，前去詹府探望老友，结果发现詹恩已因病去世，两年后其母又驾鹤西去，其弟詹惠正为母治丧。王阳明痛定思痛，先是到詹恩墓前吊唁，然后作《詹母越氏墓志铭》，言“予以言事谪贵阳，哭荩臣之墓有宿草矣。登其堂，母孺人之殡在，重以为荩臣伤。”不久，又有原工部主事刘仁征，弘治十五年壬戌科进士，于正德元年被贬谪到贵州安庄驿(今镇宁县)任驿丞，不幸因瘴气而亡。王阳明衔哀致悼，撰《祭刘仁征主事》以遥祭，于悽黯惨悴之余，感悟生死之态，以明死生之大：“死也者，人之所不免。名也者，人之所不可期。虽修短枯荣，变态万状，而终必归于一尽。君子亦曰：‘朝闻道，夕死可矣’。视若夜旦，其生也奚以喜，其死也奚以悲乎？”多年来的唯生死一念，尚觉未化，至此，王阳明幡然醒悟，把死生“视若夜旦”，完成对得失荣辱、生死祸福的超越。人面桃花，流水天涯，要么“交游若问居夷事，为说山泉颇自堪”，要么“渐觉形骸逃物外，未妨游乐在天涯”，内观自在，外观世音，见山见水，独得心源。

王阳明居夷处困，动心忍性之余，恍若有悟，体念探求，再更寒暑，虽，有时无可奈何，仰天长叹“吾惟俟命而已”，然，日夜端居澄默，以求静一，久之，胸中洒洒，将自我融入到外在的阔大宇宙之中，并在天人合一的境界中定静安虑，哪怕栖山洞，食藜藿，也可存心养性，见山泉可喜，羁天涯可乐，于人间可贵，一种生命存在的欢愉和满足，自内而生，心外无理，心外无事，蓄德凝道，勿使博其闻而荒其心，广其见而蔽其灵。难怪，同为明代大儒的湛若水，作为在王阳明的葬礼上可以讲述他一生的人，诚哉斯言：于乎！凌高厉空之勇，疆立力胜之雄，武定文战之才，与大化者同寂矣！

三人坟边，翠芜的荒烟蔓草笼过坟头，几簇蔚然深秀的马桑树状如华盖，擎了五百多年前的阳光，向路过的人们打着翠绿的招呼。坟前的一湾梨树，片片叶子泛出油油的绿意。微风，一会儿向东，一会儿朝西，保持着自己的速度，将一些鸟鸣从一棵树上吹拂到另一棵树上。几缕薄薄的朵云，追着风，从头顶飘过，天空，似乎一下子空出了许多。我忍着抽丝剥茧般的疼痛，抚看坟前立碑所复刻的诗文，一为乾隆十年(1745)春季，山东通判孙谔所撰：主仆扶男来瘴地，可怜同日葬幽云；史书已失三人姓，驿路犹存一尺坟；魂叫青枫天欲暮，骨缠白草昼常曛；蜈蚣坡下伤无限，痛哭当年瘗旅文。一为修文令醴泉王肯谷谨跋并书的瘗旅故处修葺经过。

一条路，一座坟，一篇文，三个人。我忽然觉得，这条位处洒坪镇蜈蚣桥村与谷堡镇哨上村之间，从龙场驿至陆广驿必经的古道上，数百年来，不知走过多少的迁客商旅，只因为王阳明的一篇《瘗旅文》，人们偏偏记住了无名无姓的吏目三人。青山已随晚风去，我与沧海化桑田。或许，他们并未真正地死去，只要人们每读一次先生的文字，每看一眼他们的坟茔，就会重新醒来一次，活过一回。他们同先生的文字，冢边的芭茅藤萝，在群山深处，在时间的回廊里，懵懵懂懂，悲喜交集，渐成永恒。

二

小孤山西麓的玩易窝，原本是个狭而窄、幽而僻的普通洞穴，既无千姿百态的石乳石柱、石笋石幔，也无巧夺天工的怪石嶙峋、仪态万方，实在是庸常极了。

然而，五百多年前，这处石穴，却因为一个人的到来，声名鹊起，名扬天下。

凡事皆有因缘。凑巧的是，明正德元年（1506），因武宗皇帝朱厚照年幼，致使皇权旁落，太监刘瑾等八人把持朝政，上欺武宗，下乱朝纲，打压异己，倒行逆施。众多言官纷纷上疏，希望罢免权奸，却因此遭到刘瑾等人迫害。王阳明亦因上疏营救言官戴铣、薄彦徽等人，被刘瑾廷杖四十，既绝复苏后，复被刘瑾矫诏下狱，最后贬谪贵州龙场驿任驿丞。次年，王阳明拖着病躯，由京城出发，盛夏来到浙江钱塘，历尽千辛万苦，道经江西广信（今上饶）、分宜、宜春、萍乡进入湖南的醴陵，在长沙旅倦小憩江观，携周生涉江而探岳麓，而后从长沙乘舟沿湘流北去，经洞庭湖，再溯沅江西上，到达沅陵。沅陵作为滇楚古道的起点，西至云南昆明。王阳明眼见“远客日怜风土异，空山惟见瘴云浮”，也只能忧心忡忡，一路向黔……经由沅江支流黔东南的㵲水进入贵州，先是经平溪卫（今玉屏）到镇远，由镇远而至兴隆卫（今黄平），再过清平卫（今凯里），由平越卫（今福泉）而到新添卫（今贵定），最后经过龙里卫，于正德三年(1508)春日,抵达龙场。

初入贵州,王阳明只觉“天下之山,萃于云贵;连亘万里,际天无极”。及至投荒万里,到了龙场,千山叠嶂中,龙场虽贵为九驿之首,驿站却早已有名无实,荒凉破败得无处可居,只好结草庵居之。纵然,草庵不及肩,却也,旅倦体方适。只是,荆棘成篱,土阶漫无,迎风处处萧疏,加之天不怕,地不怕,就怕天雨屋漏,纵有缅怀黄唐化之心,也还是风狂雨骤,生活起居极不方便。无意间,于草庵不远处,天上掉馅饼似的,王阳明觅得一处天然溶洞,干燥通风,风雨不袭,于是,穴山麓之窝而读《易》其间,故取洞名为“玩易窝”,玩,即把玩、玩味、探究、体认,玩索而有得。洞下有一石罅,很像一个天然墓穴,如同道教鼻祖王重阳的“活死人墓”,阳明先生称之为“石椁”。王阳明尽管凄惨穷困,却并不愁苦潦倒,亦无一脸的悖时夙相,反而,在“石椁”内潜心研读《易经》和程朱理学,常设想“圣人处此,更有何道”,经过炼狱般的煎熬,困而不惑,不断收精拾神,自作主宰,冥思苦想,参悟生死,向死而生。仰而思,俯而疑,虽常涵六合,入无微,茫乎其无所指。但观象玩辞不辍,若有所得,则沛乎其若决,了兮其若彻。先生精粗一,内外翕,视险若夷,而不知其夷之为厄,时忧然其休,时充然其喜,直至油然而春生,如先贤般忘了拘幽,而不知其老之将至。一天夜晚,寤寐中若有人语,不觉呼跃,大悟“格物致知”之旨……始知圣人之道,吾性自足,向之求理于事物者误也,创立“心即理”“知行合一”学说,这就是史上著名的“龙场悟道”。后,日坐石穴,默记《五经》之言,意有所得,因著《五经臆说》证之,莫不吻合。

一个人，一处石穴，一次顿悟，乱石穿空般，如约而至。

临近黄昏时，太阳依旧暖暖的，活泛而灵醒，如丝如线，将远远近近的事物缝在一起。它似乎比风更清楚那些天地间的缝隙，比我更知晓五百年前王阳明先生的姿势，以及恍然大悟后的表情。

玩易窝前，一大簇红萼苘麻，绿叶心形婆娑，翠蔓间开出红灯笼似的花朵，迎风摇曳，飘逸惹眼，颇有点“我心光明”的味道。深绿色的水麻，牵牵绊绊的油麻藤，高挑的刺槐、栲树遮蔽了大半个洞口。我捋了捋脑门上几缕汗湿的头发，因为突发的痛风，不得不撑着同伴的肩膀，走一步，疼一下，走一步，又疼一下——或许，这是老天注定，需要我以此种方式来参悟阳明先生当年的困厄与究竟。

顺着狭窄的甬道进入洞内，光线幽暗，平伸双手，可触岩壁。复入三二十步，穴有分岔，左小右大，皆低矮昏暗。入右穴十余步，骤显宽阔，有干燥黄泥，若冰川挂壁。同行者说，此即为阳明先生悟道处。我顿时满怀虔诚，环顾四围，只见头顶上方，不足平米，有星星点点的蔓长春花，与其说攀附，不如说是吻在幽褐的岩壁之上，透出长久的深情，难以言说，极为罕见。正中有一状若头颅的孔隙，窈邃幽渊，如朝天之窍，仿佛若有光，直通穹宇。许是某种下意识，我盘了双腿，不管不顾的，打坐在先生曾经悟道的泥地上，静心，调息，闭目，凝神，入定……恍惚间，我似乎感受到一种强大的磁场，从头到脚，贯通一气。恍兮惚兮，只见王阳明先生狭面长须隐过来，边咳嗽边喃喃自语：夫《易》，三才之道备焉，古之君子，居则观其象而玩其辞，动则观其变而玩其占。观象玩辞，三才之体立矣；观变玩占，三才之用行矣。迷离中，又见先生身陷囹圄，于狱中《读易》："瞑坐玩羲《易》，洗心见微奥……《遁》四获我心，《蛊》上庸自保……俯仰天地间，触目俱浩浩。"最后复又感慨："及谪贵州三年，百难备尝，然后能有所见，始信孟氏'生于忧患'之言非欺我也。"当我睁开双眼，洞内的幽暗渐次明亮起来，起身时，先前的疼痛居然自愈了不少，逡巡洞中，竟然不再明显地步履蹒跚，惊得同伴差不多掉了下巴，神奇而又玄妙。

王阳明在玩易窝蛰居了差不多半年之后，是年秋天，迁至龙岗山"东洞"居住，并称其为"阳明小洞天"，开始聚徒讲学。先生因俗化导，夷人甚喜，相率伐木为屋，以栖守仁。就这样，"何陋轩""君子亭""宾阳堂"等屋舍俨然，龙岗书院初具雏形。如此，黔中之有书院，始于龙岗；龙岗之有书院，始于阳明。彼时，"诸生闻之，亦皆来集"，致使龙岗成为最早传习王学的地方。继而应贵州提学副使席书之请，阳明先生又主讲贵阳文明书院，一时间"士类感慕者云集听讲，居民环聚而观者如堵焉"。

或许，真是天降大任于斯人，屋漏偏遭连夜雨的王阳明，从诏狱不寐的"焉知非日月，胡为乱予衷"，到囚室见月的"逝者不可及，来者犹可望"；从投江绝命的"自信孤忠悬日月，岂论遗骨葬江鱼"，到颠沛流离的"险夷原不滞胸中，何异浮云过太空"，王阳明风餐露宿，悲切抑郁，一路"黔"行，好在，始终保有一颗圣人之心，坚信"圣人必可学而至"，越是艰难处，越是修心时，总能于心上用功，事上磨炼，见招拆招，从容化解。

过芷江，入玉屏，王阳明悄怆幽邃，其贬谪生涯，同样参差披拂，蒙落摇缀：从兴隆书壁的“贵竹路从峰顶入，夜郎人自日边来”，到平越思隐的“投簪实有居夷志，垂白难承寂水欢”；从古道心旅的“遍行奇胜才经此，江上无劳羡九华”，到清平即事的“积雨山途喜乍晴，暖云浮动水花明”；从水西论象的“天下无不可化之人”，到南祠咏怀的“英魂千载知何处”；从东山遗韵的“石门遥锁阳明鹤，应笑山人久不归”，到南庵答和的“惭觉云间栖翼乱，愁看天北暮云飞”；从西园躬耕的“出耒在明晨，山寒易霜霰”，到苗彝情深的“开导利害，详明警切”；从白云堂叙的“迁客从来甘寂寞，青鞋时过月明中”，到龙场悟道的“圣人之道，吾性自足”；从龙冈立训的“立志、勤学、改过、责善”，到贵阳传道的“一念发动处，便是行”，从龙里惜别的“相思不用勤书札，别后吾言在订顽”，到镇远留书的“相见未期，努力进修，以俟后会”，其朝朝暮暮，意气勤恳，所悟所行，倒也应了后来的修文县名所寓——“修其孝悌忠信，文以礼乐诗书”，从“心”开始，知行合一。

阳明先生谪居于黔，身处逆境，落寞心酸，前途未卜，虽，从居庙堂之高跌落到处江湖之远，由世代书香官宦门第坠入到蛮荒“瘴疠之区”，然，祸福相倚，从京师险恶的政治旋涡中心，没有选择地进入到一个相对淳朴、友善、宽松的民族聚居环境，反而让自己归于朴，归于真，上通穹顶，下接地气，深感“天理”与“良心”息息相通，圣人之心与天地万物相连，倒利于超越日常世俗的功利得失，摆脱声名嗜好及权位荣誉，直接面对生命的终极意义与终极存在，纯智、纯理、纯善的本真心性得以自我觉醒，使“心”与“物”二者之间再无阻碍。知之真切笃实处，即是行；行之明觉精察处，即是知。知而能行，行而能知，即知即行，知行合一，在“心即理”与“致良知”之间兀自架起了一道桥梁，直通往“良知”之路。故此，阳明弟子钱德洪在叙述阳明之学的三次转变时，颇有见地：“先生之学凡三变，其为教也亦三变。少之时，驰骋于辞章；已而出入二氏；继乃居夷处困，豁然有得于圣贤之旨；是三变而至道也。”多年后，王阳明忆及自己谪居黔地时，亦由衷感慨：“往年区区谪官贵州，横逆之加，无月无有。迄今思之，最是动心忍性，砥砺切磋之地……吾良知二字，自龙场以后，便已不出此意，只是点此二字不出。”

三

很多次，在痛风没有发作时，我习惯一个人坐在沅江与酉水交汇的码头，看眼前的流水，对岸的橘树，瓦楞上的天空。流水喜欢说一些浮光跃金的话给船听，几只白鸟时不时掠过来，老是讨嫌地打断流水的絮语。上上下下、来来往往的船只，倒是耐烦得很，一天天，一年年，盛了满河的水声，逆江而来，顺水而去，至于它听到了什么，听懂了什么，并没有人过多地揣测、明白。身后，一座唐代的龙兴讲寺，肃肃穆穆，巍巍峨峨。虎溪山麓的云树带着自己的气息、自己的味道，上抵高天，下达深地。每到周末，虎溪书院孩子们琅琅的书声，都会让四季不断的簇簇花香听到、遇见。

当我从余姚的瑞云楼、绍兴的伯府第、龙场的何陋轩回来，严滩问答上的时间似乎正在丢失时间。很快的年头，很慢的年尾，我依然习惯呆坐在码头，悄悄的，缓缓的，等着一个人，西辞东归而来。

正德四年(1509)底，三十八岁的王阳明贬谪期满，量移庐陵知县，在西辞龙场，东归庐陵的途中，留书镇远，顺阳河而下，进入湖南湘西，恰逢除夕，感慨万千，写下了《舟中除夕二首》："扁舟除夕尚穷途，荆楚还怜俗未殊。"正德五年(1510)正月初，王阳明再次来到了辰州(今沅陵县)，开启了他人生的另一场盛大讲学——虎溪布道。

沅陵，以滇黔之冲，地介楚尾，旧称辰州，为五溪山水交汇之所、荆南要冲雄峙之地，"上扼川黔，下蔽湖湘"，素有"西南要塞""湘西门户"之称。天下诸蕃，唯湖广为最大；湖广诸郡，唯辰州为最远。是故，又有"天下积储在楚，楚之咽喉在辰，故辰安则楚安，楚安则天下安"之说，历史上曾一次封侯两次封王。

王阳明无论西贬贵州龙场，还是东归庐陵任职，毫无疑问，都必得循滇楚古道，留驻沅陵。

"三年谪宦沮蛮氛，天放扁舟下楚云。归信应先春鹰到，闲心期与白鸥群。"此时的王阳明，已然没有三年前经过沅陵时的那份落寞与郁闷，更多的是，明心见性，素位渊默，澄静如山，谦虚其心，宏大其量。

烟花日暖，鸥鹭春闲，王阳明在沅陵见山见水，或施施而行，或漫漫而游，或披草而坐，或倾壶相醉，心凝形释，渊然而静。因喜辰州士人朴茂，质与道近，欣然留寓虎溪龙兴讲寺一个多月，传经布道，与时俯仰。"邑进士唐愈贤从之游，刘观时，王嘉秀，咸执贽受业焉。”

民国十九年(1930)修成浩所撰《沅陵县志》载:“守仁之学,以致良知为主。悟道自龙场,而讲学则始於虎溪。辰士首崇其教训,至风靡天下,人人知崇尚王学。”

明万历二十五年(1579)重修《辰州府志》载:“王守仁,字伯安,余姚人,除兵部武选司主事。正德初,逆瑾乱政,谏臣戴铣劾之,公论救。瑾大怒,庭杖谪龙场驿丞。道出武陵,暂寓潮音阁,与蒋道林讲析疑义。后至辰州,爱虎溪山之胜,宿僧房弥月……郡进士唐愈贤从之游。公与讲致良知之学。士人有所兴起,宪副王世隆、郡臣徐珊建虎溪精舍。”

清同治十二年(1873)重修《沅陵县志》同样言明:“王阳明自龙场谪归,道过辰州,喜士人朴茂,寓龙兴讲寺弥月,与武陵蒋信字道林者往来讲论,题咏山水。进士唐愈贤从游,得闻致良知之学,士人兴起。”

由此可知,王阳明虎溪布道的时间为“弥月”,讲授内容为“致良知之学”,其结论为“悟道自龙场,而讲学则始於虎溪”,其效果是“辰士首崇其教训,至风靡天下,人人知崇尚王学”。其讲学规模盛大,达千余人。明邹守益在《辰州虎溪精舍记》中明确记载:“阳明王夫子自会稽谪龙场,道出辰阳。辰阳之胜,曰虎溪山寺,世称二十六洞天。因宿僧舍弥月。有古松甚奇,大书其轩曰‘松云’,复留诗于壁。一时从游诸彦,如唐柱史诩、萧督学璆,千余人切磋正学,剖剥群淆,若众鸟啾啾获闻威凤鸣也。”王阳明的金兰之交湛若水《泉翁大全集》卷七十六《金陵答问》同样记载道:“往时阳明先生在辰州龙兴寺讲学，时世隆与吴伯诗、张明卿、董道父、汤伯循、董粹夫、李秀夫、刘易仲、田叔中俱时相从，每讲，坐至夜分。”由此可见，王阳明先生的虎溪布道有别于黔中讲学，可谓良师得高徒。师者坐皋比而授心学，传道、授业、解惑，意蕴甚远，其言，约而达，微而藏，罕譬而喻，莫不使人继其心志，流连慨慕，心性昌明，生生不息。

王阳明之所以会选择在沅陵的虎溪山麓讲学，除了地理与人文因素外，还因为门人唐愈贤、王嘉秀、冀元亨，蒋信，刘观时辈俱能卓立，心中欣慰之情油然而生。《与辰中诸生》即言：“谪居两年，无可与语者，归途乃幸得诸友，何幸何幸！方以为喜，又遽尔别去，极怏怏也。绝学之余，求道者少；一齐众楚，最易摇夺。自非豪杰，鲜有卓然不变者。诸友宜相砥砺夹持，务期有成。”其自述又云：“悔昔在贵阳举知行合一之教，纷纷异同，罔知所入。”这说明王阳明在“龙场悟道”后，因“无可与语者”，无法找到可以与之深度交流研讨心学思想的人，其心学理论也无法正式系统地发布与传播。而在沅陵，则大不相同，师生彼此能够和易以思，心领神会，同声相应，同气相求，心有灵犀，周流六虚，可达此时无声胜有声，一切尽在不言中的境地。

王阳明因“悔昔在贵阳举知行合一之教，纷纷异同，罔知所入。兹来乃与诸生静坐僧寺，使自悟性体，顾恍恍若有可即者。”故在辰州虎溪讲学时，特别说到“静坐”事宜：前在寺中所云静坐事，非欲坐禅，盖因吾辈平日为事物分拏，未知为己，欲以此补小学收放心一段工夫耳。明道云：才学便须知有著力处，既学便须知有著力处。诸友宜于此处着力，方有进步，异时始有得力处也。他强调“学要鞭辟近里著己、君子之道暗然而日章……所谓知得洒扫应对，便是精义入神也。”主张通过“静坐”去“自悟性体”。“静坐”与“坐禅”并不相同。王阳明将自己的“静坐”说比作孟子的“求放心”功夫，“放”是“失落”的意思。既要静处无事，又要动处有事，静坐中，忘己忘物，忘天忘地，与虚空同体，光耀神奇，恍惚变幻，似欲言而忘其所以言，这样，才能“天何言哉，春雨一帘芳草润；吾无隐尔，秋风满院木樨香”。

春日的辰州大地，武陵雪峰莽莽苍苍，沅江酉水环山合流，处处春意泱泱。山水清鲜朗润，朦胧涵虚，如诗如画，一片桃红柳绿。燕子滩头，河涨洲边，王阳明与辰中弟子们席地而坐，或游山探水，或月下抚琴，或饮酒吟啸，或寺中赏月，举杯畅饮，共话桑麻，其乐融融，颇有“浴乎沂，风乎舞雩，咏而归”的情形。一觞一咏中，他答王嘉秀之问：若论圣人大中至正之道，彻上彻下，只是一贯，更有甚上一截、下一截？别刘易仲时：至道不外得，一悟失群暗。书王嘉秀请益卷谆谆教诲：仁者以天地万物为一体，莫非己也，故曰，己欲立而立人，己欲达而达人。当王嘉秀实夫、萧琦子玉告归时，又专门致书寄语辰阳诸贤：吾道既匪佛，吾学亦匪仙，坦然由简易，日用匪深玄……所以君子学，布种培根原。与沅陵郭掌教相忆：记得春眠寺阁云，松林水鹤日为群。别来点瑟还谁鼓？怅望烟花此送君。最后兴之所至，留诗龙兴讲寺壁间：“杖黎一过虎溪头，何处僧房问惠休？云起峰头沉阁影，林疏地底见江流。烟花日暖犹含雨，鸥鹭春闲自满洲。好景同来不同赏，篇诗还为故人留。”及至多年后，题王实夫画，依旧意犹缱绻：小酉诸峰开夕照，虎溪春寺入烟霏；他年还向辰阳望，却忆题诗在翠微。

王阳明的虎溪布道，培养出了以辰中刘观时、王嘉秀、唐愈贤、萧琦、王世隆、董道夫、吴伯诗、镇溪（今吉首）吴鹤等为代表的辰州弟子群和以蒋信、王应奎、冀元亨、胡珊、刘瓛、杨礿、杨褫、何凤韶、唐演、龙起霄、龙翔霄、文澍、杜世荣等为代表的武陵弟子群。刘观时、王嘉秀、唐愈贤、蒋信、冀元亨等还多次紧随王阳明到庐陵、南京、滁州，侍学在侧，在王学布种培根、萌芽抒发的道上留下了他们孜孜以求、一往无前的屐痕，造就了于斯为盛的“楚中王门”。

王阳明的虎溪布道，系统地传播了“致良知”学说，提出了“静坐说”，此心不动，应物而动，它是一个巨大的分水岭，一座巍峨的丰碑，是王阳明西辞东归之路上，一个极其重要、不容忽视的节点。月余之后，王阳明着一袭青布圆领大袖，炯着双眼，蔼然东行，心随境迁，凭心化物，以深沉明厚之态，周正温良之姿，与前路对话，澄湛卓巍，一路题诗不断。正德五年（1510）三月，王阳明从醴陵进入江西，到达庐陵，卧治六月后，权奸刘瑾终于被诛，王阳明随即被擢升到南京刑部任职，两年后，升任太仆寺少卿、南京鸿胪寺卿，其波澜壮阔的“立功、立言、立德”三不朽的传奇人生正式拉开序幕：事功上，王阳明巡抚南赣汀漳，仅年余，剿除四省边境多年的民变祸乱；江西宁王朱宸濠携十万之众叛乱，他凭一己之力，在朝廷未发一兵一卒的情况下，仅月余，生擒宁王于鄱阳湖；后又巡抚两广，平定思田之乱，开拓南疆，绥靖边陲，既破山中贼易，又破心中贼。最后，在江西大余青龙浦的“微哂”中，临终遗言，彪炳千秋：“此心光明，亦复何言！”“终明之世，文臣用兵制胜，未有如守仁者也”，王阳明也因军功被赐封为新建伯。学问上，自龙场悟道、虎溪布道后，历经天泉证道、严滩问答、南浦请益，最后宗说大成，创立“致良知”“知行合一”学说，相信“人皆可为尧舜”，形成与当时盛行的“程朱理学”相抗衡的庞大心学体系，成为当时学术的一大清流，声播海内外。

大唐的龙兴讲寺，传来阵阵悠远的梵音。寺后的虎溪书院，也在原址上修葺一新，常年书声琅琅。一个人，身处绝境，“危栈断我前，猛虎尾我后。倒崖落我左，绝壑临我右。我足复荆榛，雨雪更纷骤……”却始终能克己省察，端居澄澈，依良知行事，与虚空同体，光耀神奇，引得后世顶礼膜拜者众多。只是有意无意，人们随意糟蹋，歪读曲解者甚多，理当正本清源，耕读原典，克其私，去其蔽，适时祛魅，拔本溯源，以复其心体之同然。诚如王阳明最钟爱的弟子徐爱在《传习录》开篇所说“世之君子，或与先生仅交一面，或犹未闻其謦欬，或先怀忽易忿激之心，而遽欲于立谈之间、传闻之说，臆断悬度。如之何其可得也？从游之士，闻先生之教，往往得一而遗二……故爱备录之所闻，私以示夫同志，相与考正之，庶无负先生之教云。”

西辞东归的路上，因为王阳明的驻寓，此时的虎溪山，不再是千年前那座普通的山，它一天天、一年年，不断地高大峻茂起来，成为一座澄静之山、良知之山、本性之山、光明之山。

身形瘦削、面色黧黑的王阳明，吾心自有光明月，千古团圆永无缺。生,不足喜;死,不足悲。凡不能消灭他的东西,都会使他内心强大。然而,他又无时无刻不在遭受着被误解、被诬陷、被排斥、被打击,他所有的存在,所有的境遇,不是已经被颠覆,就是正在被颠覆的路上。虽然怀揣煌煌如日的光明,挺立在海雨天风的绝巅之上,他终究是孤独的。孤独的,不仅仅是他傲岸豪迈的背影,还有整整一个时代的斑驳叹息。

这样想时,一只青鸟,在夕阳西下时,透过浓密的树叶,孤独地睁开眼睛,斜斜的,看了我一眼。我突然有些相信,哪怕是一片树叶,正在凋落,一只鸟,偶露睥睨的眼神,都会有着生命感知的全部意义,更何况一座山、一条河,一个人全部的日子与所有的追寻呢?

只此沅陵

一

河流，繁衍生命，润泽万物，催生城市和村庄。千百年来，一条条河流，流过了春秋争鸣，先秦两汉，大唐风云，宋雨啁啾；流过了罗马大帝，玛雅符咒，雅典城邦，阿兹特克神迹。一条条河流，衍生一段段历史，润泽一个个族群。每一滴水都有着自己的来历，每一朵浪花都有着自己的思想。亲近它的涟漪，亲近它的光芒，亲近它的波涛，亲近它的歌响，一条河流的流向，必然是所有生命、城市与村庄的方向。

千里沅江，从都匀云雾山上的龙头江起身，从平越大山的重安江出发，一个从南，一个从北，在林中寂静，在山涧安详，温婉中倒映着风景，清冷中沉淀着迹象。南北两源在凯里岔河汇合后成为清水江，然后，一路向东，高奏生命的凯歌，至台江纳小江河，至剑河纳南哨河，至锦屏河口纳乌下江，至三江镇纳洞河、亮江，于天柱瓮洞镇出贵州入湖南芷江大垅乡，至洪江托口纳渠水，至黔城与㵲水汇合，释放着璀璨的光芒，拥有了一个沉雄灵动的名字，叫沅江，又名沅水。自此，倔强奔腾的沅江，至洪江纳巫水后北流至溆浦江口镇纳溆水，至辰溪纳辰水，至泸溪纳武水，至沅陵纳酉水，势吞“五溪”后，直至汉寿注入洞庭湖，然后汇入长江，直达“九省通衢”的武汉。干流全长 1033 公里(其中湖南境内 568 公里，怀化境内 477 公里)，流域总面积 89163 平方公里，湖南境内 51066 平方公里。

千里沅江，在武陵雪峰两大山系之间，激荡冲折，逶迤周旋。雪峰山脉巍峨厚壮，武陵山脉神秀挺拔，沅江则在两山之间纵深弯曲，磕磕绊绊，深深浅浅，不惧蹉跎，背负着时光荏苒的足迹，承载着无数梦想的恩泽。“万里梯航通六诏，五溪烟水下三湘”，“四十八站上云南，四十八站到长安”，沅江，成为一条连通中原内陆与大西南的国际“黄金水道”。精明的蜀商，往往选择避开长江三峡的天险，在川东坐船顺酉水而下，到达沅江拐了一个大弯的沅陵窑头(楚秦黔中郡故址)，再溯沅水将众多的桐油、棉麻、茶叶、食盐等山货转运到贵州，然后以走山路著称的黔滇小马组成马帮，用水陆联运的方式前往东南亚的越南、缅甸、老挝、印度等地。

沅江，作为著名的“南方水上丝绸之路”，在怀化境内，更是“黔客东进、张客南下、长客西入、桂客北上”的黄金走廊，它是一条商贸之江，集中体现了湘商文化的精髓；它是一脉文化之 河，历史厚重，文化多样化突出；它更是一处精神之源，是世世代代生活在沿江两岸的人们对自然和人类社会发展的精神寄托。沅江北岸洪江市岔头乡岩里村距今 7800 年的高庙文化遗址，叩响了怀化深厚远古历史的大门。同时，其自然生态无与伦比，历史文化厚重独特，高庙文化、屈原文化、杂交水稻稻作文化、商道和航运文化、侗苗民族文化等无不具有独特性、独占性，甚至具有垄断生、不可复制性。

沅江，滩水相连，疾缓任性，狂放不羁。从云贵高原飞流直下，穿过黔东南与湘西北腹地，一路咆哮高歌，掠过阵阵野性的楚风，繁衍出无数座城市、村庄与码头。“常德桃源一大站，穿石界首清浪滩。北溶辰州泸溪县，浦市江口到铜湾，安江洪江黔阳县，独寨公坪芷江边，再走三程方到岸，清溪交溪到镇远……”沅水九溶八十溪，从沅陵下常德，三垴九洞十八滩，滩滩都是鬼门关。其中，浪木洞、横石、九矶、清浪、滁滩最险，囔滩最长，翁子洞、三绞滩的纤最是难拽。沅水流域各处重要的城镇与码头，大致有铜仁、镇远、龙溪、托口、洪江、黔阳、溆浦、辰溪、浦市、沅陵、陬市、常德，以及酉水上的吉首、古丈、永顺等几大名镇，清水江上的麻江下司和天柱三门塘，巫水的会同高椅等，这些城镇与码头，船来人往，熙攘繁华，即便是到了民国初年，诸如托口，仍有纵横交错的九街十八巷，商埠码头十八座。洪江古商城，更是集聚了商行、钱庄、青楼、烟馆、酒店、作坊、厘金局、寺院、报社、客栈、戏台、学堂等五行八作，大有“钱塘自古繁华”的派头。

二

千里沅江之上，沅陵，居水陆要冲，是沅江中游最为重要的城市与码头。如同贯穿开罗的尼罗河，贯穿巴黎的塞纳河，贯穿伦敦的泰晤士河，贯穿蒙特利尔的圣劳伦斯河，贯穿纽约的哈德逊河，贯穿科隆的莱茵河，贯穿武汉的长江，贯穿杭州的钱塘江千里沅江从一座古老而年轻的城市中穿过，那就是“美得令人心痛”的沅陵。因为这条江，沅陵有了绵延不息的灵动；因为这条江，沅陵有了别样的色彩、韵味与腔调。

沅陵，旧称辰州，是一座千年古城，为五溪山水交汇之所、荆南要冲雄峙之地，“上扼川黔，下蔽湖湘”，素有“西南要塞”“湘西门户”之称。沅陵，以滇黔之冲，地介楚尾，所谓“天下积储在楚，楚之咽喉在辰，故辰安则楚安，楚安则天下安”，极言沅陵山川形势战略地位之重要。也正因为此，沅陵，历为郡、州、路、府、道和湘西行署治所，曾是整个湘西地区的政治、经济、文化中心，历史上曾一次封侯两次封王（一九九九年虎溪山一号汉墓顷侯吴阳墓的发掘，被评为当年“全国十大考古新发现”）抗战时期，为湖南临时省会。

沅陵，从地理符号来说，由于处于武陵山脉与雪峰山脉尾端交汇之所，千里沅江与八百里酉水在虎溪山脚下汇成一处，如破天门，烟波浩渺，自西南而东北，直入洞庭，因此，形成了“南方水上丝绸之路”。就整个湖南而言，高耸的雪峰山脉自南而北，将湖湘大地纵向切割成东西两大部分，东部湘水与资水，承受着中原文化南下，岭南文化北上的氤氲漫漶，而西部被雄峰大壑阻隔，沅江、澧水自成一体，抱朴守拙，承接着西北巴蜀文化与西南云贵高原滇黔文化的冲撞。而沅陵作为门户，成为各种文化的碰撞与融合之地，呈现出独有的多元的辰州地域文化特征。

沅陵，从文化符号来说，可以称得上是中国南方的“成语之乡”。直接出典在沅陵的成语就有“学富五车,书通二酉”“湘东遗恨”“老当益壮”“马革裹尸”“夸父逐日”等等,与之相关联的成语还有“焚书坑儒”“高山仰止、景行行止”“藏之名山、传之后世”“汗牛充栋”“韦编三绝”“夜郎自大”等等。

沅陵,这片神奇厚重的土地,从帝师善卷居二酉传“龙书”而德化苍生万物开始,大禹治水道经大楚南,在圣人山上禹王碑里写下传奇,平治水土,使民而得陆地。从此,这块“欸乃一声山水绿”的土地,屈原来过,“朝发枉渚兮夕宿辰阳,令沅湘兮无波,使江水兮安流”,酝九章而诵九歌;七绝圣手王昌龄浩叹,“沅江流水到辰阳,溪口逢君驿路长”,送别柴侍御时更是感怀,“青山一道同云雨,明月何曾是两乡”;诗仙李白举杯遥寄,“我寄愁心与明月,随风直到夜郎西”;诗圣杜甫感慨,“三峡楼台淹日月,五溪衣服共云山”;刘禹锡观龙舟激流横渡写下著名的《竞渡曲》,“沅江五月平堤流,邑人相将浮彩舟”;黄庭坚于二酉山“古洞寻书探奇字,思怀空吟三千年”;明三大才子之首杨慎谪戍云南永昌卫时途经马底驿时,“五更鼓角催行急,一枕乡思梦未残”。当然,还有,沈从文在沅陵修建“芸庐”,推窗远望“丛树点缀其间,风光入眼,实不俗气”;林徽因更在信中赞叹,“昨晚里是住在官庄的,沿途景物又秀丽,又雄壮。”

因此,在林则徐眼里,沅陵是“一县好山留客住,五溪秋水为君清”;在文学大师沈从文心里沅陵,是他的第二故乡;在国画大师黄永玉笔下,沅陵是一座东方的金字塔;在史学家林河的典藏里,沅陵是一部中国通史。

沅陵历史悠久，文韵绵长。春秋时期，沅陵属楚巫中地，战国属楚黔中地，秦属黔中郡。其郡址，始于沅水拐弯的窑头，后迁蓝溪口，复迁窑头。隋开皇九年(589)，隋文帝为治溪蛮，置辰州，沅陵始为附廓，邑城属府治。将原郡址及县址由窑头迁往沅水与酉水汇聚的沅水北岸。自此以后的一千四百多年，沅水北岸就一直是辰州府和沅陵县城所在地，筑石为城，砌墙成邑。城开六门，曰朝阳、通河、拱辰、环碧、沐波、水星，角楼四座，曰双莲、飞霞、靖远、观澜。自此，沅陵古城成为沅水流域极为重要的驿城重镇与码头。如果把它放在横向的历史坐标点上，春秋战国时期，群雄逐鹿，烽烟四起，百家争鸣。而在西方，同样陷入了“修昔底德陷阱”，进行的是残酷而漫长的伯罗奔尼撒战争，最后斯巴达人终结了雅典的古典时代与古希腊的民主时代。汉高祖五年置沅陵县时，整个亚欧大陆，一个是强大的汉帝国西征，一个是罗马帝国东征，两相呼应，中间是贵霜帝国与安息帝国。而沅陵处在这样的一个地理环境与历史节点上，便有了它特殊的战略与文化意义。

曾经，代表着古波斯文明的波斯波利斯古城于公元前三三〇年毁于战火，代表着古纳巴泰文明的佩特拉古城于公元四〇年，因商路改变而被人遗弃。代表着古罗马文明的庞贝古城毁于火山爆发，代表着古腓尼基文明的迦太基古城因土地盐碱化而颓败消失，代表着古丝路文明的楼兰古城，最后因水源耗尽而消亡。而沅陵，这座既小又大的千年古城，承续着古华夏文明，至今，仍安守在浩荡的沅水边，默默地荣耀复活，寂静地生机蓬勃。

大秦帝国的咸阳城内，火光冲天，一场“焚书坑儒”的文化与文明的浩劫发生了：凡博士官以外所藏“诗书百家语”，均在焚烧之列。有敢谈论《诗》《书》者弃市，以古非今者灭族，官吏知情不举者同罪，令下三十日不烧者判黥刑。一时之间，全国上下到处浓烟滚滚，秦前文化面临绝灭。此时，朝廷博士官伏胜冒着被诛灭九族的危险，领着家将伏安，偷偷将千卷书简运出咸阳，择地而藏，从渭河的船上搬运到牛车上，取道终南山后，入汉水南运而来，车载船运，历尽千辛万苦，船至沅陵乌宿。在这个传说金乌巡毕周天而休息的地方，眼见二酉山“两山夹酉江而峙，为水陆总路”，于是，选中了二酉山半二酉洞作为藏书之处。直到秦朝灭亡，才将全部藏书取出献汉。汉高祖刘邦在获得所献大量秦前书简时大喜，亲将二酉藏书洞封为“文化圣洞”，二酉山立为“天下名山”。从此后，二酉山二酉洞成为天下圣迹，成为读书人毕生向往和追求的地方。《方舆胜览》载：“小酉山石穴有书千卷，相传避秦人所藏。”这就是中华文明史上极为著名的“二酉藏书”。也正因此，使得秦始皇“焚书坑儒”后的华夏文明得以薪火相传，中华五千年文明不至像古埃及、古巴比伦、古印度文明而断代。一脉圣地，一处藏书，中华文化从此生生不息，光耀千古。时至今日，二酉山下的“教授村”依旧遐迩闻名。

“二酉藏书”八百多年后，唐贞观二年（628），大唐天子李世民在沅江与酉水交汇处的虎溪山麓敕建龙兴讲寺，借此通过佛法传播，感化“判服无常”的西南群蛮，实现“教化一方，稳定一方”的目的，堪称世界上现存最古老的学院，比著名的千年学府岳麓书院早建 348 年。它是目前湖南省现存最古老、规模最宏大、保护最完整的寺庙之一。在这座名副其实的西南第一佛学书院里，明崇祯年间南京礼部尚书、中国书法史上颇有影响力的书画家董其昌手书大雄宝殿上“眼前佛国”四字，至今依然飘逸隽秀、雍容大气。

又过了八百多年后，明正德五年(1510)年末，集立德、立功、立言于一身的“真三不朽”、集儒释道于一体的全能大儒王阳明，龙场悟道后守得云开见月明，奉调江西庐陵任知县，他坐船顺沅水东下，经溆浦大江口、辰溪，直达沅陵，因喜郡人朴茂，质与道近，寓龙兴讲寺月余，第一次向世人全面讲解他的“致良知”学说。沅陵虎溪山龙兴讲寺，也因此成为王阳明传授“心学”的“处女地”和第一站。沅陵有幸，迎来了王阳明的首倡良知之说，虎溪山有幸，由此高大峻茂起来，成为一座良知之山，本性之山，光明之山。王阳明题诗于龙兴讲寺壁：“杖藜一过虎溪头，何处僧房问惠休。云起峰间沉阁影，林疏地底见江流。烟花日暖犹含雨，鸥鹭春闲自满洲。好景同游不同赏，篇诗还为故人留。”充满了良知与哲理。王阳明虎溪讲学，形成了沅陵文化的一座高峰，为沅陵、湘西，乃至整个中国教育弥撒了“我心光明”的圣哲之光。

自此，沅陵的书院开办如雨后春笋，崇正书院、虎溪精舍(虎溪书院)、让溪书院、翠山书院、妙华书院、酉阳书院、成人书院、鹤鸣书院、龙山书院等，旛盖云丛之景观不逊盛唐。辰州书院文化教育生机勃发，对辰州本地乃至整个湖湘文化的普及、传播、发展都产生了重要影响。

千里沅江，沅陵踏歌未央，独居其中。在这里，夸父明月山下千里追日，屈原路漫漫兮求索问天，马援征战壶头山上马革裹尸；

在这里，巫风傩韵诡谲神秘，辰州“三绝”莫测高深，盘瓠繁衍斑斓深邃。后世，更有沈从文、周立波、闻一多、金山、梁思成、林徽因等众多仁人志士，或在此驻足，或于此求学，绽放出人文的光芒，精英的芬芳。

三

大风起于深泽，沅水到此拐弯的沅陵，一城压五山，一江控五水，一县容五湖。悠悠烟浦，澹澹云山，泛泛渔舟，闲闲鸥鹭，耳得之为声，目遇之成色，取之不尽，用之不竭，其蕴藉丰盈、韵外之致，无不使人沉醉其间，且非胸中夙有烟霞者不能畅之。

远在虞夏商周时期，沅陵，地属荆楚。春秋战国时，随着楚国势力越长江南下，沅水拐弯处的窑头，其地位日渐突出，成为楚秦黔中郡郡治。《史记·苏秦传》载：“楚黔中郡，其故城在辰州西二十里，皆盘瓠之后也。”《元和郡县志·江南道六》说：“秦黔中郡故郡城在县(沅陵)西二十里。”秦始皇二十四年(前 223)，秦灭楚后，复置黔中郡，为三十六郡之一。汉高祖五年(前 202)，改黔中郡为武陵郡。考古专家们曾在这里试探性发掘，相继出土了大量的秦砖汉瓦和鬲、钵、豆、罐壶及铜戈、铜剑、铜箭镞等兵器，并探明黔中郡故城遗址东南面山顶聚集有四十余座巨型战国至汉代大墓，每一座墓就是一座山，其半数以上超过长沙马王堆汉墓。此外，四周还有大大小小战国、汉代平民墓一千多座。一些无法经眼睛解码并判断其价值的事物，正被一锄一镐的事实与逻辑所证实，这不得不让人瞠目，令人唏嘘。古拙厚重的窑头，处处弥漫了一股傲岸之气，每一块石头，每一处残垣，似乎都显露出清冷、高贵、古雅、雍容，不容小觑。

千里沅江，这条流淌生命与文明的河流，广纳“雄溪、满溪、潕溪、酉溪、辰溪”五溪之水，在沅陵境内有 911 条大小纵横的溪流，急水成瀑，缓流成湖。沅水从泸溪奔腾而下，纳武溪后进入沅陵，沿途纳澎溪、送溪、大里溪、泗濠溪、舒溪、鳜鱼溪、杨溪、丑溪、荔溪、油溪、耍溪、龙溪、蓝溪、穿衣溪入太常，在溪子口纳酉水后继续东流，纳老鸦溪、覃木溪、黄头溪、鹿溪、杨溪、蛟溪，过百曳滩，纳上怡溪、下怡溪，过朗木洞、九矶滩，纳深溪、横石溪、小米溪，过桃坪，纳丛溪、夏家溪，经会石滩、大河岭，纳白沙溪，经古寨坪，到达北溶纳溶溪，过火烧溶，到达十里瓖滩。随后，纳方竹溪，在北斗口对岸纳朱红溪后继续东行，纳斑竹溪、弯竹溪，经杨家洞、碣滩后纳大晏溪、小晏溪，穿过鄢家与麻布淇后，到达鸦窠洄，之后，又纳砚石溪、小砚石溪、夷溪、将军溪、渣滓溪、小营溪、大营溪、葡萄溪进入清浪滩，过壶头山再纳白骡溪、梅子溪，下清浪，经老司潭、钢钉，纳马料溪、朱闾溪，经纱衣湾、鳜鱼洞，纳桐木溪，见过罗汉山后，纳阴沉溪、洞庭溪、沙草溪、石门溪，过卡洞纳辰塘溪，过雷洄、庙公头，到五强溪电站大坝，纳大别溪、小别溪，再过缆子湾，纳金厂溪、万阳溪、绿溪、麻叶溪，然后过明月山、夸父山、撑锅岩、翁子洞、寡妇链，纳米汤溪，沿金冠嘴、箱子岩、海螺山继续东行，在水心岩纳夷望溪。千里沅江，一路日月星辰风雅颂，一路天地家国赋比兴，终于在沅陵境内完成了它在夹岸高山中的回环激荡、诗画铺陈。

五溪湖、明月湖、明溪湖、千岛湖、蒙湖，如五颗温润的宝石，波光潋滟地缀在崇山翠岭的蓝色丝带上，渔歌唱晚，水墨氤氲，灵秀静谧。沿途山青，水秀，石美，雨过晴柔，草木蔓发，春山可望，云卷云舒，水无穷处，一幅轻鲦出水，白鸥矫翼，露湿青皋，前度桃花，依然开满江浔的景象。古寨、古渡、古塔，在霭霭停云下，蒙蒙细雨中，似乎在静静地打望阴阴夏木，漠漠水田，清音悠邈，飞絮满天，满目河山念远，古朴神秘而又灵动丰盈。河流上，远远飘来高亢铿锵的沅水号子、酉水号子，还有每年端午期间“胜亦赢，败亦赢”的龙舟竞渡，无不成为生命与力量的音符，摄人心魄。雄浑的崇山峻岭，欢腾的山川溪流、厚重的历史积淀，如同舒缓有致的原生态诗画长卷，恣意流淌的天籁，让人流连忘返、叹为观止。高山，因流水而苍翠；厚土，因青碧而幽深。因此，屈原不得不佳誉：“沅有芷兮澧有兰……观流水兮潺湲”；林则徐不得不盛赞：“一县好山留客住，五溪秋水为君清。”

四

两千年郁盛人文，数百里清嘉山水。沅陵，是一块色彩丰富、韵味独特，腔调有致的土地。

沅陵，绿韵盎然，是一个天然氧吧。武陵与雪峰两大山脉，雄峰大岭，森林密布，全县森林覆盖率达百分之七十六以上，活立木蓄积量居全省首位。五强溪国家湿地公园，披霞带雾，花红水碧，鱼跃鸟飞;借母溪国家级自然保护区,千年的古藤老树,神奇的沟谷流水,成为湖南"天然标本"最集中、最齐全的动植物荟萃之地;沅陵国家森林公园,树美石奇,花鸟草虫,五彩斑斓,是一块绿色油碧的土地。

沅陵,水韵悠然,是一个山国水都。全境溪流纵横交错,处处碧波荡漾。这里的每一湾水,至清至柔。清清的,浅浅的,淌过一层层落叶,摩挲着五颜六色的石头,细细的,亮亮的,既温情,又激荡。岸边的每一峰岭,摇曳起满山满岭的云霞,焕发出生命盎然的神奇姿态。在这里,春天,绿意凝脂、鸟语花香;夏天,浅水挂帘、鱼虾潜底;秋天,层林尽染、天高云淡;冬天,云雾缭绕、玉树参天。在这里,每一滴水,都有自己的故事,每一条河,都有自己的心情。置身其中,时间,就这样缓慢下来;身心,就这样沉醉下去,是一块蓝色清澈的土地。

沅陵,矿韵灿然,是一个黄金之都。沅陵矿产丰富,盛产黄金,官庄沃溪国家矿山公园矿业遗迹丰富,又有着旖旎的风光,让人零距离感知"黄金是怎么炼成的"。百年老矿辰州矿业具有一百四十多年开采历史,为金锑钨共生矿,全球唯一,是国内五大黄金企业之一,也是全球第一大锑品生产企业和国内主要钨矿开发企业,是一块金色绚烂的土地。

沅陵,茶韵飘香,是一个生态有机茶之乡。陆羽《茶经》里扑朔迷离的中国茶文化名山——无射山,即在沅陵田坳尘埃落定。一方古朴灵异的山水,孕育出一道尊贵神秘的国饮——沅陵碣滩茶。碣滩茶一经出世,在唐代即成为贡品,历经宋元明清,盛名不衰,并流传到日本、印度，被誉为“中国高端绿茶的杰出代表”，连续16届被评为湖南省名茶，成为“国际文化名茶”、中国国家地理标志保护产品，先后获得上海世博、米兰百年世博中国名茶金奖。五溪春波展旗枪，虎溪云树候佳茗。茶禅一味，云水禅心，是一块翠碧沁芳的土地。

沅陵，风云激荡，是一个革命老区。贺龙、萧克在这里建立苏维埃政权，成为湘鄂川黔边根据地的重要组成部分。红二六军团，激战不知溪，叱咤风云，英勇顽强；三十八军解放山城，壮怀激烈，势不可挡；四十七军湘西剿匪，攻坚克难，摧枯拉朽。土地革命的星星之火就此播撒，无数义薄云天的沅陵好儿郎，铁骨铮铮，跃马沙场，是一块红色跃动的土地。

沅陵，是一块韵味独特的土地。早上，你可以喝上一杯碣滩贡茶，茶韵天香中，沁了肺腑，香了人生；然后，在油香扑鼻中，吃上两个香脆滑润的灯盏窝，再端上一碗热气腾腾的沅陵的“国宴”——猪脚粉，爽口爽心；中午，可以吃一道曾经吊脚楼上的“翠翠们”给心爱的放排的汉子们所做的爱情菜——晒兰，体会着舌尖上的味道，既情深，又意切；到了晚上，还可以尝一尝纯正的叶子粑、蒿子粑，醇香入梦，韵味悠长，会让人觉得，这才是值得过的，大道至简的人生。

沅陵，是一个腔调有致的地方。龙舟竞渡，喝一碗烧酒赛一回船，三千载浪里争雄，九万年不老乡情，胜亦赢，败亦赢，帅旗满江横；楚风流韵中，上刀山、下火海，咬一口辣椒热一身汗，喊一阵长风壮一回胆。“狃花文化”的神秘盖头，透出爱情与生命凄婉缠绵的坚韧和玄机。自然神韵的水墨丹青之中，金庸笔下的黑木崖威风凛凛，“日月神坛”直指苍穹;金碗水神奇的“喊泉”喊出绝美希望的渴求；沅江酉水边吊脚楼里苗家土家姑娘一支火辣辣的山歌，可以唤醒春风十里恒久不变的约定;大小不一的四合院内一碗朴拙憨厚的米酒，可以吆喝起无数个乱云飞渡的春秋大义；秋天的晒谷坪里一场诡谲炫目的傩舞，可以庄严山川河流所有的祈愿；通往春天的路上，一支唢呐吹天吹地吹日月，一通锣鼓擂风擂雨擂霜雪,一声号子撼山撼水撼流年,一次呼吸醉心醉梦醉明天。

潮平两岸阔,风正一帆悬。弦歌千载的沅陵,带着来自遥远文明的神秘昭示，在一碗猪脚粉一个灯盏窝的烟火里，在船上晒兰肉、码头蒿子粑的咀嚼中,在号子、山歌、小调、辰河高腔的韵致里，在辰州金锑钨蕴藏量雄居全省乃至全国前茅的富集地，创造了“中国传统龙舟之乡、省级历史文化名城、革命老区县、全国文明县城、中华民族文化生态旅游名县、全国农村金融改革试点县、全省新型城镇化试点县、全国农村产业融合发展试点示范县”等一个又一个金字招牌,如今,站在时代的新起点,全面落实省委省政府“三高四新”战略定位和使命任务,深入实施“五新四城”战略,抢抓历史机遇、奋起二次创业,加快“建设四个区、打造次中心、挺进三十强”,大力推动电子信息制造、有色金属循环经济、水电风电扩能增效、生态文旅融合、品牌茶酒打造、中药材综合开发利用等六大百亿产业链建设，实现自然与人文媲美，商旅与物阜皆赢,文化为经济喝彩,历史给未来壮行。

如今,千里沅江,作为长江经济带的生态屏障,千里沅江生态文化旅游产业黄金走廊，作为“长江国际旅游黄金带”的重要组成部分。怀化市正以“神韵雪峰”为品牌，统筹“山、水、城、廊”，以山为魂、以水为脉、以城为基、以廊为线，共同支撑和丰富“神韵雪峰”的核心品牌主题内容，以高庙文化和袁隆平杂交水稻的农业文化为引领，以“文博、水上、商城、庄园、民宿、夜游、乡村、运动、融合、火车”十大旅游经济业态为内容，发挥资源优势集成创新。按照“江为线，城（镇、村）为珠，线穿珠，珠带面”的总体思路，构建“一心一轴三片区五高地”的空间格局框架，打造“千里沅江”项目体系。

“千里沅江”地带，是我国生态旅游资源富集区之一，被称为“中国绿心”，而沅陵作为极其重要的节点和县域，可以称为“绿心中的绿心”。怀化，作为一个怀景怀乡怀味的地方，袁隆平的一粒种子改变了世界，此时此刻，沅陵正以沅江酉水为经，武陵雪峰为纬，承担起服务湘、黔、渝、桂四省区旅游集散枢纽的地位，对接“一带一路”国家战略，变劣势为优势，全力释放资源与区位双重优势潜力，勠力按照“办一次会、兴一座城”的理念，将生态文旅融合发展作为全县“六大临港产业链”之一倾力打造，承办好二〇二三年全市旅发大会，作为一次提升城市品位、展示沅陵形象、提振发展信心的重要机遇，在原有“文韵沅陵、水韵沅陵、绿韵沅陵、茶韵沅陵”四张名片的基础上，实施城市更新项目、县乡污水处理工程，完成龙兴路、凤鸣路休闲游步道建设、龙兴讲寺修缮及创四A配套、辰州古街、二酉山、借母溪旅游综合体服务区及森林水世界、两江三岸提质改造等一系列项目建设，同时，对县城范围内的老旧小区、背街小巷、园林景观、交通路网、市政管网、公共服务设施以及全县范围内现有的文化旅游载体进行全面升级改造。因地制宜大视野，放眼未来大格局，进行全域规划，创新城乡统筹“新模式”，立足于“看得见山，望得见水，留得住脚步，带得来财富”，推动村落变景点、田园变公园、农房变客房，构建城乡联动、全域覆盖的旅游发展格局。全景布局，不断丰富旅游产品“新业态”——全力推进中华书山的进一步立标打样，龙兴讲寺王阳明心学讲座，龙舟大看台音乐灯光秀、水幕电影、实景剧，借母溪非遗集市、森林水世界、五星级度假温泉酒店等项目建设，鼓励引导高质量发展庭院经济，持续放大“实景剧+农民演员”“农家乐协会+农民就业”“三合一体”产业振兴等典型示范效应，让山水活起来、环境美起来、产业强起来、农民富起来。全链融合，打造经济发展“新引擎”。将生态文旅产业与品牌茶酒打造、中药材综合开发利用等产业发展结合起来，大力推动文旅、茶旅、渔旅、工旅、康旅融合发展，全面助力乡村振兴，续写沅陵“繁盛三千年不衰”的历史传奇。全面发力，满足游客体验“新期待”。加大设施投入，抢抓全面加强基础设施建设战略机遇，实施城市更新工程，积极筹措资金对城市路灯、指示标牌、公交站台等地上设施进行改扩建，“四桥两路”全线贯通；完善景区厕所、停车场、露营基地等旅游基础设施，以龙兴讲寺、凤凰山、酉水风光带为亮点，将沅陵打造成融山贯水的绿色城市、文旅融合的旅游城市；集中实施借母溪森林水世界、龙兴讲寺修缮、阳明书院保护修缮等 7 个生态文化旅游产业项目。

千里沅江黄金走廊，山、水、城、廊，相得益彰，某些悠远的古朴需要被咀嚼，某些大地的年轮需要被铭记，寥寥春光，杳杳夜色，气收禾黍熟，风静草虫吟，固守的韵味，诸多的美好，都在时间的沉淀中产生，并保存时间所有的传说。

古老与现代，开放与包容，创新与发展，绿色与共享，千年古郡，华韵天成。沅陵，一个韵味十足，美得令人心驰神往的地方，不仅仅属于辉煌的历史，更属于荣耀的将来。

芒种 · 隅中

从一个方向到另一个方向，从一条古道到另一条古道，从一座村庄到另一座村庄，所到之处，仿佛所有的时光都是赤裸裸的。隔着辽阔的尘世，让人每看一眼，都可以知道荒水野滩是个什么样子，风调雨顺长成了什么形状，花开花落是种什么味道。

初来乍到

当我睁开眼时，已是戊申年小满过后的第三天。在这之前，我一直晕晕乎乎地似睡非睡着。这一天，就像平常的每一天一样，风轻轻地吹，雨淅沥地下，雨点落到哪里，哪里就是人间的低处。老屋前的苦楝树正开出紫盈盈的花，密匝匝的，一丛丛，一簇簇，紫色的朵云一般，泛出湿漉漉的光彩与清香。

傍晚时分，正值壮年的母亲，霸蛮从牌楼边田埂上插完秧回来，肚子疼得很厉害。父亲从灰暗中抬起头，提着马灯，请了会接生的九婆婆，在厢房里好一阵忙活。母亲忍着剧烈的疼痛，憋足了最后一丝力气，终于，我从母亲身体里的世界，初来乍到了另一个世间。据说，我出生时，并没有哭，这让母亲与父亲很是紧张，九婆婆于是倒提了我青蛙似的双脚，不停地拍打脚心、屁股与背部，最后才哇地哭出了声。这划破老屋夜空微弱的一声啼哭，最终，让父亲与母亲挂着泪，笑出了声——当然，这是事后多年父亲告诉我的。

戊申年，丁巳月，甲午日，甲戌时，我不得不满脸皱纹地来到这个世上。这，于我，于这个家庭，并不见得是什么好事。其时，在我到来之前，已有两个姐姐，两个哥哥，家里很苦，很难，饥一顿，饱一餐，饥的时候多，饱的时刻少，穿的衣服是补丁重补丁，筚路蓝缕得很。或许，因为父亲是单传，父亲的父亲又走得早，全靠势单力薄的奶奶一个人，拉扯着父亲与两个姑姑一日天长地熬大，其间所受的苦与辱可想而知。于是，父亲与母亲不管不顾地想多生孩子，在农村，特别要多生儿子，这样，当别人抡拳头讲武霸强（方言，指打架）的时候，就不至于手无缚鸡之力。虽说儿多母苦，但，一个村坊上，一个大家庭，若是兄弟儿子多，别人就得高看一眼，不敢随意欺凌，与你说话，都会巴巴的，赔上大半截小心，而养的女儿，迟早会嫁出去，嫁出去的女，泼出去的水，算不得数。这，或许，是乡村重男轻女最为直接与本能的原因。我到来时，没有几斤几两，面黄，寡瘦，多病，母亲因为营养不良，没有过多的奶水，每天只能用擂钵擂点少量的米糊糊给我充饥续命。想来，那段时间，应该是父亲与母亲的至暗时刻。在我出生的前两年，因栗子坪姑父曾被逼做过几天胡光印手下的土匪，好强的大姑姑受姑父牵连，不堪忍受批斗与凌辱，投河自尽，小姑姑眼看自己姐姐的四个孩子无人抚养与照料，于是毅然填房给大姑父，承担起照料的重任，并在我出生的那年，生下表弟瑶宝儿。原本人高马大的奶奶，因双脚患骨髓病，恶臭流脓，瘫痪在床，瘦得像根霜后的老丝瓜。三年后，当母亲生下双胞胎妹妹刚刚满三朝时，奶奶看了最后一眼乌黢麻黑的壁板与我们，走了。至今，对奶奶的印象，唯有她躺在病床上唤我“佬佬，喝糖水水来”，声音细弱慈柔，像根麻线，以及奶奶饿得没了力气，二哥便搭了梯子，到屋梁上取薯种，将一根红薯丢到奶奶的床上，结果砸在她的痛脚上，疼得她龇牙咧嘴，深陷的眼眶里浸出浑浊的泪来。两三岁的孩子，对死亡并没有什么概念。奶奶死时，放在窄窄的堂屋里，堂屋没有，也不允许有神龛，有的只是穿堂而过的风，毫无消停地吹来吹去。我欢欢地在屋里屋外窜来窜去，似乎很兴奋，直到头上狠狠地挨了大哥的两个“苦栗子”（手指弯曲，用指节敲打脑袋）方才作罢。母亲在厢房搂着两个青蛙似的妹妹，目光呆滞，一言不发。父亲沉默着含泪磕了头，请人将奶奶抬到离家不远处的鸡公湾半山坡上，草草埋了。一边是生，一边是死。我不知道，那时的父亲与母亲是一种怎样的悲戚，怎样的痛楚，又是凭着怎样的一种本能，将七个孩子一泡屎一泡尿地拉扯大。直到多年后，我自己做了父亲，亲手将年迈的母亲与父亲埋葬掉，我才知道，我们其实或端坐，或流离于各自的命运中，前路未卜，生死不明，那是一种怎样撕心的痛，怎样的一种凄惨与无奈，事过多年，仍潜滋暗长，挥之难去。

屋是老屋，斜得松松垮垮的，摇摇欲坠。为防止倒塌，父亲请了牮匠，用两根土钵头大的杉圆木试图打牮拨正，也可能是老屋老得太厉害，根本无法把严重倾斜、扭转、拔榫的老屋牮正，只得将牮木与檐柱用长长的马钉钉死，似乎给人一点心理上的安稳。每逢有大风吹过，老屋依旧会瑟瑟地晃抖，我总疑心会随时垮下来，免不了提心吊胆。倒是那两根牮屋的木头，成了我嬉耍的处所，许是属猴的缘故，爬上爬下，甚至倒挂金钩，总是乐此不疲。烟熏火燎的松木壁板，有的变形，有的腐烂，指宽的缝隙，可以挤进阳光，可以渗入雨丝，夜半的月光，也可以消消停停地偎在我的腮帮与脚丫子上。雨天，老是屋漏，虽是很苦恼的事儿，却也苦中有乐，瞄准漏的位置，脸盆、水桶、瓜瓢、大瓷碗，全派上用场，滴滴答答、叮叮咚咚，交响乐似的。及至后来，看到杜甫的茅屋为秋风所破，床头屋漏无干处，雨脚如麻未断绝，禁不住长夜沾湿，深有体味。

奶奶去世后，堂屋里的松木床，被母亲换上了新鲜的干稻草，上面铺了奶奶睡得油光发亮的竹篾簟，只是簟子中间烂了个洞，篾片龇牙咧嘴的，稍微不小心就会给背或脚划上道小口子，这让我与大哥、二哥，每次睡觉都得格外小心，伸腿蹬脚，心有畏惧。寒冬腊月，篾簟冰冷如铁，谁也不肯先睡，都只想待别人先钻进去，焐暖和了，再上床。仅有的一床棉絮，薄而烂，差不多是支离破碎的几团，粗麻纺织的铺盖面子与里子，因为盖得年代久远，早已看不出本色，且油腻得黑不溜秋，一点都不贴身。每次被逼无奈先睡时，我都把自己蜷缩成一团，以最小的接触面触及篾簟与棉被，然后像个发胀的馒头，一粒粒，一寸寸的，艰难舒展开来。整个冬日寒冷的漫漫长夜，我都是那个渴盼春天第一个到来的人。

两个双胞胎妹妹的到来，结束了我隔三岔五能吃到一小碗光米饭的特殊待遇。那个时节，家境困窘难堪，人多劳力少，年年超支，特别是青黄不接的五黄六月，只能靠挖野葛、做雾蒜子粑粑、煮南瓜汤充饥。实在挨不过去，父亲带了大哥偷偷地到新化、安化等地担薯米，几百里路程的翻山越岭，肩膀脱了皮，双脚起了泡。所谓薯米，即是将新鲜的红薯洗净，切成颗粒，晒干，吃时拌着大米一起在灶锅或是鼎罐蒸煮。薯米饭，吃一餐两餐，尚过得去，若连续吃上三五天，实在难以下咽，甚至吃到肚子里，都还会发胀，着实难受。两个妹妹因为太小，每次煮薯米饭滗米汤时，会用单独的一个小瓷碗，盛上刚刚煮粑肚的大米，然后基本上是小半升大米掺入两三升薯米，微火慢慢地煨焖。薯米饭扒拉得久了，每次盯着妹妹那碗白净净的光米饭，口水流得简直可以飞流直下三千尺，甚至偶尔动起了歪心思，趁鼎罐盖刚一打开，也不怕烫，以迅雷不及掩耳之势，伸出鸡脚似的手爪子，从碗中抢了一团饭粒子丢入口中，喉咙咕咚一声，快速提气瘪嘴，囫囵吞枣直入肚中，完全不计挨打挨骂的后果。

后来，生了一场病，先是出水痘，然后是出麻疹，高烧不退，母亲点燃桐油纸，全身上下地照，又用紫苏辣椒汤想“表”出来，但麻疹太过顽强，就是不肯显山露水地“表”不出。显然，这是个不好的兆头，加上屋后堂伯父家一个与我同岁的孩子，不知是出痘子还是染上天花夭折了，母亲很是慌张，夜夜垂泪。我烧得稀里糊涂，浑身瘙痒，双眼也看不见任何东西，差不多是奄奄一息。我感觉脚痛的奶奶，一瘸一拐接我来了，我的身体轻飘飘的，浮在清亮亮的水上，浮在屋前细簇簇的苦楝花上，我快要死了，虽然并不知道死的滋味究竟是什么。彼时，没什么医疗条件，至多是公社卫生院有几个赤脚医生。医生来了，瞧了又瞧，脑袋晃了又晃，摆了摆手，表示无能为力。父母痛哭失声，差不多要放弃了。然而，队里的工依然要出，地里的活儿依然要干，于是留了二哥照料我。二哥长我七八岁，在堂屋的床头挂了个鼎罐盖，一边流泪，一边用竹筷子敲出清脆的声音，冥冥中，我似乎听到了某种声音的召唤，浑身大汗醒了过来，一身的麻疹竟然全出来了，虽然眼睛肿得只剩下一条细缝，但依稀能够看见壁隙豢养多年的缕光，二哥抱着我，直喊“佬佬，佬佬”，然后扑脚翻天地直奔田里找母亲与父亲。父亲与母亲看见二哥飞跑过来，本能地以为我死掉了，双双放着长声哭起来，瘫软在田埂上。待二哥叽哩哇啦好不容易说明白了是怎么回事，父亲与母亲才拍了拍沾满屁股的泥浆，终于破涕为笑。往后的一小段日子，我终于有了与两个妹妹一样吃白米饭的待遇，且非常特殊地能每天吃上一小块指甲般大小的腊肉，我第一次感到，生病是一件多么美好的事情，并幻想着能够一直病下去。事后很多年，我总觉得二哥用筷子敲击鼎罐盖的声音，是世上最为美妙的天籁，二哥喊“佬佬”嘶哑的呼喊是人间至为亲切温暖的嗓音，我的生命是二哥用鼎罐盖敲回来的，是鼓着眼睛张着大嘴喊回来的。只是，后来，当三十六岁的二哥枕着我的臂弯彻底睡了过去，任凭我歇斯底里地呼喊，却没能把他喊回来，这让我觉得自己很无能，二哥也很不够意思，他让我欠他的，锥心的疼，几十年如一日，一直隐痛到现在。

因为人小，所以觉得屋前屋后的山高、树高、草也高。任何一丛杂草，都可以扎扎实实不露痕迹地淹没我。草，对我是有恩的。饿的时候，拿了小锄去翻茅草根，几锄下去，细细的，有着竹节似的根便露出来，鱼腥草般，洗净，嚼在嘴里，甜丝丝的，越嚼越有味。田坎边，多有地枇杷，棕褐色的藤蔓，憋足了劲四处猛蹿，倒卵形的叶子厚厚的，绿得生翠、油亮。藤叶丛中，低头瞪眼，双手寻宝似的轻轻拨开，便会露出球形的果实，红润中透出漂亮的斑点，软绵绵，水灵灵，迫不及待地剥掉外皮，将晶莹剔透的果肉放进嘴里，甜津津、绵醇醇的，又滑又嫩，恨不得连舌头都吞进肚里去。熟地里，还有种叫“鸡腿”的草，正面只此青绿，背面却霜雪般翻白，风来风去，青白相间，喜欢开出高挑细黄的小花，疏疏落落的，用锄轻挖，或用力猛扯，壮实的根被拔出来，形若鸡腿，将棕褐色的皮剥开，乳白色的根肉就可开吃，甜而有汁，实在是果腹的一道美味。到了山上，有糖藤可解渴，有龙船泡、狗屎泡、火棘果等充饥。下到溪中，有螃蟹可翻，虾子可捉。大人劈松木柴火时，可拾肉嘟嘟的锯木虫（柴虫）烧烤了来吃，酥脆脆，香喷喷的。有时，也会捉了蚂蚱、蜘蛛、四脚蛇来一次串烧。春时，打椿天、摘樱桃、吃鼻血花（杜鹃）；夏末，寻猕猴桃、捋八月瓜；秋来，捡板栗、偷柿子；冬至，掏鸟窝、挖竹笋。青烟袅袅，天上飞的，水里游的，山上长的，土里生的，花鸟草虫，但凡入得了口的，都成了我与伙伴们的爱物。它们有它们的色彩，它们的芬芳，它们的模样，它们的飞翔。只是，饥饿时，黄皮寡瘦的我狼吞虎咽了它们，它们成为我身体的一部分，生长着，挣扎着，将炊烟拧成绳，系住所有缓慢的时光，与我融浸洇染，一起心有灵犀地活着，直到可以遇见无拘无束恣意灿烂的春光。至今，每看到山边溪岸的一棵树，一丛草，一朵花，一只鸟，一尾虫，我都觉得它们是我念兹在兹的恩人，打断骨头连着筋的亲人，值得我好好地敬仰，好好地看护，好好地善待，唯有它们，经历苍生万物所能经历的一切，循序枯荣，花开花落，本色，本真，有情，有灵，虽然卑微低贱，却常常舍生忘死，甚至奋不顾身，为了曾经的我们，现在的我们，以及将来的我们。

门前的大山，如屏如障。朗波洞、山鹰垭，山重着山；大湾、小湾，湾套着湾。半山坡上，几头黄牛、水牛，在青草面前，深深低下头来。我喜欢跟在牛屁股后面，甚至拽着牛尾巴，爬坡走路。牛，认得我不认得的路，大而黑的眼睛，忽闪忽闪的，清澈妩媚，哞哞的叫声也新鲜干净，特别是迈出的每个步子，都深沉、浑厚、大气。它不急不躁，慢条斯理地吃草、咀嚼、反刍，悠悠闲闲，可以让许多的日子慢下来，慢成一种舒缓的节奏，一处旷远的气息。我喜欢与牛待在一起，我望望牛，牛也望望我，我放牛，牛也放我，更多时，我就是一头长相奇怪、不声不响的小牛。窸窸窣窣躺在牛吃过的草地里，听石头与溪水说话，青草与泥土说话，小鸟与枞树说话，云朵与天空说话，偶有风过，它们像是衔着了某个特别好笑的笑话，俯仰参差，开心得稀里哗啦，满山遍野都是清香四溢的轻松与快活。太阳离西边的洞头冲差不多还剩一根竹竿高的时候，我跟着牛下山回家，仿佛整个世界都在山下等我。

我很好奇山那边的世界，曾问过挑薯米回来的父亲与大哥，他们似乎并没有多想，口气颇有些严肃地说：山那边，还是山。我有点不相信，后来，还是相信了。因为，我与牛一起爬过一道山后，果然还是一道山，站在山岭上，群山锯齿般绵延起伏，的确，望不到尽头。那一刻，牛抻长粗大的脖子，仰起一对弯角，拼老命似的，朝天哞哞叫了两声，我也号丧似的"哦嗬"了几声，欲一吐为快，又无话可说，有点沮丧，有点新奇，也有些悲壮。

很多年后，当我走出大山，到了城市，才知道，山那边，并非一直都是山，还有丘陵、平原、大海、新的大陆。也知道了自己初来乍到的那一年(1968)，在遥远的山那边，有许多撞击世界的事情发生，到处充满反叛、骚乱和动荡，却又暗含着种种伟大的可能性而令人怀念。继“只因我们来过”的切·格瓦拉之后，“我有一个梦想”的马丁·路德金倒在了孟菲斯，罗伯特·肯尼迪的竞选之路被一颗疯狂的子弹结束，劫后余生的巴黎大街上满目疮痍，在捷克，布拉格之春再也无法鲜花盛开，墨西哥城古老的特拉特洛尔科广场上鲜血淋漓。此起彼伏的反越战示威，蓬勃兴起的女权和黑人运动，遭到毁灭性打击的波兰理想主义，没有一处不血雨腥风，串着疼，钻着痛，泪水涟涟，唏嘘不断。这一年，在伦敦，在华盛顿，在纽约，在巴黎，在华沙，在柏林，在法兰克福，在墨西哥，在布宜诺斯艾利斯，在东京，学生们纷纷走出校园，走上街头，拒绝对诸多的不平之事保持沉默，为心中的叛逆和变革而摇旗呐喊，对现存秩序开始深入持久的抵抗，给了这个世界一丝难得的希望——哪里有不公，哪里有罪恶，哪里就始终有人揭露并试图改变它。

四海翻腾云水怒，五洲震荡风雷激。这一年，薄而亮的阳光，不停切削着远山的轮廓。村里醒目的地方开始刷上“革命不是请客吃饭”“知识青年到农村去，接受贫下中农的再教育”等巨幅红色标语，无数的红卫兵开始挥舞着红宝书走上大街小巷，文攻武卫，有了“沅水风雷”，也有了“星火燎原”。这一年年底，父亲给我取了个正式的名字，姓张，名远文，远是辈分，文是那个时代的烙印，质朴、纯粹，并无任何新意与深意。

听鸟鸣涧的流水，看炊烟里的群山，初来乍到，比孤单还瘦弱，比泪水更忧伤，实在是，诚惶诚恐，战战兢兢，却又不得不满怀一丝希望。

遍地经纬

一

老家马底驿，其实是个很有意思的小地方。湘黔入滇、川盐济楚，八百多年前的忽必烈时代，这里是一个小小的驿站。由此，下行四十里，有天下辰龙第一关，上行四十里，有楚之咽喉辰州古郡城，山环势险，路隘林深，也可谓“上控云贵，下制长衡”。宋时陶弼路过，想来春意正浓，心情大好，故盎然而觉“一曲青溪一曲山，乌飞鱼跃白云间”。明杨慎因“大礼议”事件，被杖责罢官，谪戍云南永昌卫，途中夜宿马底驿时，已然背时倒霉得如同卖灰面遇旋儿风，再也无法“古今多少事，都付笑谈中”，无奈沉郁而叹：“戴月冲寒行路难，霜花凋尽绿云鬟。五更鼓角催行急，一枕乡思梦未残。”

我小时，并不晓得这些前尘往事，只觉这地方稀奇古怪得很。马底驿，按道理，明明该是有马的地方，怎么从来都没见过，甚至是骡子、驴子的毛都没见过半根，倒是黄牯黄沙、水牯水沙（方言，公牛称牯，母牛称沙）坡上坡下的，到处瞎转悠。没有马的马底驿，还能叫马底驿吗？没有见过马的马底驿人，还能算是马底驿人吗？想想，这都是不可思议的事情。后来，整天想着横戈跃马的我，人小鬼大，还真晃着两条小腿，去了十里开外的牧马溪，认为那个地方的溪坪草地该是有着马儿撒欢的，结果同样竹篮打水一场空。很长一段时间，想看见一匹马，骑上一回马，差不多成为我儿时最大的梦想。

也许是村里曾有过读书人，或是，不断地有类似杨慎这样的读书人经过，熟谙辛弃疾云飞风起的诗“我见青山多妩媚，料青山见我应如是”。于是，家门口的一脉大山，被人取了个好听的名字——喜眉山。一座可以喜上眉梢的山，到底是山喜上眉梢，还是人喜上眉梢呢？默神，想想，挺有意味的，又或许，二者兼而有之吧。其情，其貌，倒是与稼轩先生的彼时看山，停云诗就，略略相似。不仅如此，山脚下的小溪，也被人叫作怡溪，一天到夜，潺潺流淌，恬淡快活得很，与喜眉山的寂静欢喜，两两相应。还有，溪边鸡肠子似的小块田地，被叫作王里丘；不高不矮的岭，称王儿垭；不大不小的坪，美其名曰王伞坪；有桃有李的地方，花开花落成了桃花庄；有桑有叶的地方，桑榆暮景为桑树塔；清浅洌然处，参差交错成甘溪冲；翠茂森然地，重峦叠嶂为中山冈。隔了溪水，与驿站老街，两两相望，其山势突兀处，称龙门前，山下有潭，清泠澎湃，为龙拱潭，潭下过五里，为王虎坪，复有不知浅深的犀牛潭，静水流深。溯溪而上，有坪溪、柴谷坪、方子垭、小榨、奔溪与龙洞，过文昌坪、洞头，有岩底、天湖池、太阳池……单单凭这些颇有意味的山水地名，就觉得老家确凿是块卧虎藏龙之地，具有一种隐逸的王者之气，既可星月入怀，又能大风起兮。生活在这里的村人喊山喊水，与人说话，与牛说话，与土坷垃说话，甚至是自说自话，也格里格外有自己的一套，多带下滑儿化尾声，抑扬顿挫，大大咧咧地甩腔甩调，有时竟还显得文绉绉的。说话不叫说话，叫港话；老前天叫信箣迩，前天叫箣迩，昨天叫绰迩，今天叫增朝，明天叫门朝，后天叫亥日，大后天叫雾亥日，问你是谁，称：你是何个？男孩子叫儿逮嘎，女孩子叫女逮嘎，哥哥叫箍箍，姐姐叫假假，自家女人称堂客或媳妇儿，儿子的女人称媳妇，外公叫嘎公，外婆叫嘎婆；形容一个人爱说谎，叫天生宝儿；喜欢摆架子，叫假儿马嘎神嘎卵地；喜欢简单，叫投撇脱；吃饭喝酒，叫逮饭逮酒；一个人特别啰唆，称罗二三八二四；口头禅“狗日的”，有时是骂人，有时又是亲昵。若是外乡人到村里听人扯白话，总听得云里雾里，两眼翻白，奇奇怪怪，懵然不知所言，惶然不知所措。

二

村里人，除了说别人似懂非懂的话外，还大半各有各的本事。有的，会收油司。若是碰到小孩儿不明不白拉肚子、不喜欢吃饭，又或者，猪圈里的小猪崽凭空拉白色的痢疾，便知道是有过路人丢了手脚（丢油司），于是，就急煎煎地盛碗清水，拎了开啼的公鸡一只，一边咿咿唔唔念咒，一边竖了中指在碗上画符，随后将公鸡脖子用刀一抹，随手拾了几张纸钱蘸上鸡血，粘在堂屋门楣上，若是猪崽拉痢疾，则粘在猪圈门上，再扑哧一声喷上满口清水，隔不了一天半天，人、畜便恢复如常。有的，会取吓。若是有小孩儿胆小、偏食，面黄肌瘦，不太好养，有可能是受了什么惊吓，沾染上了什么瘴气，这时“取吓者”将一升子米刮平，把两个用淘米水煮熟了的鸡蛋竖在升子里的大米上，点亮桐油纸镰，袅燃一炷细香，眯缝着细眼，屏气凝神左瞧瞧右看看，待发现端倪后，开始念咒语，如：某某江边玩，金刚列两边，千里魂灵至，急急如窍来。之后，用手捂住小孩子头顶一会儿，再将两个鸡蛋用红丝线穿好、包好，交代晚上睡觉时放在枕头下。过不了三两天，孩子不哭、不闹、安悦、易养，一切万事大吉。有的，会安煞。煞，指凶神。安煞，即安定所有凶神，谨防作乱，危害安宁。安煞时，安煞者与平常判若两人，一脸正经，焚香烧纸钱，口中念念有词，双目炯炯有异彩，随即在地上画符，边画边念“一点乾坤大，二点日月长，包罗生万象，神煞各返房”，咒完符成，一气呵成。有的，还会安六甲。大凡到别人家做工，逢东家有女人怀有身孕或是猪牛羊待产，均需安六甲，确保孕妇及胎儿安全，不致犯动流产或胎儿残疾、畸形。安六甲时，主人家要封“利是”。安六甲者，一边画“云头渐耳”的辰州符，一边念咒语“二十八宿，譬如流星，淋泉如口，百病如灵，吾奉太上老君，急急如律令。”整个场面肃穆玄秘，高深莫测。有的，会掐时。瞑目掐指，帮人推算寻物，按照失物时的天干地支，推算活物或失物的大致方向或大致地方。有的，会打卡。当有人不小心吞咽，鱼刺或骨刺卡在喉咙时，打卡者在半碗清水上画字符、念咒语，让被卡者将水喝下去，一般都会有奇效。还有的女子，能杠仙。杠仙时，在火炕边摆上桌子，桌上放一升米，升子左右两边各围着两沓纸钱，米里置一盏油灯，再插上三炷细香，桌子脚下排放着一行纸钱，仙娘用青丝头帕蒙住眼睛，坐于桌前，双手放膝上，双脚并拢，筛糠似的一边不停颤抖，一边拿腔拿调地唱接通阴阳两界的仙歌，貌似进入冥界正寻找逝去的亡灵。一时三刻，仙娘累得上气不接下气，满头大汗，仿佛是翻山越岭，走了很远很远的路。然后，仙娘恍若魂灵附体，神神道道地念唱，絮絮叨叨地述说，奇怪的是，仙娘的声腔、语调竟跟逝去的亡灵一模一样，着实让人惊骇。约莫半个时辰，说者自顾自说，听者唏嘘不止。被杠仙的人家，千恩万谢，回去该烧纸钱的，烧纸钱，该还愿打点的，还愿打点，就此，阴阳两安。

在村里，每每遇上这样的人，这样的事，我都要迷怔大半天，觉得这些诡谲的奇门遁甲，真真假假，虚虚实实，甚是魔幻。有时，免不了缠着父亲，想要弄个小葱拌豆腐的一清二白，只是，父亲也多半不明就里，说不出个子丑寅卯来，每每如此，只好怏怏作罢。后来，想想，楚地多巫风，信鬼而好祀，说不清道不明，百思难得其解的事儿，多天多地。又转而念之，大凡，所有的事事物物，若都能被破解得清清楚楚，明明白白，毫无悬念，生活，其实也就没了玄奥，反而会索然寡味，生趣全无，所谓“水至清则无鱼，人至察则无徒”，大抵说的就是这样的意味。其实，这些玄之又玄的事情，不只是我在村里见识过，早在两千多年前的屈原同样见识过，他在被流放沅湘时，溯沅水经沅陵、辰溪到溆浦一带，耳闻目睹了楚地民间的巫风傩韵，由此创作了《九歌》《山鬼》等名作。《旧唐书·刘禹锡传》载：“蛮俗好巫，每淫词鼓舞，必歌俚辞。”朱熹《楚辞集注》（卷二）也称：“昔楚南郢之邑，沅湘之间，其俗信鬼而好祀。其祀必使巫觋作乐，歌舞以娱神。”楚地多巫风，江南多淫祀。山高水长，刀耕火种，娱神娱人，人人欲其自得，既欲自得，则敏且广矣。

三

俗话说，宽秧田，窄菜园，冬耕无早，春耕勿晚，平常起早贪黑做惯了阳春的人，每天，天刚麻麻亮，掮犁荷锄出门，鸡麻眼时才回屋，长年累月基本是忙到两头黑，很少有闲暇时间，跷起二郎腿东扯日头西扯雨。唯有寒冬腊月快过年时，才会闲下来，煮了箬叶，用碓码舂了蒿子，做上一两斗米的叶子粑粑，年成好时，还会用木甑蒸上糯米，蒸熟后放在石臼里，精壮汉子抡起粑粑榔头，反复舂捣，直至绵软柔韧，趁热，手蘸蜂蜡或茶油，一边出砣子，一边用手或雕花木板在案板上压平，一个个玉圆滑润的舂粑粑，瞬间出落得整整齐齐、漂漂亮亮。舂粑粑的男人敞开衣襟，额头冒汗；做粑粑的女人腰肢微颤，喜气好看；小孩则蹿来蹿去，不时在火塘里将粑粑烘烤得黄灿灿、香喷喷的，再加上厢房灶屋里推豆腐的、蒸米酒的，热气腾腾，整个舂舂井井的日子一下子安闲、安悦、热闹起来。到了晚上，火塘撑架上的耳锅里会煮上腊肉、腊豆腐，一边沸沸地煮，一边下着甜菜、芫荽，又炒了红红火火的酸辣椒，夹了清脆开胃的酸萝卜，盛了香脆可口的花生米，男人们开始端起海碗，大喝特喝自酿的米酒，一时间酒气熏天，神吹海侃，不亦乐乎。

每当这时，我们不论围坐在哪屋哪家，缠着大人们讲这样那样的故事，什么薛仁贵征东、薛丁山征西、薛刚反唐、包公断奇案、隋唐十八路反王、六十四路烟尘等，当然也包括獠牙包鼻、僵尸鬼怪吃人等等，说的人，说得绘声绘色、惊心动魄，听的人，听得醉心入迷、胆战心惊，这样的惊悚时刻，往往会持续到深夜，甚至鸡啼。

其间，最会讲的当数老街上一个叫万香生的人，读过私塾，有点游手好闲，高高瘦瘦的，常常裹了件油腻腻的军大衣，袖手斜在一张歪垮垮的旧躺椅上，一撮有点花白的山羊胡须一翘一翘的，似乎每根胡须上都能抖出诸葛亮的六出祁山、韩世忠的大战黄天荡、黑脸孟公老爷的开山大斧，只是，他喜欢搬翘绕弯子，每说到紧要处就会停下来，欲知后事如何，且听下回分解，同时，一双细沉沉的鹭眼在我们脸上、身上搜来刮去，我们自然懂他的意思，于是从书包里窸窸窣窣掏出从家里偷出的一匹或半匹烟叶，恭恭敬敬递上去。有时实在没了烟叶，就一阵风似的跑到学校旁边的老车站，四处寻找别人丢弃的烟蒂把，十个烟屁股可抵半匹烟叶，待烟蒂把凑齐，万香生伸出笊篱似的手，石庆数马般剥开烟丝，又让我们撕下一页作业纸，仔仔细细卷成喇叭筒，然后开始惬意地吞云吐雾，我们眼巴巴耐心等着，待他过足了瘾，跌宕起伏的张飞战岳飞、关公战秦琼等乱七八糟的故事又才得以慢慢继续。那时，我总觉得，他比我们老师上课要有趣得多，活泼得多，借此便知道了周文王、姜子牙、大禹治水、烽火戏诸侯、火烧连营、智取生辰冈、风雪山神庙等许多零零碎碎的人与事，足以在雨天，流着鼻涕走在濡湿的青石板上，携了一簇溅湿的笑声，细数屋檐滴答的雨声，打发懵懂而又瑟缩的童年。

父亲是高小毕业，打得一手好算盘，在我们村里，算是有文化的人了。养儿不读书，等于养条猪，这是家家户户都明白的道理，比起所谓“知识改变命运”来得更加朴素、厚道、实在。到了该读书的年龄,父亲便送我去了老街旁的小学。每天上学时,需要从花翎桥出发,经过牌楼边,走过广济桥,到了老车站,再从老车站旁边的一处篱笆小巷进去,有一处开阔的台地,台地东边是砖混结构的一溜平房,为初中部的校舍,后来还开办过几年高中。台地西边,是一栋虽显破败却依然气派的三层楼青瓦木房,木房二楼与台地平行,有走廊与台地相通,一楼是小学低年级的教室,二楼与三楼是高年级的教室,教室旁边即是操场。学校的这栋三层楼木房,在我看来,巍峨得不得了,相对于我家那间矮塌塌又破又旧的木屋,简直就是巨大的宫殿。每天心不在焉上课时,我其实盼着的是,下课可以沿着楼梯溜上溜下,而且学校旁边还有一个伏波宫,虽然只是个空架子,但里面宽阔,森然而有气象,特别适合在里面追追打打,且不易被老师发现,挨了板子又罚站。

现在想来,我在学校,除了“我爱北京天安门”,“阶级斗争年年讲、月月讲、天天讲”之外,都不知道到底学了些什么,印象中就只有语文与数学两本薄薄的课本。书包是母亲用大哥穿烂了的裤子,裁了两块布片缝起来,再系上一根绞在一起的布片筋,短短的,既可斜挎,又可挽了挟在腋下。上午九点半才上课,下午三点半左右放学,上学路上与放学之后,有大把的时间可玩、可耍。只是,学校每个星期都有积肥的任务,于是捡猪屎粪、牛屎粪便成了比学习时间更多更持久的日常。猪在圈外晃的时间少,自然路上粪便少,黄牛水牛成天在山上吃喝拉撒,于是放学成群结队往山上四处寻,有时见牛杵了两条后腿翘起尾巴,便知有戏,大家会一哄而上,邋里邋遢如获至宝,争抢冒着热气的牛屎粪,时不时还会争吵，甚至打架，弄得一头头的牛啃着青草，嘴巴嚼来嚼去，一脸的不解与尴尬。

最快活的时光，当是戴上红领巾，扛上红缨枪，雄赳赳气昂昂地沿街巡逻，从老街东头到西头，再到新街，一路挤眉弄眼，欢天喜地。还有，就是学擒敌拳、做匕首捕俘操，抓腕砸肘，横踢鞭打，弓步闪身，击刺挑带，一招一式，铿锵有力，有时又恶作剧似的将前面或左右同学的屁股或大腿，轻轻刺上一下，堆掩一脸的鬼笑，大家心知肚明，嘻嘻哈哈，也不会过于较真。

最困乏的时候，莫过于农忙时，学校组队帮忙抢收抢种搞“双抢”，大热的天，阳光恣意照耀得人头晕目眩，水田里的水温可达四五十度，脚入田中，烫得龇牙咧嘴直跳。在水田里搬稻耙，一趟趟跳着步子来来回回地跑，且不能手忙脚乱，掉了稻穗，还得赶上大人踩打谷机的劲道与节拍，不至于踩空、误工，若是跑慢了，大人会劈头盖脸一顿臭骂。一个半天下来，脚上、手上到处是稻茬与稻芒戳破、割破的道道血印，加之在水中一泡，血糊糊的，又痒又痛。还有，就是秋时放“三勤假”，每人会分了二三十斤捡茶籽的任务，临近收假时，眼看完成不了，人人都哭丧着脸，缠着大人帮忙去捡。有次实在没办法，我动起了歪心思，趁着队里守仓库的人上厕所，蹑手蹑脚到了仓库二楼摊茶籽的地方，手脚麻利地装了满满一书包，然后从二楼飞身跃下，躲进茶山，一路失魂落魄地狂奔。好在，到了学校的茶油榨出来时，学校会炸了油粑粑，给每个学生分上三五个，那个醉人的油香、粑粑香，弥漫了整个校园与每张馋天馋地、油天油地的嘴。每次分到极其珍贵的油粑粑时，我都舍不得一下子吃完，咽了咽口水，尖起乌金爪似的手指，捏在阳光下照了又照，闻了又闻，舔了又舔，一小口一小口细嚼慢咽，然后总要余下两三个，用桐叶包了，给父母与哥哥妹妹带回来，仿佛得了一件特别的战利品，有种远征凯旋的味道，神气得很。

四

在三层楼木房子里，读了不到两年的书，不知道为什么，木屋被拆了，说是要建电影院，还有什么农贸市场，新街刚刚建起了供销合作社，一架新桥也从怡溪上虹似的跨过，老式的广济桥在一天早晨，被轰隆隆地炸掉，只剩下两个残损不堪的桥墩。学校迁到供销社后面的一个小山冲里，我至今不晓得，这个小山冲到底是该叫阴姑冲，还是鹰鼓冲，反正窄天窄地，短了视线，很难有扶摇直上、鼓勇而翔的天宽地阔。学校不大，只一栋两手推车式的两层楼木屋，因为是新修，我们除了上课，就得用一双双小手搬砖、搬瓦，挖阳沟、砌阳沟、整理草坪，这样子边学边劳动，一晃三年过去，上了初中。

初中也是新建的一长栋两层楼砖混结构，先建了一半，另一半是在我们入校后开始兴建。学校原是“大炼钢铁”时炼钢炼铁的地方，挖沟填土时，铁矿渣很容易划破手脚。每个星期，我们都会有一天劳动课，到上河坪挖沙、挑沙，供砖瓦匠和了水泥一块砖一块砖地砌墙。在课堂与工地之间，三年的时光短暂得不能再短暂，很快流逝得一干二净。这期间，我人矮骨架小，力气不大，每天定额挑沙石，总需比别人多挑几个来回，累得腰酸背疼肩膀脱皮，像极了天热时邻家的大黄狗，喜欢伸出长长的舌头，呼哧呼哧地直喘粗气。

一年又一年，望着父母与大哥、二哥每天面朝黄土背朝天地干活，我觉得自己该习得另外一种本事，须努力读书跳出“农门”，不能再像他们那样风里来雨里去，一辈子苦巴巴地活下去。这样想时，差不多算是醍醐灌顶。从此，我不再与儿时的伙伴一起偷鸡摸狗，一起顽劣不堪，也不再像玩猴儿把戏一样，别人一怂恿，就连翻几十个跟头，供人嬉乐。也不再伙同班上牛高马大的男同学，一起欺负势单力薄的女生，甚至用尖锐的羊角，把不听招呼的男生指尖非得扎出三滴血，听着他们嗷嗷的哭叫，心里就开怀。也不再偷了“农业学大寨”工地上的炸药，鱼没有炸到，却把溪堤炸垮了半边。我像脱胎换了个人似的，沉默不语，只顾低头走路，下了晚自习，一点也不耽搁，回家点燃大哥因照鱼而弄回的枞膏，将落下的功课一点一点地补回来，有时靠得近了，燃烧的枞膏会把头发与眉毛烧得焦煳，鼻孔与脸，常常是可笑又可怜的乌黑。

因为经常饿着肚子读书，加之晚上又多用功到深夜，结果全身浮肿，有气无力。于是，大哥带我坐上一辆坪溪装煤的便车，去县上医院作检查。这是我生平第一次去县城，时间是一九八二年的夏天，萎靡不振得很新奇。兄弟俩坐在货车车厢的煤堆上，硕大的风吹过来，又吹过去，煤屑四处飞扬，不一会儿，身上、手上、脸上都黑不溜秋的，像个井下矿工。大哥搂着我，要我坐稳当。可是车到凉水井，车主说不进城了，我与大哥只好下车，蓬头垢面，硬着头皮赤脚走到驿码头。那十多里的公路，走得特别漫长，仿佛慢过长长的一生。到了驿码头，大哥寻了个小店，洗了把脸，点了一盘红烧猪脚，还有两个小菜，兄弟俩疲惫不堪默默地吃着。大哥不动声色地说他有点小感冒，不喜欢油荤，要我将猪脚全吃了，我那时不懂事，也不推辞，将一盘猪脚吃得一干二净，几乎没吐什么骨头，临了，还用一团饭将盘子里的油星蘸了又蘸。大哥别转头，悄悄心疼地掉了几滴眼泪，我倒是没什么，只摸了摸有点腆起来的肚子，长长地舒了一口气。令人没想到的是，第二天早上起来，遍身的浮肿竟然奇迹般地消了大半，原本焦虑的大哥也眉开眼笑，坐轮渡过河，破天荒在南岸码头小摊上，又给我买了一双凉鞋，然后去医院看医生，医生没多说什么，也没开什么药，只说浮肿是因为营养不良，回去吃点好吃的，加强加强营养，就无大碍了。

五

村里有句俗话，吃不穷，穿不穷，用不穷，安排不到一世穷。母亲是位特别能够安排的伶俐人，眼见儿多母苦，年年超支，除了大姐、大哥，其他五姊妹都在读书，每个学期的学费又是笔不小的开支，母亲于是寻思养了头猪娘。猪娘腰长肚大，全身乌黑，毛皮光滑，走起路来摇摇摆摆，“吧唧吧唧”的，很能吃食。母亲对猪娘格外珍视，叮嘱我们，每天放学后要扯新鲜的猪草喂食。我与二姐放学后的第一件事，往往是扯嫩嫩的鸡肠子草（繁缕）和绿油油的猪娘子藤（乌敛莓），细细剁了，滗了米汤，拌了谷糠，搅匀煮熟，这些都是黑猪娘最喜欢的,每次都吃得哼哼唧唧的,欢心而满足。黑猪娘有时似乎也会仗着母亲的势,有点高傲,我们喂食时,它偶尔会不理不睬的,甚至用长嘴拱翻了猪食盆,害得我们得“啰啰啰”地哄着它。不过,终究是与我们亲近,隔不了一小会儿,它就会抬起头,温存地滴溜着两只妩媚的大眼睛,扇起两只大大的顺风耳,一脸惬意地吃将起来,发出哼哼、唧唧、咕咕、咚咚的声音。黑猪娘于我家是有恩的,每年都会产下两窝小猪崽,每窝都有十个八个的,胖嘟嘟的小猪崽,有黑的,有花的,憨态可掬。暖暖的太阳一出来,黑猪娘便会姿势优雅地斜躺在稻草、秸秆之类的柴火边,灰褐色的乳房胀鼓鼓的,小猪崽们一溜溜争相吸吮着母乳,活泼欢实得很。母亲则会每天给它喂食两瓢精心炖煮出来的苞谷、黄豆等上好的食料,以使它有充足的奶水。如此精心照料下来,刚刚满月的小猪崽膘肥体壮,左邻右舍纷纷捉养回家,这样,我们一年的学杂费与油盐柴米钱,就此有了着落,苦日子也有了盼头。

丰饶凛冽的世情,严峻而有分寸。对于村子与村人来说,有些意外,总是注定的。

喜眉山,一直是座山,几十年、数百年,甚至上千年,一动不动。怡溪水,始终是条水,流过来,淌过去,没有尽头。有时,我一个人默默地站在操场边,凝眸眼前的山与水,忽然觉得,山并非完全不动,是水在替它走得很远很远;水也并非一直匍匐得很低,是山在替它站得很高很高。很多时候,我们麻木茫然,无法感知,只是因为人生太过短暂,犹如“夏虫不可语冰,蟪蛄不知春秋”一样罢了。

村庄里的山上山下,水里水外,杲杲的日出,漉漉的雨雪,关关雎鸠，喓喓草虫，交交黄鸟，喈喈仓庚；夭夭桃花，瀼瀼蔓草，青青绿竹，绵绵的葛藟，勿剪勿伐的甘棠，蔹蔓于野的夏葛，无不在活着的“诗经”中，一天天地如切如磋，一年年地如琢如磨，且悄无声息地预告很多年以后的胜利。想来，这，不仅仅是百死千难后，一座山的喜上眉梢，更是一个村庄、一个村庄里的人的喜上眉梢。看着一棵棵的树，一丛丛的草，一簇簇的花，一茬茬的庄稼，它们年复一年地寂静生长，我似乎一下子明白，村子里，何以那么多无人问津的地方，人们总会取上一个个心仪、心欢的名字，像是在与天地日月倾诉衷肠，哪怕一身狼狈拼了老命，走到生命最卑微的结尾，也要如万斛泉源不择地而出，随物赋形，行于所当之行，止于不可止处方止，才算是活了个醒。

月亮，瘦成了半弯，挂在黝黑的屋檐下。父亲说，村里的人，别看姓氏五花八门，说话长腔短调，但先祖大多是明清“江西填湖南，湖广填四川”时迁移过来，譬如我们张姓，就是从江西吉安府迁徙而来，所以大凡江西人，都是可称“江西老表”的。后来，读了书，方知元末明初，明太祖朱元璋派大将徐达攻打长沙，与陈友谅旧部和元王朝残余势力血战四年，致使湖湘各地哀鸿遍野，田园荒芜，百姓亡散，庐舍为墟，许多地方杳无人烟，于是就有了“插标占地”的江西大量移民迁入，在瓦砾遍地、满目疮痍的土地上，如一粒蒲公英的种子撒落在驿站通途，甚至是穷乡僻壤，拼尽所有的力气，一点点看到自己命运的形状。

每个人，眼前的一秒钟，多么漫长，身后的一生，却如此短暂。树上的橘子，注定要走完生命被一瓣瓣剥离的路。冬天来了，整个村子的风，似乎总吹在我一个人的脸上，寒风中，我静静地坐在老屋的苦楝树下，坐在整个村子的秘密与秩序之中，坐在自己的身体里，也坐在自己的想象中，如同鸟儿的翅膀第一次交给飞翔，既不知所措，却又暗自惊喜。

夜深了，一些远方正变得暧昧而温暖。一些光，从村子里面辛苦恣睢地跑出来，不知道能跑多远，另一些光，则在村子里面老老实实地待着，不知道能待多久。许多玄妙莫测的事，已经发生，或正在发生，只是，泾渭可以分明，黑白却不能颠倒。

一九八三年夏天，十五岁不到的我初中毕业，以全县应届生总分第一的成绩，考上了一所外地的师范学校，成为村庄第一个跳出“农门”的小孩，轰动了整个村子。但我并不认为，那是我一个人的胜利，而是整个村庄的胜利，是喜眉山整座山的胜利，是怡溪水整条水的胜利，是一棵树、一蓬草、一头牛的胜利，特别是那头可亲可敬的黑猪娘的胜利。究其实，我只是本能地像水替山走远、山替水站高一样，想替父亲母亲与大哥二哥走得更远一点，想到山外的世间看一看。看看马底驿那匹曾经有过的马（尽管我明明知道，它不会是大唐李世民的飒露紫、白蹄乌或青骓），想探寻一下村人那些本事背后隐匿多年的内在密码，想在某种异质的空间里，找到一种“自我言说”的可能——事实上，不论我走得多久、多远，我终究还是会回来，回到最初的这块土地，颔首抚髯，天荒地老。

虚掩的板梁

去板梁，并不是件太容易的事儿。从湘西北到湘东南，弯弯绕绕，差不多山山水水的，得迢迢千里。

我所居住的沅陵，为楚秦时的古黔中郡，武陵与雪峰山巍峨交错，沅江与酉水沐波环绕，是“湘黔古道”的必经之所。要去的郴州永兴县北的板梁村，处于罗霄山脉以西，南岭山脉北麓，汉时属桂阳郡，系“湘粤古道”的一个重要节点。

秦扫六合后，为“北逐匈奴，南并百越”，先是以咸阳淳化为起点，修建了长达七百余公里的秦直道，直达九原郡（现包头附近），是世界上最早的高速公路；旋即又以咸阳为中心，兴建了规模庞大的通往全国各地的驰道、五尺道，成为中国历史上最早的“国道”，且将南岭原来的山道拓展，修建通往南雄、连州、贺州和全州的四条“峤道”，时称“新道”，同时修筑了郴宜九十里驰道（又称骡马古道）直下岭南。这期间，郡治郴州位于五岭中段，分隔长江、珠江水域，北瞻衡岳之秀，南直五岭之冲，扼湖广咽喉，处三省边界，素有“三湘之屏藩、两广之管钥”之称，其北上潇湘、联通九州，南穿五岭，直达海外……成为古代“水陆换乘枢纽”，南货运北，北货往南，悉由此经过，呈现出“北船南马”的格局，多为兵家必争之地，商贾云集之所。“北船”自长江、洞庭，抵湘江入耒水至郴江，舟船难以继续航行，下岭南全靠“南马”翻山越岭，风雨兼程。郴州是“北船”落帆处，“南马”发轫地，故有民谣说“船到郴州止，马到郴州死”，大抵印证了郴州当年北货南运、南货北迁，衣冠毕会、货物辐辏的盛况，故沿河一带，大店栈坊数十家，客货至，为拨夫，为雇骡，为卸船只，络绎不绝，实为南楚一大要冲。

板梁，是“湘粤古道”上一个古老的村庄，因为村庄所在的高亭司镇及周边乡村古称金陵，所以村民习惯称这条贯穿村子的青石古道为金陵古驿道。这，多多少少会让人想起在广东海丰五坡岭被俘的文天祥，楚囚缨其冠，传车送穷北，眼看山河破碎，一路干戈寥落，想必也是沿着这条南北古驿道，入江汉，抵金陵，写下悲壮慷慨、气贯长虹的《金陵驿》：“从今别却江南路，化作啼鹃带血归。”

夏日的午后，阳光均匀地照亮远处的田畴、原野。九山河闲闲的，既不叩问前途，也不打听去处，安安静静地绕村而过，直达湘江。村前一条小溪，名叫板溪，清清亮亮的，温婉如梦，流向村口的文峰塔，汇入九山河。近村，便是那座进出村庄有名的三孔九板接龙桥，船形石墩，九块天然大青石板闪着澄幽的光芒，试图将龙腾虎跃的祥瑞之气接引到村子的每一处庄稼、每一个院落、每一个人。站在接龙桥上，若是往左绕村外走，向西可到耒阳、常宁，往北通往长沙，若直走入村，向南则分成两叉，分别过郴州和桂阳，可抵广州、广西。数百年间，在这条金陵古驿道上，成千上万的贩夫走卒，挥汗成雨、挥袖成云，加上蜿蜒通航的板溪，一起铺陈出昔日板梁“三州商埠”(衡州、郴州、桂阳州)的繁华胜景。

说句老实话,于古村、古俗、古艺,我并不陌生。究其缘由,我是个喜欢随便晃晃的人,所晃的地方,城市少,村落多,大半是些“地载山川水,天照日月星”的处所,高高低低的坡岭,稀稀疏疏的人家,老村、老树、老屋、老故事,伴着村前的谷子黄了几百次,又随村后的高粱红了上千次,更兼鸡鸣狗吠,从坪场响到屋檐,从黑夜闹到白天。即便如此,我依旧莫名地喜欢,喜欢它们的气息,它们的味道,它们是一个个原初、原在的地点,更是一处处贯穿过去与未来的时间。从一个方向到另一个方向,从一条古道到另一条古道,从一座村庄到另一座村庄,所晃之处,仿佛所有的时光都是赤裸裸的,隔着辽阔的尘世,让人每看一眼,都可以知道荒水野滩是个什么样子,风调雨顺长成了什么形状,花开花落是种什么味道。之前或者之后,每到一个村庄,就会发现许多的人和事,从村庄里进进出出,有的蓬勃鲜活,有的深沉老旧,进出的时间长了、久了,人便有了某种倦怠与疲乏,木木的,往往会忘记很远的一抹青云,以及篱笆上来了又去的一鸿白鸟,待蓬头垢面停下来,庄稼自然而然长出嫩绿的往事,抬眼望望空了许久的天,心在心之外,人在人中间,最终返璞归真于寂静的还是寂静。

然而,在板梁,我还是惊诧了许久。在接龙桥边的凉粉摊上,一位清癯老者,须眉花白,眼神斑驳,仿佛一个村庄的史诗,闲打着一把蒲扇,并不多说话,倒是所卖的桂花蜜凉粉,其白如玉,晶莹剔透,吃起来凉滑爽口得很。我一边吃着,一边打问板梁村村名的由来。老者倏地放下舀凉粉的手,抬起多少有点枯萎松弛的眼皮，看似老旧的眼里却闪出凉粉般清澈圆润的光来。老人告诉我，明朝永乐初年，承事郎刘润公返乡建润公厅，当厅堂建造即将完工，准备张灯结彩上梁时，竟然不见了早已准备好的椽梁。正当大家惊慌得手忙脚乱时，有村民突然看见村前的溪河中漂来了一块又大又厚的木板，工匠捞来一量，尺寸正好与屋梁相合，可解燃眉之急。既然良辰吉时已到，工匠觉得这是天从人愿，即用此木板代梁，古村始得名板梁，并一直沿用至今。且又说，你知道“一骑红尘妃子笑，无人知是荔枝来”这句诗吗？当年给杨贵妃送岭南鲜荔枝，就是通过我们村这条金陵古驿道飞马传送的，因此这条古驿道，又称“荔枝之道”。

听完老人的讲述，我差点惊掉了手里正舀着凉粉的汤匙，感觉这个以板为梁的村庄大有来头，大有故事。犹如一本厚重的书，村后青翠的象岭为书脊，村前流淌的板溪是书签，青砖黛瓦为字符，高耸的封火墙是段落，三百六十余栋相对保存完好的明清古建筑，每一进院落都是一个优美的章节，村子里的每一个人都是书中的主角，甚至包括哼哼唧唧的猪狗牛羊，窜来窜去的猫鸡鸭鹅，每一堵墙壁，每一方窗棂，每一块青石板，都在风中书写着自己的命运与抗争，荣耀与落寞。虽然，我私下更愿意认为，板梁之所以为板梁，更多的是因为那条小小的流淌了千年的板溪，是那铺就驿道的一块块青石板，那才是一个逐水而存的村庄真正的屋梁与脊梁、来处与归途。至于“荔枝之道”，虽然苏轼曾有言“日啖荔枝三百颗，不辞长作岭南人”，但时至今日，依旧谁也不能确认当年杨贵妃所吃的荔枝，到底是巴州的荔枝，还是岭南的荔枝。

正如鲍防的《杂感诗》:“五月荔枝初破颜,朝离象郡夕函关。雁飞不到桂阳岭,马走皆从林邑山。”我宁愿相信,一千多年前,一匹匹的快马的的确确经过板梁村飞奔而去,星夜疾驰,尘烟飞扬,这大约、简直,一定是真的。

站在接龙桥边,我远远地看着这个村落,村落也远远地看着我,想来,应该是彼此心生欢喜。有那么一瞬,我摸了摸自己的后脑壳,又觉得自作多情的成分更多一些。其实,于板梁而言,我来,或者不来, 它一点也不会在乎。它在乎的应是屋檐上的阳光、雨水, 还有那些在青石板墙隙间东奔西跑的风, 以及居住在村子里的人们,眼睛里漫无边际飘着的云朵。

越过板溪,我远远地踝蹬在一群人的身后,像极了一只落单的候鸟。古朴的村庄,静静的,虚掩着厚重的大门,六百多年的往事仿佛统统坐在门槛上,正翘首顾盼回归的黎明。我走得很慢、很轻,生怕弄出一些不合时宜的声响,扰了村庄的深邃与宁静。天井里一些漏掉的光和风,保持着诉说的姿态,迎面款款而来,似在替它们的主人继续爱这人世的沧桑与匆忙。

在望夫楼,我似乎看见一个个精壮的汉子,有的在溪中摇橹扬帆,将一个个水淋淋的日子,从遥远处白浪千万里地摇回来;有的驱骡赶马, 肩挑背扛, 把风烟四五家的光阴走成一片明亮的日月。雨到鱼翻浪,洲回鸟傍沙,年轻的妇人们此时此刻,在龙泉古庙烧完香、拜完佛后,眼看着溪水滔滔随船去,唯有归帆点点盼夫来。她们一次次梳妆浣洗罢,独倚在象岭山的悬崖高台上,无论风雨阴晴,十天半月、一年四季不停地凝眸打望,常常是过尽千帆皆不是，斜晖脉脉水悠悠。幽梦三千里，相思一望中，说不清的牵挂、道不明的痴情、诉不尽的幽怨，全在酒薄愁浓的霞腮泪渍中。

在松风私塾这所板梁最早期的学府，我看到大诚至圣文宣王正面露慈容，似乎要抑扬顿挫地说出“子曰诗云”的话来。“岩绕象岭俯高岗，势接南衡气脉长。云影迷空浮翠色，松阴点地散清光。”私塾很小，却又很大，天井里的大鲤鱼，似是积蓄了几百年光阴的力量，随时面对高高在上的龙门跃跃欲试。崇文尚德，耕读持家，诗礼传家，小朝门、天井、塾舍，一灯夜雨故乡心，随便瞅一眼，便觉得板梁的日子是方方正正的，洇洇染染的，天地玄黄，宇宙洪荒，处处回响着“七子八秀才”的朗朗其声，或是日月盈昃，辰宿列张，或是寒来暑往，秋收冬藏。而在天井里，影壁下，一位位私塾先生恍若复活的雕塑，光前裕后地穿越而来，着一袭无领对襟长袍，左手持经书，右手附身后，一边摇头晃脑，一边踱着方步，一边吟诵着“居处恭，执事敬，与人忠”之类的圣学要义。“山不在高，有仙则名；水不在深，有龙则灵。”在这所小小的私塾里，明清以来，先后有进士 11 名，贡生 49 名，廪生 365 名，出将入相上百人。近现代，有孙中山大元帅府咨议刘重、抗日将军刘参及革命烈士 24 人。当今，尚有刘检廷捐资数百万元修缮古村、扶教助学、修路架桥。勤耕读，笃根本，富贵无常，圣贤可学。松风私塾，无疑是板梁这个村庄世泽绵长的教育血脉，是村子天光云影的灵魂所在，所有光宗耀祖的人文斑斓，所有繁衍生息的高堂华屋，莫不来源于此。

如梦偶遇的板梁村，始建于宋末元初，鼎盛于明清，全村同姓同宗。据族谱记载，六百多年前，板梁刘氏始祖，汉高祖刘邦之弟、楚王刘交的后裔刘子芳在古老的龙泉庙旁落户，衍生出一个典型的湘南宗族聚落。建于明永乐年间的润公厅，是没有使用一颗铁钉的卯榫结构，前堂后寝，四水归堂，藏风聚气，整个建筑匠心独具，厅堂墙上至今还留有“忠孝廉节”四个嵌入光阴深处的大字，成为板梁村世代相袭的古训。

逡巡在板梁的高低冥迷中，时有晕头转向、不知西东之感。纵横交错的青石巷道，四通八达；鳞次栉比的屋舍，檐牙高啄；各抱地势的青石地脚，风雨不侵；气宇轩昂的马头墙，安如磐石；古朴典雅的青砖青瓦，厚重朴实；精雕细刻的门窗屏风，美轮美奂；寓意深长的浮雕彩绘，栩栩如生；石鼓抱狮的门当，莲花云纹的户对，磅礴大气；渗透风云的兽首衔环，门头高悬的匾额文字，林立而竖的四梁八柱，望而生畏的护院神兽……如此林林总总，撑起一个村庄特有的心性与脸面。

刘绍连的大宅里，鱼龙跃上了马头墙；刘昌松的一夜官厅，树勋桑梓；刘绍苏的品字天井，天圆地方；刘昌悦的藻井腰巷，精巧别致；象岭云松，郁郁葱葱；板溪帆影，如画如诗；神龟镇院，寿而有福；双龙泉水，清清凉凉；莲花金叶，树在莲中；箭楼正南，阅罢春秋。熙来攘往的古商街，可以轻轻松松做到“雨雪天出门不湿鞋，办酒五十桌不出村”，即便是“白银商道”古钱庄的高门大户，所有的石窗都安装有圆厚的生铁条护卫，然而精雕细刻的户对下，书写的不是与金钱、生意有关的“世间宝库，天地钱庄”，而是与读书、孝悌相连的“天地间读书最贵，家庭间孝友为先。”这不得不让人感慨，彭城世泽，汉室家声，耕读传家，自是腹有诗书气自华，顺天应时，禄在其中。

其实，在板梁村，最让人惊叹的当是三口半月荷塘。塘为半月，波光粼粼，夏荷映日，风荷正举，朵朵芙蕖，脉脉盈盈，仿佛开在月亮里，清风鉴水，荷香满村。荷塘与村落上、中、下三片房系的三大祠堂贤公宗祠、珍亮政公祠、润公厅相伴而生，一一对应，风生水起。三片居民，三座祠堂，三口荷塘，很有些“三生万物，九九归一”的意味。每一口月塘，翠翠婉婉，温温溶溶，成为板梁古村一汪水润澄明的眼睛，并昭示“月满则亏，水满则溢”谦和仁让的人生哲学，与“内设照壁，外设明塘”的生活讲究。庄重肃穆的祠堂，宽枋大柱，雕梁画栋，据说，数百年来不结蛛网，至今成为一个难解的谜题。下村的润公厅，朝门顶上向上凸起的横梁，如一把驰骋骑射的弓箭，弓形梁上方的木板横梁自是板梁村村名的由来。上村贤公宗祠堂皇气派，大门正中的“圣旨”牌，则是皇帝褒奖宗琳公调剂六千余担稻谷救助灾民所赐，一犁春雨，度人度己，行仁义事，存忠孝心，正所谓：旌表家声远，义门世泽长。

午后的阳光，很快洒落在青砖黛瓦厚厚的寂静里。井水边，有人挑水、洗菜、淘米、捣衣，嬉闹的孩童打着水仗，脆亮亮的声音绕过墨庄、藜辉、传经第等院落，顺着板溪水传出去很远。开满凌霄花的庭院里，有浅浅淡淡的炊烟飘出来，想必是来了贵客，说不定屋主人正潜心做一席周礼古宴，天井堂屋的八仙桌会摆上色香味俱全的“十大碗”，然后是主宾一起觥筹交错，起坐喧哗，酒过三巡后，天上人间，不知今夕是何年。

板梁，无疑是别人的村庄，我来，只不过是随喜逗留一小会儿，青砖黛瓦背后，多少的辛苦遭逢，多少的跌宕起伏，多少的荣辱恩怨，多少的爱恨情仇，不可能全然得知。意外的是，我与这个村庄，并没有过多的隔膜，过多的距离，过多的阻断，抚额眺望，真真切切，以为是初见，其实是重逢。

薄暮时分，我在板梁，追梦一场，庭中兰蕙秀，户外市尘嚣。回望蜿蜒曲折的小桥流水，曲径通幽的庭院楼阁，那些民居、祠堂、寺庙、塔楼、板桥、码头、凉亭、石板路、旧私塾、古商行和古钱庄，那些门枋、石额、墙裙、柱础、斗拱、屏风、门楣、藻井和木制雕花窗，那些墀头、拔檐、雀替、墙帽、木雕、砖雕、灰雕、石雕和彩绘，每一刻、每一处，无不风来花舞，鱼跃镜开，尺木皆为画，寸石可生情，它们朝着某个方向，消耗着一代又一代的村人。而村人，则从村头到村尾，从村里到村外，也日复一日地消耗着它们，不惜雕刻时光，用美好的想法，应对生活与生命的不幸，用一双大大的脚板，将驿马古道漫长的日子，一天天走黑，又一年年走亮。

斗转星移，微风不燥，水里有风，树影参差。我虚掩着自己，眼看着路边的野花，正波澜不惊地结算着秋天的收成。一些人，正一边干活，一边等待着一些事情的发生。同样虚掩的村庄，干脆把油光水滑的路让出来，让一个个的姓氏与名字，一撇一捺地走远，又走近。我突然觉得，梦里板梁，已不再是一个村庄，而是一个姓氏，一个地址，它把山弯水迢的过去捎给现在，又将风驰电掣的现在寄给未来，一如天井里那把老得油光发亮的太师椅，一直在那儿矢志不渝地等着走失的主人，或迟或早，徐徐归来。

柳子之野

又是小暑，漠漠水田里，偶有一只两只白鹭飞起来，一翅一翅的，瓦蓝的天幕，很快有了恰到好处的留白，生动了眼前许多林影参差的景致。

或许，心有所念，响晴的天，慢慢阴下来，先是停云霭霭，然后是时雨蒙蒙。倏忽变幻间，我突然有点固执地相信，身处喧嚣尘世，人可以咏而归的精神家园，至少应当有三个：一个是陶渊明的桃花源，芳草鲜美，落英缤纷，有良田美池桑竹之属，一个是王维的积雨辋川，涧户寂无人时，有木末芙蓉花，纷纷开且落，一个当是柳宗元的永州之野，山水来归，黄蕉丹荔，秀澈清莹。

永州，有潇湘二水彼此交汇，五岭三山回合仰伏，千年之前，其深谷苍野，蛮荒偏僻，岫壑负阻，腾涌如浪，连峰际天，飞鸟不通，加之瘴疠侵袭，异蛇出没，无不令人谈“永”色变。然而，永州何其有幸，因为一代文宗柳宗元被贬谪而来，高山寒水、丘石溪涧、潭中游鱼、林寺溪居，有了色彩、形状、动静、意蕴与光芒，都是奇峭幽独的别样文章。

从冠盖满京华的长安，到斯人独憔悴的永州，从意气风发的庙堂之高，到山穷水险的江湖之远，“永贞革新”失败后，柳宗元被贬为邵州（今湖南邵阳市）刺史，行路未半，又被加贬为永州（今湖南零陵）司马，邵阳就此阴差阳错，与柳宗元失之交臂，而原本寂寂无闻的永州，却因柳子的“永州八记”而名噪天下。

其时，柳宗元被贬永州，虽然草木蔓发，却无春山可望，潦倒灰暗至极。常常怀揣万千凄怆，独钓一江寒雪，北身长号，以首顿地，潸然泪下。苍山野陌，楚猿啸啸，愁深越夜；黎明拂晓，越鸡啼鸣，梦断霜晨。山如樊笼，水似缚绳，永无赦免之地，厌莽莽大山，不可得而出，怀熙熙朝市，不可得而复。然而，柳河东毕竟是柳河东，在囚禁生命的樊笼里，生下来，活下去，哪怕丘壑草木之可爱者，皆陷阱，也得拼了老命，晓耕翻露草，夜傍响溪石，筑室茨草，为圃湘之西，穿池可以渔，种黍可以酒，来往不逢人，长歌楚天碧，甘于终为永州民。

也许，一半是机缘，一半是宿命，柳子与永州山川冥然相晤，他只能在困厄中寄情山水草木，体物入微，绘形描声，将永山永水用一只包袱裹了，试图有朝一日带回长安，徐徐展开，供人观览。这一裹，就有了永州之野清妙绝伦的千年，留存在无数人的心间。

依稀记得，柳子初到永州，无以为居，是借住在千秋岭下的龙兴寺内。这让我忽有所感，柳子，河东人，河东运城有新绛龙兴寺，而我所居古辰州（今湖南沅陵），以滇黔之冲，地介楚尾，有大唐龙兴讲寺，虽然，一南一北，一千二百多年过去了，我与柳子相隔了无数个朝代，然而，因龙兴而近，因永州而亲，彼此并不陌生。

我确凿看到，刚过而立之年的柳子，瘦削着脸，料峭苦寒中，裹一袭宽袍大袖，踽踽独行，郁郁而来。龙兴寺内，凫鹳戏于中庭，蒹葭生于堂筵，然登高殿可望南极，辟大门以瞰湘流，甚是舒旷，于是，他凿西牖以为户，户之外为轩，凭轩俯览源出九嶷三分石的潇水，远眺河西连绵起伏的峻山丛林。柳子定居冉溪，自认为以愚触罪，自比愚公，故将其更名为愚溪。愚溪之上，买小丘，为愚丘；自愚丘东北行六十步得泉，为愚泉；愚泉凡六穴，合流屈曲而南，为愚沟；负土累石塞其隘，为愚池；愚池之东为愚堂，其南为愚亭，池之中，木石错置者，为愚岛，并作八愚诗，善鉴万类，锵鸣金石，纪于溪石上，这就是“永州八愚”，可漱涤万物，可烟笼百态，可超鸿蒙，可抵涵虚，茫然而不违，昏然而同归，只是，悄怆幽邃，凄神寒骨，时人莫知，正所谓：知我者，谓我心忧；不知我者，谓我何求。

西山之上，我看见柳子攀缘而登，箕踞而遨，登高望远，凡数州土壤，皆在衽席之下，俯仰高下之间，或隆或洼，山近月远，渺渺凭虚，尺寸千里，无丝毫隐遁。萦青缭白，外与天际，满目风光，四望如一。

钴鉧潭中，有水屈折东流，遇石阻拦，湍急而下，飞花溅玉。潭面约十余亩，状如熨斗，旁广中深，悬泉成瀑，流沫成轮，坠之于潭，淙淙有声，特别是中秋弥望，于潭中掬月在手，可忘天地烦忧，自然一时喜不自胜。

潭西小丘，上生竹树，有石负土而出，峥嵘偃蹇，势为奇状，有的若牛马之饮于溪，有的似熊罴之登于山。待耗费时日，铲秽草，伐恶木，则有嘉木立，美竹露，奇石显，山高云浮，鸟兽熙然，各自回巧献技，乐此不疲。由是以望，清泠养眼，淙淙入耳，悠然而舒旷，渊然而静谧，耳得目遇，融心一体。唐氏弃地，柳子独喜得之，得之独喜，大可瞬时真妄毕见，动静合宜，心无尘垢，隐入烟尘。

小石潭，幽涧独坐，明心见性，具木石心，云水趣，全石以为底，隔篁竹，闻水声，岸边处处青树翠蔓，所有大枝小杈，蒙络摇缀，参差披拂。因为水尤清冽，潭中小鱼，往来翕忽，皆若空游无所依，游鱼溪石，历历可数。只是，坐于潭上，四面竹树环合，水流阡陌，山色有无，内不见己，外不见人，因其境过清，不可久居。

袁家渴，幽丽瑰奇，出永州市南门约五华里，南津渡对面有沙沟湾村，村前“澄塘浅渚”，水阔洲重，以关刀洲最大，洲旁有一石岛，山皆美石，上生青丛，冬夏蔚然。水行所至，平者深黑，峻者沸白。每有风自四山而下，震动大木，则纷红骇绿，香气蓊葧，摇扬葳蕤，与时推移，无以穷其状。

渴西石渠，民桥其上，有泉幽幽然，其鸣乍大乍细。其流抵大石，伏出其下，逾石而往，有石泓，菖蒲被之，青鲜环周。其侧皆诡石、怪木、奇卉、美箭，风摇其巅，韵动崖谷，视之既静，其听始远。

从石渠沿潇水而下约一华里，翻土山，可到涧子边杨家，村北有一小溪，从村前田洞中间流经村旁，穿石拱桥入潇水，即为柳子所说的“石涧”。亘石为底，达于两涯，若床若堂，若陈筵席，水平布其上，流若织文，响若操琴。交络之流，触激之音，皆在床下；翠羽之木，龙鳞之石，均荫其上，澄鲜异常。

愚溪之北小石城山，土断而川分，有积石横当其垠，无土壤而生佳树美箭，益奇而坚，其疏数偃仰，当是类智者所施设。黄溪最为奇丽，两山墙立，溪流积水，走云连风，若临峻流，欹石巍然，树益壮，石益瘦，水鸣皆锵然，至大冥之川，山舒水缓，有土有田，其间风物，与山升降，殆不可状。

如此，屈折东流的钴鉧潭，水尤清冽的小石潭，幽丽奇处的袁家渴，韵动崖谷的石渠、响若操琴的石涧，遍生嘉树的小石城山，宛如一幅幅水墨画，外师造化，中得心源，淡淡幽幽的山川小景，清清寂寂的风物人事，奇奇怪怪的丘涧溪石，莫不使柳子在困顿中轻叩生命的价值，一见而惊，由衷而叹：“噫！吾疑造物者之有无久矣。及是，愈以为诚有。”

愚溪沦涟，与月上下。一弯弦月照在古色古香的柳子街上，街尽头，是黄叶古渡。历史上，它是由湖南进入广西的重要通道，是连接中原与岭南的要津。我在街边踟蹰来，蹀躞去，回望千年以前，柳子带着满身的伤痛与悲愤，或许就是在这个码头起身上岸，来到永州，出寺庙、乘小舟、渡潇水、上码头，仆闷出游，每次出行，又游复多恐，涉野常有蝮虺大蜂，仰空视地，寸步劳倦。永州十年，陪伴自己年近七旬的老母亲卢氏与十岁的女儿和娘，因生活艰苦，水土不服，缺医少药，先后辞世，亲朋凋落，孤雁悲鸣，这带给柳子无尽的伤感与悲痛。柳子不幸，永州山水却幸，正如汪藻所云：“零陵一泉石一草木，经先生品题者，莫不为后世所慕，想见其风流。”柳子自然是永州山水的伯乐，而偌大的朝廷，却无柳子的知音。永州十年，柳子如蝜蝂，随时可能至坠地而死；如黔驴技穷，随时有虎牙利爪，可以断其喉，尽其肉，眼见赋敛之毒有甚是蛇，却无法如郭橐驼种树，能顺木之天，以致其性，但柳子却始终相信，永某氏之鼠，不可能永远饱食无祸。永州十年，是柳子最艰难、最孤寂、最郁愤的十年，也正是这困顿的十年，柳子给予永州山水以清旷与幽美，永州回馈柳子以微光与慰藉，真正造就了柳子的绝世风范，嬉笑怒骂，因物肖形，峭拔峻洁，奇丽幽邃。

柳子之野，虽然往昔的奇山异水，或隐入尘烟，湮没不可复辨，或戴月冲寒，寻访不得再识，或野芳侵道，荒芜不能再显。“挥毫当得江山助，不到潇湘岂有诗。”丘陵山谷之峻，江河湖泽之大，舜庙、文庙、武庙，愚溪、浯溪、濂溪，画船菱歌，春光潋滟，物换星移，日新月异，其旷奥处，千年生机千里歌，一方福地处处欣，尽可施施而行，漫漫而游。隔浦望月，闲适自处，做一回潇湘主人，每个人心中都会有一个光明湛然的柳子，一个疏淡幽深的八记，一个诗画铺陈的永州。

设若，当柳子再度回到千年之后的愚溪，徜徉在并不属于他的柳子庙、柳子街，看一看他的小丘溪潭，舜风楚韵，山水庄严，我想，他当再无悲凄，唯满目欣然，脱口而出的许是：欸乃一声山水绿，此心安处是永州。

垣上

世间，总有一些事情，喜欢等着另一些事情，或发生，或结束，就像一阵风等着另一阵风，一场雨等着另一场雨一样。

三月的某个清晨，我从沅陵出发，经泸溪，过吉首，去往花垣。坐在车上，靠窗眯缝着眼，沿途起伏的山川、田野、村庄，一个个奔前跃后，活溜溜的，像是蛰伏久了的兔子，突然撒腿狂欢了起来。

寂静的日子，显然被去年的那个冬天冻住了太久，逐渐开始变暖的风，不管不顾的，东一榔头西一棒槌，到处寻找田间地头的庄稼杂草、屋前屋后的桃李杏树，把嫩嫩的绿、粉粉的红、浅浅的黛，一小撮一小撮翻寻出来，晾晒在坪前屋场、坡岭树梢，没过多久，翠茂茂的，嫣绵绵的，各种深浅不一的绿，淡妆浓抹的红，漫漶在整个或远或近的青黛烟霞里。

沙科梯田的油菜花开了，开得朴素而灿烂，一大片，一大片的，没有一点含蓄与隐藏。远处的尖岩山一峰独秀，近处的梯田如链似带，层层叠叠的菜花黄，蜿蜒曲折的陌上路，人来人往，纷错如织。一大群身着苗服的垣上女人，花团锦簇地走过来，虽说上了点年纪，脸色略显风吹雨打的黝黑，但她们显然是连带着过往的日子一起盛妆出行，来看看自己种的田，种的地，种的油菜花，种的年纪,种的岁月,她们一边扯起喉咙呼朋引伴,一边熟练地拍照留影,一边还唱起古老的苗歌。那歌声,仿佛是从土地深处迸出来的,裂隙而出,随风而至,伴着云朵下的花香,树梢上的鸟语,由低到高,由缓而快,由一人变多人,由单音调向多声部聚合,慢慢的,渐渐的,婉转跌宕,盘旋上升,终成磅礴之势,直冲云霄……这些“以饭养命、以歌宽心”的苗族老太太们,确凿是,到哪山,唱哪歌,经得起绝望,也承得住欢颜,有着与生俱来的灵醒、绰约、旷达与散淡。地上的天空,湛蓝,穹顶下的花丛,金黄。女人们健着步子,头顶的储色花帕高高耸起,蓝底平绣挑花衣襟随风翻卷,云肩式四合云纹彩饰,堆绣成锦。她们将所有的念想,一经一纬地织出来,一针一线地绣出来,差不多把一部难以言传的民族史诗穿在了身上,戴在了头上,色彩缤纷,环佩叮当,炫如雨后云霞,从容而不毛躁,自如而不窘迫,审慎而不狷介,恬淡而少恣戾。我看着她们,仿佛看见同属苗族的祖母与母亲,只是,她们在别处,在另一块我所见不到的油菜田里,听别的虫子在叫,看别的鸟儿在飞。

薄而嫩的阳光,洒落在许多年里洒落过的地方。因为太过平常,并没有引起人们过多的注意。风,把嗡嗡的蜜蜂从一朵花吹向另一朵花。小巧玲珑的嫩芽,从一个树梢攀缘到另一个树梢,粼粼的绿意微微荡漾,整个田野、村庄很快羞涩而蓬勃地活了起来。人群中,我一个人,远远的,落单在后面,久久地凝望着这块武陵山腹地的土地,想起前两年,同样是从沅陵出发,宿里耶,经花垣、吉卫、补抽、酉雅、腊尔山、乌巢河、正大、阿拉营、黄丝桥,一路往南穿行,像是在先祖的序列里,试图找到某个节点、某个位置。我一边行走，一边想象着：苗族先人究竟经历了怎样百死千难的大迁徙，最后才走进这深山密林、蛮荒之地，世居于此，繁衍生息。

澳大利亚史学家格迪斯曾说，世界上有两个灾难深重又顽强不屈的民族，一个是分散在世界各地的犹太族，一个就是中国的苗族。花垣是蚩尤故里，苗族的悲剧源自于五千年前的一场战争。以黄帝、炎帝为首的联合部落，与以蚩尤为首的九黎部落，大战于涿鹿之野。最终，蚩尤被斩杀，九黎部落战败，被历代统治者一路追逐杀戮。九黎部落被迫南迁，先是在左洞庭、右彭蠡建立了“三苗国”，然后又被追杀，于是一支苗族先祖溯沅水而上，进入武陵山区，进入云贵高原，隐入大西南山中。

清方亨咸在《苗俗纪闻》中说：“自沅州以西即多苗民，至滇、黔更繁，种类甚多……但有生熟之异。生者匿深箐不敢出，无从见；熟者服劳役纳田租，与汉人等，往往见之。”清初辰州知府刘应中《平苗记》载：“楚、黔、蜀万山之交，皆苗也。种类不一，曰红苗，以其衣带尚红也。曰生苗，以其强悍不通声教，且别于熟苗也。”由此，苗不出境，汉不入峒，且历朝历代统治者认为苗民，特别是生苗，“性情多变，叛复无常”甚至“三年一小反，十年一大反”，为征服和控制“生苗”区，不惜多次诉诸武力，进行大规模的军事征剿和屠杀。

历朝历代都在通过不同的路径经略大西南，元以前，中央王朝进入云贵地区，须穿越四川盆地，翻过乌蒙山脉，开辟了从昆明到成都的建昌路与昆明至泸州的乌撒路。元至元二十八年(1291)，新开辟了一条由湖广直达云南的“官道”——普安道(明称东路、一线路),大大缩短了入黔进滇的行程。这条古驿道起点为今天的湖南常德市,溯沅江水陆两路而上,经沅陵、芷江,至镇远,然后改行陆路,东西横跨贵州,进入云南,最终至昆明,世称“古苗疆走廊”。明时,在“孤悬一线”的普安道沿线及周边地区密集设置卫所,屯军守卫,其中仅在大湘西地区就设有常德、辰州、沅州、崇山、靖州、永定、九溪7个卫,屯军近4万人。后来,清朝乾嘉年间,因为“勾补事件”,无法“抚定六里生苗”,一场大规模苗民起义从这里爆发,席卷湘黔,战争历时两年,参加起义人数多达二十余万人,清廷调动七省十几万兵力征剿,清军两位主帅——云贵总督福康安、四川总督和琳先后疲于奔命,积劳成疾,病逝于军中。乾嘉苗民起义,成为大清王朝的“中衰之战”。

也是在一个仲春的早晨,阳光并不荒芜,我只身来到吉卫镇老卫城村,寻访崇山卫。“崇山”之名,也许源自“放驩兜于崇山”的典故。崇山卫,孤悬苗巢,显然是插入生苗腹地的一把利剑,以备随时随地对苗民进行钳制和镇压,只是,于此苦寒之地,朝廷在艰难维持了三十年之后,即以“羊蹄擂鼓、饿马摇铃”为计,无奈如弃敝屣。当我遍询路人,寻迹登上卫城最高的山头时,看到曾经的崇山卫城四周土墙高筑,东西南北各有一门,城内有军营、跑马场、演武厅等痕迹,城外还有洗马池,这在当时,无疑是一座规模宏大、威震四方的军事堡垒。只是,六百多年过去了,老城墙的夯土尚依稀可辨,其余均已湮没在遍地的菜花丛中,消逝于历史的长河里,废墟上,空留满地七零八落的寥落与恍惚。

周围的树,一个劲地忙于长高自己;田地边的草花,一如既往地忙于灿烂开放自己；卫城的女人们起早贪黑，忙于用背篓背出自己安详宁静的日子。天空空了许久，一些高过头顶的事事物物，端坐在黄昏里，随时光渐渐老去。我收回自己的视线，心里许多复杂的况味，虫子似的爬来爬去。

两年后，我重新回到这块土地，带着另一种心境，另一副表情，看另一种变迁。因为，春天来了，有那么多需要抽芽的叶子，那么多需要开放的花朵。鸟儿，叽叽喳喳地朝天叫起来，它是叫给自己听的，叫给天空、云朵听的，也是叫给大地上每一个忙碌的人听的。

或许，每个人，对故园，对家园，无论远离，还是归来，都会有一种耳根烫烫、心尖痒痒的念兹在兹。人，一旦在某个地方寂静地待过，那里的风会认得他，雨会认得它，尘埃里的虫鸣鸟叫也会认得他，事隔多年，草木、石头、水滴还会记得他。就像利奥波德的沙乡，梭罗的瓦尔登湖，贝斯顿的科德角，马尔克斯的马孔多，福克纳的约克纳帕塔法，莫言的高密东北乡、贾平凹的商州、阿来的嘉绒藏区、迟子建的冰雪北国、毕飞宇的苏北水乡、刘震云的延津世界一样，絮絮叨叨的，安安闲闲的，无一不入眼、入脑、入心，成为精神深处心心念念的原乡。

于花垣，想来，生活在这片土地上的人们，又何尝不是如此呢？

花垣，原本是花园，源于镇子南郊昔日为保靖土司所修建的大花园，作为宴游之所，有妆楼镜阁之胜，杂植各色花卉，春来烂漫似锦……相传，清初曲阜孔尚任曾游此园，观演所制桃花扇传奇，极欢而散。只是，原永绥厅治在吉多坪（即今吉卫镇），因“孤悬苗地”，不利战事和军需供给，嘉庆六年（1801），清廷下令设绥靖镇，筑石头城，嘉庆七年（1802）永绥厅治迁于新城，从此，“花园”便成了“花垣”。

我对花垣最初的印象，其实来自沈从文先生的小说《边城》。由四川过湖南去，靠东有一条官路。这官路将近湘西边境到了一个地方名为“茶峒”的小山城时，有一小溪，溪边有座白色小塔，塔下住了一户单独的人家。这人家只一个老人，一个女孩子，一只黄狗……这个名叫茶峒的边陲小镇，一脚踏三省。“那些渡筏，在静静的溪水中游动，两岸全是夹竹林高山，给人无比幽静的感觉。十年后还在我的记忆里，极其鲜明地占据了一个位置。”沈先生这些印象，同样留在我最初的记忆里，似乎看到了翠翠那个不可预言的“明天”，也似乎看到了沈从文先生当年投身行伍，独自坐在清水江畔的高崖上，看船只上滩，看船夫拉纤，甚至跑到船上，与船老板闲扯上大半天白话，听美丽而忧郁的橹歌，凡事都有偶然的凑巧，结果却又如宿命般必然。

后来很长的一段时间，花垣作为“东方锰都”“有色金属之乡”，负有极大的盛名，于“国有民采，有水快流”的季节之路上，千军万马夜以继日，将一座座矿山挖掘成千疮百孔的苍茫，在诞生了无数财富神话的同时，也断送了数百里山川河岳大半生青葱翠绿的性命。在尘世最猛烈的风口，人们“发锰财、猛发财”，却再也无法相信，满大街的灯火就是从自己手里流出的江河。一水护田，两山排闼，再也没有了慢慢“送青来”的明媚，缓缓“将绿绕”的惬意，每一座山、每一条河、每一棵树、每一粒土，都在枯槁，都在呻吟，都在呼唤。

清晨，灰暗的阳光落在人间，人们走走停停，看不清前后左右，视野可及处，皆是颓垣、矿洞、渣库与选厂。那些繁茂的森林、新鲜的田地、丝质般的花香、沁甜爽心的鸟语，仿佛一夜之间下落不明。跌跌撞撞的人们开始醒悟、反思、救赎。日升月落，壮士断腕，一个个宽厚的脊梁，霸蛮而又耐烦，决绝地奔赴另一处战场：两断三清、矿山闭坑、尾渣综合利用、尾矿库闭库、矿涌水治理、绿色转型，针对数十座问题尾矿库、数千个采空区、数百处废弃厂区，覆土复绿，全面修复与治理。一年又一年，女娲补天般，夸父逐日般，殚精竭虑，锲而不舍。此时，矿山公园，一排排树影婆娑的木樨、香樟、紫薇，正满山吐翠，老王寨上的花草树木缀满了山坡，洞里村的山水林田重返生机，尾矿库上的桑树悄悄发芽，苗圃基地的石楠、女贞探出春天的音符，巴傩山上的黄金茶散发岁月的醇香，清水江上的参差荇菜再次在柔波里招摇。一块块土地，一条条流水，需要守着节令，顺着气候，长出清明谷雨的模样。“露带山花落，云随野水流”，一些路，也许会在某个傍晚空一阵子，另一些路，却会在早晨通向午后的阳光。走在路上的人，其实，并不需要在风中过多地愣怔，路走得久了、熟了，自然而然，会有天边的鸟儿飞过来，山边的花儿开过来。走在路上，只要内心清清亮亮地蓬勃着，远处的事物便不会轻易地荒废掉。

古苗河，从高处到低处，一直在峭壁千仞的地缝大峡谷安静流淌，一石一壁，一瀑一潭，白雾袅袅，水汽氤氲，各样的瀑布，大大小小，高高低低，如丝带、若长发、似轻烟……千年万年，它流出沿途村庄的炊烟、篱笆边的狗吠、岸边的捣衣声，流出垣上人家的吃苦耐劳、热情豪爽、彪悍霸蛮，也流出生生世世的健硕、清秀、实在与好看。

很旧的事物，往往会很“新”，“新”成灵魂深处的烙印。

青鸟飞过山野，喜鹊啁啾而来，拉拉渡，一边渡着时间的河流，一边渡着人生的昼夜。“山头一抹淡淡的午后阳光感动我，水底各色圆如棋子的石头也感动我。”许多年前，沈从文先生挽着裤脚，说着这件意味深长的事儿。春色，沿着涧谷，循着坡岭，正一寸寸抬升，早熟禾、酢浆草、牛筋草、紫花地丁、酸模叶蓼等，每片叶瓣都藏着小小的欢喜，把一只只昆虫，揽在温温润润的怀里，它们往往会记住很多的事情，包括多年前、多年后的每一个早晨、每一个中午和每一个黄昏。

空阶重叠上垣衣，白昼初长社燕归；桐树结籽弯枝头，细细摘来细细吹。远远的，吊脚楼上，似有苗族古歌隐隐传来，深邃而幽远。我独坐在花垣河的码头上，看妇人弯腰弓背槌捣衣物、摘洗菜蔬，她们霞光中的发丝，一闪一闪的，似在散发出低语的芳香。我突然记起西班牙诗人利亚尼奥的一句话：“我不是寻找理解，而是把意义探求。带着静默，带着一种莫名的预感，梦寻星星与孤独的卧榻，在那里就可以遗世而无所不往。”沉浸于这种遐思，我想，花垣，原本是花园，过去是，现在与将来，依旧还会是。

江阁与草堂

那个自称少陵野老的不算老的老头儿，不知是他走得太远，还是我离得太近。反正，千年前的那些沉郁，那些怅望，那些流浪，那些苦难，那些悲悯，当然还有那些呼号，那些平静，那些安然，从河南的巩县，穿越江汉，乱入长安，直抵蜀中，流落荆楚，最后淹过一千二百多年后我丑陋不堪的头颅，悲悯地想用一堆沙子搓成一条湘江上的纤索，拽起一船的漂泊、溯流、魂归。

那是个风雨天，我原本可以待在宾馆，很舒适地打发那些既属于我，又不属于我的时光，甚至可以无聊地胡思乱想很多，与我相干或毫不相干的事情。可是，冥冥中，我忽然看见那个老头儿，与长沙这座繁华的城市格格不入，裹一身任何风雨也奈何不了的生锈的阳光，散漫地漂流在湘江的一叶孤舟上，微拈几缕陈旧的胡须，声嘶力竭地啸咏：夜醉长沙酒，晓行湘水春。岸花飞送客，樯燕语留人……

于是，手忙脚乱地斜进风雨之中，直奔湘江岸边的杜甫江阁——这样一块卑湿之地，老人当年流落湘天楚地，寄居星沙孤舟的凄惶之所。

门楣上有怪里怪气、枯藤昏鸦的八个字：江流楚韵，阁驻唐风——是黄永玉那个可爱的老头儿，从那杆大烟袋里熏出来的，带着很浓重的烟味。

江阁很巍峨，很气派，很堂皇。我想，要是当年的杜甫居住在这样豪华气派的江阁，也许是万难发出“安得广厦千万间，大庇天下寒士俱欢颜”的呼号的。这呼号，只有在百花潭边的茅草屋里，才会那么月白风清，那么中气十足。

“沅湘流不尽，屈子怨何深。日暮秋风起，萧萧枫树林。”戴叔伦曾这么追问与感慨。而流居于江畔孤舟上的杜甫，更甚于此：江汉思归客，乾坤一腐儒；片云天共远，永夜月同孤。一生漂泊，身在草野，贫病潦倒，怀才见弃，然而落日楼头，仍是心忧社稷，乾坤之内，天地之间，此等腐儒能有几人？

我不知道，杜甫愁心醉卧，枕水独眠，与“浩浩沅湘，分流汩兮。修路幽蔽，道远忽兮”的屈子夜谈了些什么？是否会说些“大哉乾元，万物资始，乃统天，云行雨施，品物流形”之类一伸一缩，一往一返，一阴一阳的事。那时，水带来了什么，又流走了什么？那些愁怨，来自何处？又会去向何处？那件薄衣，那尾漏船，又是怎样的承载大唐王朝的风烟忧戚，一个家国的盛衰荣辱？又是否如西川的聆听：在一个晦暗的时代/你是唯一的灵魂……千万间广厦遮住了地平线/是你建造了它们，以便怀念那些流浪途中的妇女和男人/而拯救是徒劳，你比我们更清楚/所谓未来，不过是往昔/所谓希望，不过是命运。

“风雨问当年，流寓星沙，客恨曾题临水阁；江山留胜迹，何分湘蜀，诗魂尚系浣花溪”，正这么看着想着，风雨中，我似乎感到老人微仰高贵的头颅踟蹰到了我的身边，带着沉郁顿挫的笑，深哲不语。

这个饱经沧桑的老人，曾经“右臂偏枯半耳聋”，满头白发，形容枯槁，衣衫褴褛，在寒冬阴湿的江面上，如一片飘零的枯叶，被滚滚湘江带向远方。如今，他回来了，就在我的眼前。他依旧念念不忘“致君尧舜上，再使风俗淳”，忽而“出师未捷身先死，长使英雄泪满襟”，忽而“感时花溅泪，恨别鸟惊心”，忽而“跨马出郊时极目，不堪人事日萧条”，忽而“万里悲秋常作客，百年多病独登台”，忽而悲悯“文章憎命达，魑魅喜人过”，忽而激愤“边庭流血成海水，武皇开边犹未已”，一面颠沛流离，一面忧国忧民，他依然有着“会当凌绝顶，一览众山小”的壮怀激烈，有着“安得广厦千万间，大庇天下寒士俱欢颜”的大悲大悯。

二十多年前的某个夏日，我曾远去蜀中寻访草堂，坐着闷罐车，从沅湘出发，颠簸三十多个小时，一路的汗流浃背，一路的风尘仆仆，期盼着能与“细草微风岸，危樯独夜舟”的老人相遇，然而，星垂平野阔，月涌大江流，我没有能够找到。或许，造化弄人。“五十头白翁，南北逃世难。疏布缠枯骨，奔走苦不暖。已衰病方入，四海一涂炭。乾坤万里内，莫见容身畔。妻孥复随我，回首共悲叹。故国莽丘墟，邻里各分散。归路从此迷，涕尽湘江岸。”如此，我又哪能找到呢？

如今，我再次从江阁起程，一路向西。于万里桥西宅，百花潭北庄，走过一座小木桥，隐约可见一排竹子做成的篱笆，蜿蜒地圈住一座茅屋。茅屋竹篱柴扉，黄泥涂墙，茅草覆顶，衬着门前屋后的竹篱、菜园、药圃，溪流，洋溢着一股浓浓的乡野气息。是的，这就是老人的草堂了。我想象着当年茅屋被秋风所破的情形，更想象着春夜喜雨的情形，一时无语。是啊，老人终生流浪，在流浪的路上把世间所有的苦难一点一点地收拾掮起。人们常说“穷则独善其身，达则兼济天下”，可老人无论穷达，却都在兼善天下，为时而泣，为民而歌——穷年忧黎元，济时肯杀身。

“异代不同时，问如此江山，龙蜷虎卧几诗客；先生亦流寓，有长留天地，月白风清一草堂。”现在的草堂经历代扩建规模日益增大，亭台轩榭、宫阁池塘、花草树木一应俱全，整个建筑精致雅尚，名人题刻比比皆是。如果老人健在至此时此刻，他肯定完全认不出这就是他当年“卷我屋上三重茅”的草堂了，犹如湘江岸边的江阁一样。然而，如果老人犹如“闻官军收河南河北”一样再到草堂附近走走，说不定，会寻回些当年的记忆与愿景呢。徜徉在宽巷子、窄巷子、百年老街春熙路，见到的是富庶繁华与宁静悠闲，到处充溢着从容淡定、气定神舒。整个街市，如一幅淡雅从容的水墨，每一点着墨每一处渲染都极具韵味，于淡雅处见精巧；又似精雕细琢的工笔，每一处线条每一个细节都风流细腻，于精巧处见淡雅。我想，此时的老人走着走着，也许会没有了沉郁，也没有了顿挫，也没有了寂寞。因为，他所看到的一切许是他千年前的愿景了！

然而，真的会如此吗？我不知道。

“诗有千秋，南来寻丞相祠堂，一样大名垂宇宙；桥通万里，东去问襄阳耆旧，几人相忆在江陵。”一段时间，我怀揣老人那种沧桑千年后的温和与宁静，沉浸在一间“来了就不想走”的草堂，一座“来了就不想走”的城市。可是，我终究只是一个过客，无法穿越那大半个丝路花雨的盛唐。我不得不走，不得不沉郁顿挫，因为世事芜杂，路毕竟还在远方。

也许，某年某月某日，我也老得走不动了，我也会寻一个城市之外的乡村草屋住下，尘归尘，土归土，念叨一声“正是江南好风景，落花时节又逢君”，将生命最后一团虚白的呼吸，弥散在露珠晶莹的狗尾巴草尖上——为这么一个老人，这么一个愿景。

隐秘的虎溪书院

一

虎溪，不是一条溪，而是沅江、酉水合流处的一座山。“酉水引于西而右旋，沅水襟于前而左抱。”隐于湘西北虎溪山的沅陵虎溪书院，一般人很少知晓。它默默地源远流长，生生不息，犹如隐逸的绝世高手。世人多知明代大儒王阳明的格竹寻理、龙场悟道、天泉证道、严滩问答、南浦请益，却独独少了“龙场悟道”后的“虎溪布道”。或许，这正是虎溪书院隐逸数百年的原因。

在这里，王阳明“触境指迷，谈仁讲义。假精舍以幽栖，阐心传于僻地。尔乃崇正学，致良知”。明邹守益在《辰州虎溪精舍记》中记载：“阳明王夫子自会稽谪龙场，道出辰阳。辰阳之胜，曰虎溪山寺，世称二十六洞天。因宿僧舍弥月。有古松甚奇，大书其轩曰‘松云’，复留诗于壁。一时从游诸彦，如唐柱史诩、萧督学璆，千余人切磋正学，剖剥群淆，若众鸟啾啾获闻威凤鸣也。”俊杰美才云集，静坐虎溪山寺，谛听大师王阳明授学，如同啾啾喈喈的百鸟听见了凤凰的嘹亮锵锵。

王阳明虎溪布道，是他在湖南讲学时间最长、弘道人数最多的一次盛举，为沅陵、湘西、湖湘大地，乃至整个中国“心学”思想与教育弥撒了“我心光明”的圣哲之光。如果说，阳明之学，悟于龙场，而发端于辰州，倡行于天下。想来，一点也不为过。

二

仲夏的午后，天气十分燠热，我坐在沅江与酉水交汇处的码头边。远处的燕子滩若隐若现，眼前二酉拖蓝的水线荡来漾去，背后虎溪山上的大唐龙兴讲寺与虎溪书院，兀自隐立在斑驳的树影鸟声中。

由龙兴讲寺拾级而上，穿过观音殿，再循阶而上，便达隐匿的虎溪书院。此时，一些工人师傅汗流浃背，正悉心修缮书院的每一处角落。修道堂、好景楼、阳明祠、惜阴堂、梓潼阁、当仁堂、尊经阁、鸥鹭居、玉芝亭、凭虚楼、见江轩等建筑，坐北朝南，循山就势，远观鳞次栉比，气势恢宏；近视门庭壮阔，美轮美奂。其一砖一石，一梁一柱，一纹一饰，一草一木，无不体现着天人合一的理念。

我在阳明祠前的台阶上坐下来，炎炎夏日中，很奇怪，我似乎分明看见一场大雪。雪域中的虎溪，寂于酉水与沅江的合流处，白茫茫的，澌澌然，有种遗世的深悲大戚。

那年春日，画桥烟柳的杭州早已是山色空蒙，一派淡妆浓抹总相宜的景象。然而，九死一生的王阳明，却不得不由杭州开始启程谪赴贵州，从姚江坐船，抵达钱塘江，道经江西广信（今上饶）、分宜、宜春、萍乡进入湖南的醴陵，在长沙旅倦小憩江观，携周生涉江而探岳麓，尔后从长沙乘舟沿湘流北去，经洞庭湖，再溯沅江西上，经沅陵、辰溪等地，经由沅江支流㵲水进入贵州玉屏。等待他的，仍将是万山丛棘，蛇虺魍魉，蛊毒瘴疠。前路幽邃莫测，生死未卜。这个春天，于王阳明而言，有着太多的命途多舛，太多的造化弄人，太多的离愁别恨，太多的悲戚衰零。

水路漫漫，何其修远，他逆着沅水走得很慢，山行风雪瘦能当，会喜江花照野航。

很显然，在这条朔风野大的水路上，他知道当年三闾大夫峨冠博带的九歌天问，知道传说的夸父在此除了奔跑再别无选择的追光逐日，更知道伏波将军马援在清浪滩头的马革裹尸。一片橹歌中，王阳明抵达溪子口的江心，久久地凝目远眺着虎溪山。此时的王阳明，身形瘦削，面色黧黑，几茎疏落的胡须临风抖着，有些凄惶，可是，四方平定巾下一双深陷的眼，透出炯炯的光。

这个春天，王阳明虽然没有登上虎溪山麓，然而，惟道于危，惟精于微，澄澄湛湛，卓卓巍巍，纯清绝点，河流一汇，他将会回到这个地方。

三

际遇坎坷、石赤不夺的王阳明，最终，凭借罕见的励志竭精，从最恐怖的诏狱里活了下来，从锦衣卫的追杀中活了下来，从武夷山的虎口中活了下来，从贵州龙场“豺虎四出，瘴疠流行”的险恶中活了下来。直到那个闷热的夏夜，电闪雷鸣，王阳明躺在玩易窝下的石埽中，纵声长啸，一跃而起，朝向内心的期许在生死边界中诞生，大悟格物致知之旨，始知圣人之道，吾性自足。颠沛流离的王阳明，终于迎来了他个人的终极蜕变和升华：龙场悟道。

波澜壮阔的阳明心学，就此横空出世。何处是光，哪里是影？此时此刻的王阳明，百难备尝，始见圣人端绪，体认着内心的光芒，坚定着自己的路向。

正德五年（1510），刘瑾伏诛。王阳明终于谪贬期满，升任江西庐陵知县。“三年谪宦沮蛮氛，天放扁舟下楚云。归信应先春鹰到，闲心期与白鸥群。”此时的王阳明经过“龙场悟道”之后，明心见性，素位渊默，澄静如山，给龙场学生作了最后的临别寄语：坐起咏歌俱实学，毫厘须遣认教真。然后，坐船顺沅水东下，经溆浦大江口、辰溪，直达沅陵。

正德五年初春，雪尽过后，大地开始清鲜朗润，一片桃红柳绿。清癯长须、衣袂飘飘的王阳明来到虎溪山，栖住在龙兴讲寺外的凭虚楼，因楼前有古松一株，因题匾曰“松云轩”。一个丰盈的生命，与五溪大地一片蓊郁的山麓相遇，势必江上清风，山间明月，一时俊逸疏朗起来。王阳明“喜郡人朴茂，质与道近，因留虎溪龙兴寺，寓凭虚搂弥月，与武陵蒋信往来讲论，进士唐愈贤从之游，刘观时、王嘉秀诸人咸执贽受学焉”。

当是时，王阳明略带着疲倦的欣喜，从溪子口码头，拾级而上。登高临流，武陵莽莽苍苍，沅江酉水环山合流，春意泱泱。极目远眺，对岸的一脉群山，无不像一个个手执朝笏的大臣，面对着虎溪山遥相揖拜。

沅陵学子得知大儒王阳明赴任东来，唐愈贤、刘观时、王嘉秀、萧璆、王世隆、董道夫、吴伯诗等一大批学人，以及武陵蒋信、冀元亨等俊彦，早早迎候在西关码头，只为一睹阳明先生的风采。整整一个多月，虎溪山上，燕子滩头，河涨洲里，王阳明与诸生一道，讲授心即理，培根体认，砥砺品行，闲观物态皆生意，一曲沧浪击壤听。诸生数十人，甚至上千人，环而拥之，随地请正，山歌号子，傩舞高腔，声震山谷。师生幕天席地，有的弄琴理丝，有的吹箫击鼓，有的投壶聚算，有的移乐泛舟，求证论道，乐此不疲。

王阳明杖藜虎溪的讲学布道，于他自己而言，极为自豪。可以说，困于龙场的近三年时间，即便“龙岗山上一轮月，仰见良知千古光”，可他并没有找到过真正的知己，没有找到能理解、贯通其学说的学子。他的“致良知”“知行合一”学问，在贵阳只能是“罔知所入”，很难得到更多人的领悟。而在沅陵的情形则大不相同，与诸生讲学，均可自悟性体。贵阳是王阳明动心忍性、砥砺切磋之地，终有龙场悟道，而能在沅陵传讲弘道，是王阳明出山后充满愉悦憧憬的头一回讲学盛典，怎能不让他感慨万千流连忘返呢？又怎能不令他“他年还向辰阳望”呢？

当他离开沅陵时，依依不舍、寄语殷殷地题写《与辰中诸生论收放心书》，鼓励辰中虎溪弟子省察克己，事上磨炼，光大“心学”。后来，又在《题王实夫画》中回味虎溪讲学的佳处，逸兴绵绵：“随处山泉着草庐，只须松竹掩柴扉；天涯游子何曾出，画里孤帆未是归。小酉诸峰开夕照，虎溪春寺人烟霏；他年还向辰阳望，却忆题诗在翠微。”在龙兴讲寺，王阳明留下著名的题壁诗：“杖藜一过虎溪头，何处僧房问惠休？云起峰间沉阁影，林疏地底见江流。烟花日暖犹含雨，鸥鹭春闲自满州。好景同游不同赏，篇诗还为故人留。”江流滔滔，阁影重重，情景交融间，仍可看到尘世的清澈，生命的自得，满蕴着“致良知”的心学哲思。

虎溪山，因此成为王阳明传授“心学”的“处女地”和第一站。沅陵有幸，迎来了王阳明的首倡心学之说。虎溪山，由此高大峻茂起来，成为一座良知之山，本性之山，光明之山。

四

王阳明离开沅陵三十余年后，明嘉靖二十三年（1544），他的门人、同乡徐珊出任辰州同知，访其师当年讲学遗迹，与邑宪副王世隆建虎溪精舍，院址在城西虎溪山半龙兴讲寺之北。有亭、轩、楼、阁等，辟修道堂，“大集多士，以倡明其学”，并辟祠以祀守仁，请罗洪先作记“四方志学之士，日彬彬焉集”。屋舍建成后，即延名师以教，人文炳蔚，每日诵读之声不绝于耳，一时成楚南盛事。虎溪精舍，也理所当然被称为楚南第一学府。

隆庆四年（1570），知府徐廷绶“虑其无以容”，增建讲堂（称当仁堂）六楹，翼以号舍，“教诸士以同仁之学”。崇祯初，守道樊良枢重修，更名“阳明书院”，祀崇薛文清公于西偏，明末兵燹废数十年。

清康熙四十五年（1706），郡守迟煓构数楹于故址，奉公之主而以薛公辅。雍正四年（1726），郡丞黄澍复修而拓之。雍正十一年

(1733)，知县赵念曾在其中设义塾，复改为“虎溪书院”。光绪二十九年(1903)，清廷诏令“废科举，兴新学”，知府连培基奉文创办辰州府中学堂，即以虎溪书院住院生童为学生，山长为教习。民国初，曾为师范讲习所、简易乡村师范学校校址。此后，院空驻兵，逐年残破，遗址犹存。后屡经修葺拓新为教学之所，后并入沅陵一中，发扬光大，生生不息，成为活态书院的另一种可圈可点的范例。

虎溪书院自创办以来，即按照王阳明所倡导的“立志、勤学、改过、责善”的教育理念，每以良知为训，主张顺应学生本性，学贵自得，循序渐进，寓学于乐，知行合一，培养学生独立自主的治学精神，崇正学，致良知，先后涌现出唐愈贤、王嘉秀、刘观时、王世隆、董道夫、吴伯诗、向淇、蒋信、冀元亨等众多于斯为盛的辰州与楚中王门弟子，戒惧勿离，以自成其身。近世更大兴文教，多有以振起斯文为己任者，汇六校之流，知行合一，蔚为壮观，为国家、社会培养了大批人才，如辰州府中学堂第一届毕业生、后任湖南省立第一师范学校校长并担任过毛泽东哲学教师的武绍程；从辰郡中学毕业考入北京大学，并与李大钊一起从事革命运动而英勇献身的邓文辉烈士等，沅陵一中先后涌现出刘晓（新中国第一任驻苏大使）、李振军(湖南省军区政委、省委书记)、厉以宁(当代著名经济学家)、李必湖(中国著名农学家)、汪建(科学家、华大基因研究院院长)、陈建华(科学家、航天液体发动机研发者)等一大批杰出校友。中华人民共和国成立后，沅陵一中始终传承王阳明的“知行合一”，将“书本、笔头和锄头”相结合，厚德博学，以人为本，忠信笃敬，尚学求真，行万里而明本训，纳百川而驾长风，俊采星驰，俊彦辈出，宏图庠序，弦歌不辍，砥砺深耕，斯文不已。

五

在阳明祠前，一幅幅剪影如风如云撞入我的眼帘心头：一个摇头晃脑的童蒙小稚，十二岁刚入私塾，便认定读书须学做圣贤；一个超侠不羁的叛逆少年，十五岁独出居庸关，逐胡骑射，慨然有经略四方之志；一个匪夷所思的俊逸新郎，十七岁完婚于江西洪都，新婚之夜，却与道士相对而坐忘归；一个循事究理的学子，十九岁格竹七日失败，险些送命；一个洒脱英纵的落榜书生，二十五岁两度会试不第，别人以不得第为耻，他却以不得第动心为耻。

王阳明早年溺于任侠、骑射、兵法、辞章、神仙、佛道，后来知昔日放逸，开始端坐省言，掘天觅地，触因于心。但所有的经历，没有一次会白费。后来，众所周知的事实是：学术上，先生打通了儒释道的“任督二脉”，从“天地万物本吾一体”出发，经过龙场悟道与天泉证道，创立“致良知”“知行合一”学说，形成与当时盛行的“程朱理学”相抗衡的庞大心学体系，并声播海外；事功上，先生巡抚南赣汀漳，仅年余，剿除四省边境多年匪患；江西宁王朱宸濠携十万之众叛乱，先生凭一己之力，在朝廷未发一兵一卒的情况下，仅月余，生擒宁王于鄱阳湖；后又巡抚两广，平定思田之乱，开拓南疆，绥靖边陲。“终明之世，文臣用兵制胜，未有如守仁者也”，王阳明也因军功被赐封为新建伯。王阳明就此成为中国历史上少有的“立功、立言、立德”三不朽人物，成为中国古典哲学发展史上的又一座巅峰。

然而，他又无时无刻不在遭受着被误解、被诬陷、被排斥、被打击的命运，他所有的存在，所有的境遇，不是已经被颠覆，就是正在被颠覆的路上。虽然怀揣煌煌如日的光明，挺立在海雨天风的绝巅之上，他终究是孤独的。

凡墙都是门。闲是成圣，乱时称雄。须从根本求生死，莫向支流辩浊清。远远的，似有行者在歌吟。众声嚣嚣，我独默默，回转身，须臾间，一缕西沉的霞光，覆蔽在虎溪山麓。江岸漠漠，绝色灿灿，迷离中，让人耳得目遇，蹉跎嗟叹，一时忘了久违的尘寰……

龙兴讲寺的梵音

神秘大湘西，最神秘的当数沅陵；秘境沅陵，最隐秘的当数千年佛学书院龙兴讲寺。

——题记

千里沅江之上，居水陆要冲的沅陵，旧称辰州，是一座千年古城，为五溪山水交汇之所、荆南要冲雄峙之地，“上扼川黔，下蔽湖湘”，素有“西南要塞”“湘西门户”之称，且有“天下积储在楚，楚之咽喉在辰，故辰安则楚安，楚安则天下安”之说。

沅陵，隐在武陵与雪峰山之间，溪河纵横，山国水都，遍地巫风，玄秘诡谲。男人剽悍霸蛮，女人泼辣温柔，既有“二酉书藏”的庙堂之高，又有“辰州三绝”（赶尸、放蛊、辰州符）的江湖之远。在这里，夸父明月山下千里追日，屈原路漫漫兮求索问天，马援征战壶头山马革裹尸；在这里，盘瓠南渡繁衍斑斓深邃，龙舟激流横渡锣鼓喧天，王阳明虎溪讲学光耀日月。更为神奇的是，这里有一座隐藏千年的古刹，竟然是唐代建筑最早的佛学书院，也是世界上现存最古老的书院——龙兴讲寺。

俗话说，不到沅陵，枉到大湘西，不到龙兴讲寺，枉到辰州古沅陵。

于这样的一座讲寺，走近它，亲近它，探究它，体悟它，成为每个来到沅陵的人，一个必然的选择，一种选择的必然。

立秋过后，一个阳光照耀的渺小时刻，我再次来到龙兴讲寺。只见千里沅江与八百里酉水在沅陵县城城西的虎溪山脚下二水汇流，呈现出“双龙抢宝”格局，同时，前有燕子滩，后有虎溪山，自然而然成为堪舆家眼里的风水宝地。因此，这里除了有湖南西汉考古的重要发现——虎溪山汉墓之外，还有全国重点文物保护单位——龙兴讲寺。龙兴讲寺坐北朝南，依山而筑，飞檐翘角，红墙青瓦，古朴典雅，庄严肃穆。它居高临下，俯瞰着滔滔沅江与酉水，守望着沅陵古城，佛风天雨，从容淡定，千年不倦。

曾在某个雪天，我缓着步子，从龙兴讲寺拾级而上，眼前的佛国，空空荡荡。微微，有风拂过，几株千年大树仿佛打了个寒噤，雪屑簌簌的，落了一地，似千年前的梵音，从大唐袅绕至今。当时，长孙无忌请罢右仆射，百姓苦于久雨、旱灾、蝗灾，多卖儿卖女以换取衣粮，唐太宗李世民不得不诏出御府金帛赎回被卖儿童，交还父母。也想起那个冬日，长安的朱雀大街上，大雪覆了鳞次栉比的楼台殿宇，眼瞅着北疆异族时常袭扰，西南诸民“叛服无常”，太宗一面兵发梁师都，迫使突利可汗降唐，稳定北疆政局，一面赈灾安民大赦天下，下诏在沅陵虎溪山麓敕建龙兴讲寺，以安抚感化西南群蛮，教化稳定一方。由此，雪落讲寺，佛光普照，繁星点点，山因寺名，寺因山立，虎溪山麓拥有了一座浩大的讲寺，传经布道，敷演经典，一时间，往来僧侣讲经诵法，络绎不绝，暮鼓晨钟，梵音缈缈，幡盖云从。

隐于武陵雪峰山深处的大唐龙兴讲寺，始建于唐贞观二年(628)，距今已有一千三百多年的历史，为唐代建筑最早的佛学书院，也是世界上现存最古老的书院，比后来玄宗开元六年(718)颁诏所建的中国第一书院“丽正书院”(后更名集贤书院)早建九十年，比南岳大庙早建了九十七年，较之宋代著名的四大书院之首的“岳麓书院”，整整早建了三百四十八年。之所以以“龙兴”为名，是因《尚书序》有载：“汉室龙兴，开设学校，九五飞龙在天，犹圣人在天子之位，故谓之龙兴也”，以寓示帝王之业的兴起。

千年古刹，隐而秘，幽而远。自唐至今，此后的一千三百多年间，经过历朝历代不断的修葺、扩建，形成了今天由火神庙、黔王宫、头山门、头过殿、天王殿、二山门、东西配殿、大雄宝殿、弥陀阁、旃檀阁、观音殿、虎溪书院等14座主体建筑组成的占地1.7万平方米、古建筑面积4125.53平方米的大型木构古建筑群，建筑群融唐、宋、元、明、清建筑风格于一体，其气势之恢宏，工艺之精湛，造型之独特，堪称江南古建筑一绝，是湖南省现存最古老、规模最宏大、保护最完整的寺庙之一，它保留了唐代的工艺技法及宋代的实物构建，是研究我国古代建筑发展的活标本，具有极高的历史、科研与艺术价值，一九九六年被国务院公布为第四批全国重点文物保护单位。

龙兴讲寺高大雄伟的大门也称头山门，头山门是砖砌的三间硬山式牌楼门坊，上面中有五爪双龙夺宝浮雕，外左右各有一只麒麟，栩栩如生，中间拱门上竖刻“龙兴讲寺”四个大字，并崁“唐三藏取经图”砖雕。何为“讲寺”？“讲寺”，自然是指讲经说法的寺院。《魏书·释老志》：“夫山海之深，怪物多有，奸淫之徒，得容假托，讲寺之中，致有凶党。”明田汝成《西湖游览志馀·方外玄踪》：“为僧之派有三：曰禅、曰教、曰律。今之讲寺即宋之教寺也。”若以佛教宗派区分，则为禅院（禅宗）、教院（天台宗、华严宗）、律院（律宗）或禅寺（禅宗）、讲寺（从事经论研究之寺院）、教寺（从事世俗教化之寺院）等类。由此可见“讲寺”是进行佛学理论研究与学习、宣扬以达到教化世俗的寺院。

据记载，龙兴讲寺历史上就有三次大的鼎盛时期。讲寺“开光”之初，法师讲经，僧侣就有一千八百余人到场，最多时达三千余人，这是有史记载的第一次兴盛时期。第二次为明隆庆二年（1568），皇太后李凤姣命钦差带人于龙兴讲寺兴佛法，并命宫女连夜赶制袈裟赐给龙兴讲寺住持，上面绣有 999 个形神兼备、姿态各异的和尚，连同身披袈裟的高僧在内，刚刚巧合千人之数，人称“千佛袈裟”。钦差大人党太监住寺一年多，寺院讲经、读经和学经蔚然成风。每逢佛诞之日，听讲的佛经的僧众多达三千多人，驻寺僧人达一千二百多人，塑大小佛像 88 尊，一时成龙兴讲寺的兴隆之势。第三次兴起为民国时期，讲寺盂兰盆会，僧尼五百余人与会，加上两千多善男信女参加听会，听妙空法师讲法，全城禁屠，商店关门，盛况空前。

龙兴讲寺的大雄宝殿斗拱硕大，出檐深远，色调简洁明快，门窗朴实无华，给人庄重大气的印象，体现了唐代建筑恢弘大气，严整开明的风格。二檐上悬挂“眼前佛国”的匾额，据清同治十一年

(1872)《沅陵县志》记载,为明朝礼部尚书、大书法家董其昌的手迹。大雄宝殿进深四间,计 16.95 米,内柱八根承天花上檐,高 8.65 米,均为上下卷杀梭柱,最大径处距地 2.3 米,径约 0.6 米。柱子较粗,体现了唐人以胖为美的审美情趣。天花以上用穿斗式梁架,天花以下明间明袱作月梁,东梁上缴,西梁下贴。柱头出楔头拱承托,次间则用直梁,皆上承隔架科重拱。外柱十八根承下檐,前后檐搭牵、明袱均作月梁,下加穿插枋,置驼峰蜀柱。柱与础中间,嵌有 13 厘米的鼓状雕花木櫍,柱础为覆盆莲花式。二十世纪七十年代,我国著名的古建筑专家陈从周先生来湘西考察,不经意间在沅陵龙兴寺大殿的梭柱下发现了至今仍保存完好的木櫍,陈老先生异常兴奋连口道来:"国宝、国宝!这四个木櫍,是中华大地上仅存的实物标本了,一定要好好保护。"

阳光,照耀着长短不一的日子,大地上,不时传来天空瓦蓝瓦蓝的回响。如今的龙兴讲寺,除了古老的建筑外,没有菩萨,没有住持,没有香火,甚至没有任何信徒,它只是静静的、空空的,默默隐立在虎溪山麓上,空余无数个世纪的零乱,将成千上万吨光芒晾在光阴的深处,夜夜朗读内心美好的人间。其实,隐秘的讲寺,隐秘的空寂,何尝又不是一种最好的存在与境界?要么"落叶满空山,何处寻行迹",将得未得,要么"空山无人,水流花开",似悟非悟,要么"万古长空,一朝风月",瞬间即永恒。想想,又或恰如王维的"虚静"和"空明",无论一山一石、一花一木、一虫一鸟,都与其心境契合,如将白云,清风与归。

在头山门的五爪双龙夺宝浮雕中,人们可以悄悄安放自己的铁石心肠；在“唐三藏取经图”砖雕中，人们可以静心聆听玄奘西行的空谷跫音；在天王殿里，人们一边可以打听一生的出处，一边又无妨预约可期可盼的来生；在二山门，五爪龙纹泥塑护旨，左右麒麟祈福，人们在此幡盖云从，恪守天地永恒的约定；在大雄宝殿诸神降临的黄昏，隔着茫茫人世，人们将吹过很多年代的风，下过很多朝代的雨，藏于襟袖眉间，滴水可藏大海，一苇得渡天下；覆盆莲花式柱础、镂空石刻讲经莲花座、硕大承天花上檐梭柱、月梁藻井、门窗雕饰，匠心玲珑，技艺剔透，所有的仪轨范式都显得可圈可点，肃穆堂皇。王阳明虎溪书院致良知，董其昌宝殿清目谢活佛，林则徐借茶辰州撰清联，沈从文追香梦里回芸庐。每一个阴晴未定的春晨和夏夜，只需虎溪云树上倦归的鸟儿轻轻一叫，祈福的叶子悄悄拨动光阴的轮回，众多匍匐的信仰便可高上了云天。

生命，原本是一场盛大的朝拜。每一座山都是庄严的祷告，每一条水都是信仰的源头。成捆成捆的白云，堆放在视线之外，远远的，似有一个相同的地址，活色生香，美轮美奂。古墙上盎然绿着的凌霄与薜荔，倾情绽放的月季与蔷薇，一如往年，得到人们很好的款待。一座空空的讲寺，在一城之隅，一旦活在了人们的眼里、心里，就如眼前的流水，色空而来，虚空而去，哗的一声，所有的浮世、浮生、浮尘、浮梦，一下子淌光了，所有的诱惑、困惑、混沌、混浊，一下子了然纯粹起来，一些欲言又止的忧伤，一些不知所往的负荷，都会放下与释然，慢慢涌起一种在秘境中方能抵达天边的皈依和归属感。

无边无际的光阴里，一些事，总得去经历；一些人，总得去陪伴;一些歌,总得去聆听;一些隐藏,总得去潜心;一些意趣幽玄,总值得去深览。执鞭策马,一路鞭影,一串蹄声。大河上下,净心净性,河之两岸,一边是江山社稷,一边是千年梦想。隐秘的讲寺,让所有的梦想在云端,让所有的足迹都痕于时光的背后,让所有的传说都有一次心领神会的相遇。

如果,你和我一样,悄悄走近这座隐而幽、寂而空的千年佛学书院,于不动声色中完成一番精神的洗礼,又何曾不可以提前抵达某个预订的黎明?又何尝不是一种幸运,一种虔诚,一种笃念,一种善信,一种宁静,一种高远,行己有耻,止于至善?

隐秘的讲寺,永远值得一探究竟。因为,那里有飞檐翘角的袅袅梵音,有可以摒除一切纷扰的心灵袈裟,有可以为灵魂沐浴的佛风天雨,有坐看云起时的生生不息,有入定凝神的物我契合,有自然悠远的耐人寻味。

这,就是隐秘的讲寺,隐秘的魅力,隐秘的光明,隐秘的召唤所在。

白露·亭午

起风了，槐花飘荡起来，一串串嫩白的香，从村头溢到村尾。村坊院子，傍在水边，或是挂在坡头。草垛上灰扑扑的阳光，尚没有完全落地。淅沥的雨飘洒下来，村子巷道很快没了人影。人们赶着将一天的劳碌与疲惫，在灶火边烤成散乱的炊烟。待到猪狗牛羊进了栏，整个村庄便静静地趴在水边，湿润着，一动不动。

两河口印记

最近一次去两河口，是去年夏天。听说，那里有个户外俱乐部，专事休闲、徒步、垂钓、漂流等各类户外活动。朝晖夕阴，看花草鸣禽；月明星稀，听林泉籁音；幕天席地，一溜儿帐篷横陈，或坐或立，或卧或俯，或歌或舞，置身天地之间，乡风阵阵，稻香息息，两三星火，清素静雅，是久居喧嚷闹市之人，安闲一下脚步与灵魂的不错去处。

从县城出发，沿杭瑞高速，只半个小时即可到楠木铺。两河口，是楠木铺最边远的一个村，怡溪与朱埠溪两条清澈的小溪在那儿完成一次美丽的交汇。

四十里一驿，三十里一铺。楠木铺自元代起，为驿路要道，七星尖下有个芙蓉关，形势险要。当年贺龙、萧克率红二、六军团从大庸辗转沅陵挺进溆浦，即途经芙蓉关。

从楠木铺集镇到两河口，沿途需经过堆上、双河坪、常德湖、小溪坪、白金坪，山环水绕，涧壑铺陈，一些大小不一的良田随意蓬勃出或深或浅的生机，庄稼地里种着丝瓜、苦瓜、苞谷等各样菜蔬杂粮，两手推车的古朴木屋，青瓦黛色，缀在半坡，与山间草色树翳融为一体。一些刚起的新式屋舍，多多少少带些西式的风范，红瓦覆顶，罗马柱支撑，瓷面清亮，新鲜打眼。屋前舍后，少不了桃树、李树、柚树、枇杷树、楠竹参差其间，风一吹，树影婆娑，几只狗慵慵懒懒的，望着村坊小道闲闲往来的人们，间或“汪汪”地吠几声，吓得树上的青菜鸟、山喳子“嗖”地掠翅斜飞，远远地栖在另一处罅隙，叽叽喳喳地啁啾着突如其来的惊惶。

约一个小时，我们到了两河口。一处并不大的山弯，顺山势而筑有几栋屋舍，极简约。当面几只大大的簸箕上，用红漆写着：军戈户外山庄。山庄并不大，当庭宽敞，置纯木桌椅。风过庭院，沁凉有加。一小溪从背后山弯淙淙而下，山风徐来，水声树语，如鸣佩环。水沸，沏茶，大大的搪瓷缸，轻啜，烫极，然惬心。同仁相互调侃嬉戏，释尽平素劳苦疲乏，纯心粹意下河漂流，水花四溅，平潭激流，阳光肆意洒于水漪，岸树倒影其中，几只水鸟急速凌波，极尽水墨律韵。人处其间，天苍地阔，尘虑皆忘，少顷，大可观物外物，思身后身。如此左右流之，抱朴守拙，不用机巧，玉韫珠藏，霁日光风，草木欣欣，静泊于皮筏之上，随波逐流，可观心，可净意，动寂适宜，性定而动无不正。

说到底，两河口，于我，不远，也不近，多少有些亲近。它在楠木铺，我在马底驿。

小时，我第一次到两河口，是麻着胆子随了大哥去放排。我出身的那条河流，叫怡溪，平素细瘦浅薄，涨洪水时则磅礴宽激。大哥是放排行家里手，为生计，偶尔不得不冒险于水上讨生活。

放排，首先得敲排。排敲得实，敲得巧，才能走得远。大哥用钉钮、马钉、篾缆、鱼藤等箍扎成木排后，又在木材的蔸部加上两根横梁，横梁的蔸头须朝上翘起，为的是吃水浅，转弯抹角可避免碰触。篾缆子从水底下蔸住木头穿两道圆箍，再从横梁上面绕过，打好结再插上根杂木棒。棒子插好了，便拿木榔头使劲捶打，一边捶一边把棒子往下压。竹篾缆颇有伸缩性，边槌边压，木头便十分紧固牢实。木排箍扎好后，接着是制“擂”。用三五根直径尺余的圆木，成“品”字形搁在木排腰梁中间，用缆蔑从敲排时事先预留的“眼”中，穿过排底，将圆木兜底捆扎紧，形成后高前低的牢固之势，便于木排停泊。再接着是安“招”。招用于木排划水与拨水，类似于船上的桨和舵。制招是在一根杉木的稍尾部钉上一排竹制的钉子，然后用竹篾绕着钉子，交错编织成长约两米，宽约五六寸的招木片，用于拨水。“招把子”，则是将一节杉木锯成两尺来长，用斧头一打两开，中间部分削成弧形。用编制好的篾箍套上去，招把子与招木就此合为一体。一般的大排，两头各安有三把“拨招”。拨招是木排上的舵，控制木排行进的方向。每节排的两边还安有两把“划水招”。当木排进入洄水或漩涡，或是进入慢水里，流速不快，都需要用划水招将木排带到流水上。划招时，用双手抓住招把，双脚抵紧脚下的木头，人朝后仰，死力朝胸前扳；也有用肩头扛着招把，用力往前顶的。总之，无论用哪一种姿势，都叫扳招。力气大的排工，只需三五招，便能拨正木排的航向，使之在激流中转危为安。

大哥放排，只到两河口或是陈家滩驮子口，与其他的排古佬办完交结，即算完成使命。我第一次随大哥到两河口，只是出于好奇，溪中麻浑水，并不十分骇人。倒是大哥，因为我在排上，一直提心吊胆，又拗不过我的任性，只好走走停停，遇有险处，则叫我上岸行走，大哥会在安全处停排等我，只溜长滩平潭。

后来，我在楠木铺一个村小教书，因为乡里每学期都会统考，我被交换到两河口监过两次考，走的多是从改溪坪到麻潭，再到双河坪、常德湖、白金坪的小路。每次走路都需大半天，沿途渴了，掬几捧山泉水，沁凉沁甜。两河口的小学在一处河边，两层楼的砖混结构，是当时村子最气派的房子。村民大都淳朴，日出而作，日落而息，傍晚炊烟袅袅，牛羊归栏，农人各自掮了捆柴火，或是挑了一箩筐稻谷，汗长水流地走在回家的路上。学生考完试，有时也不直接回家，欢天喜地的，用太阳草扎着各样稀奇古怪的物件，或是用草籽玩闹嬉戏，清脆脆的笑言欢话叮叮当当撒了一地。

我所教的村小，离两河口其实比较远。校门口便是从我老家流淌而来的怡溪。这条溪，时常隐匿在山野田畴间，一篷肆意青绿的芭茅草就可以遮蔽大半个身段，一头春天使劲耕耙的牛，咕噜咕噜猛喝一气，就可以水落石出一些杂乱无章的秘密。离学校不远，有一处电站水坝，水过了坝后，人们又在不远处凿石、砌坝、筑堤，起了一座碾房。离村小不远处的一处民居里，有一个裁缝铺。裁缝铺有个女孩，清清秀秀，高高挑挑的，喜欢穿件浅红或是粉红的衬衣，像一朵霞云，在裁缝铺窗口飘来飘去。听说，那女孩是两河口的。一方水土养一方人，怪不得心灵手巧，水灵灵的。村子里的年轻人，有事没事，多喜欢往裁缝铺里钻，并非去做什么衣服，而是全因了那女孩儿的缘故。我并不去裁缝铺，也没有什么可以去的理由。整天只是忙着备课、上课、批改作业，还有，就是不断地阅读、学习，参加自学考试。有时偶尔也会站在学校的楼道口，四处望一望。好几次，我看见女孩儿从窗户探出头来，披拂如瀑的黑发，朝我惊鸿一瞥似的望了望，很快又羞涩地缩了回去。某个夏日的午后，我在怡溪里清洗脏兮兮的被子，待晾晒干了，需要将被面与被套用针线缝好。我第一次走进裁缝铺，十分礼貌地向女孩儿借针线。女孩儿挺热情，问我会不会缝被子。我说不太会。女孩儿也许看我是个特别的人，木讷朴实，迥异于村子里其他油嘴滑舌的年轻人，于是说她可以帮我缝一缝，算是举手之劳。女孩儿挺麻利地替我收拾好被褥，来到我到处堆放着书籍的房间，十分利索地一针一线地缝着被子，也不多说话，只是略略有些腮红。阳光从房间窗户洒进来，映在她玲珑精致的脸颊上，泛出许多柔美的辉光，颇有些好看。我素性寡淡，亦不多言，虽然心里有那么一瞬，怦怦乱跳几下，却也始终平静地道谢。第二天，为了答谢女孩儿，我特意买了一包桂花糖，她推辞着不要，我坚持着放在她的缝纫机上，逃也似的回到了学校。后来的日子，我们依旧没有多说话，最多，遇见，只是彼此笑一笑，十分客套地打打招呼。再后来，她离开了裁缝铺，我也离开了那所村小，我只记得她是两河口的。

三十年后，当我再次来到两河口，看到清清泠泠的河水依然流淌，春笋般四处破土而起的楼房有了新鲜的模样，我忽然想到那个两河口的女孩儿，一个连名字都不知道的女孩儿，如今又生活得怎样？

起风了，槐花飘荡起来，一串串嫩白的香，从村头溢到村尾。村坊院子，傍在水边，或是挂在坡头。草垛上灰扑扑的阳光，尚没有完全落地。淅沥的雨飘洒下来，村子巷道很快没了人影。人们赶着将一天的劳碌与疲惫在灶火边烤成散乱的炊烟。待到猪狗牛羊进了栏，整个村庄便静静地趴在水边，湿润着，一动不动。

我站着，与村庄一样，也是一动不动。

烟雨肖家桥

十多年前的一个冬天，我从落坪去肖家桥时，正下着绵绵细雨。

雨，淅淅沥沥，不紧不慢地下着，一如溪边那一株株老态龙钟的水柳，安闲地数着溪底的卵石游鱼，不愠不火，风也好雨也罢，只管春来长叶，秋去裸枝，将一身的风骨印在所有生灵的视野深处，氤氲起一江湿湿的雾气。

码头边孤零零地泊了一只客船。船篷用木杉条清缝合隼钉上后再用桐油刷上三五遍，再在上面覆一层草绿色油毡，船身则涂成白色，方格的舷窗装上玻璃，船舱将檀木或是栗木板用马钉错杂成块地钉合后铺上，再在船舱内侧钉置一方长而厚的杂木板，两两相对，供人坐息，或临窗观山观水。

晨光熹微，迷蒙一片。远山近水，在寒雨中酣睡。因为怕冷，我一头钻进船舱，百无聊赖地推开船舷上的玻璃窗，打量起水岸晨景来。朦胧中，近山轮廓了然，远岭虚化模糊。码头的吊脚楼上，不时有一两盏电灯次第亮起，接着是老人吆喝孙儿孙女起床的声音（因为孙儿孙女得赶学校的早自习）。不一会儿，一阵吱吱呀呀的门响，有三三两两的小孩子，提着火笼出门，或是秋千似的轮出一道道漂亮的火星子弧形，或是鼓起腮帮子吸溜着清鼻涕，将火笼里的炭火吹得有些“星火燎原”。随后便是东家“二佬”，西家“粘皮”地唤起小名儿，呼朋引伴。远近，不时有雄鸡破晓啼笼的声音此起彼伏，各家的炊烟也开始袅起来。

刚过七点，五大三粗的船老板，戴一顶沾满油腻的灰毛线帽，拢手缩着脖子来到船上，看我早早地在船上冷得发颤，赶快在船舱生起一盆炭火，很抱歉似的要我暖暖身子。我感激地朝他一笑，他便很满足地捏住鼻子，将一把清鼻涕非常潇洒地抛到江中说，老弟，现在油贵，我们还等一两个客才开船，行不？我连说，要得要得。然后坐在船中，透过船窗，看平静的水面或泊或漂或袅着一层层厚厚的水雾，一江雨点轻叩水面微漾出许多的涟漪。眯眼看得久了，一时，暖暖地山朦胧，水朦胧，人也朦胧了。

等了约二十分钟，先后上来一位老者与一位带着孩子的年轻妇人，还有两个去县城进货的商贩。估计再没有乘客会来，船老板发动引擎，发出“突突突”的轰鸣，打破水岸柔软的宁静，在平滑如镜的水域犁出一簇白浪，沿山边一路弯行。船上一共五个人，两个打货的船客仿佛还没睡醒的样子，围着火炉，不一会儿就又沉入了梦乡。我一直将目光泊在水上，看雨点水花从船舷边浅浅溅过，看水边山上的人家在薄雾中时隐时现。约半个时辰，水雾腾起，视野大开。远处水域，有载满沙石与木材的驳轮吃力地驶过，有驶往五强溪的快艇箭一般掠过，更多的是一些小渔船，一橹一桨地在水面上逡行，要么是父子俩，要么是夫妻俩，一边摇一边晃，一边小心地收起沾满水珠的渔网，在丝卡上小心地捡拾一尾尾的小鱼。他们常常是头天夜里就将渔网撒好，第二天清晨只管来收网，如果运气好，一网能网住好几斤鳜鱼、青鱼、化鱼、黄刺骨，早早地卖到集市上，能卖五六十元。晨曦中，他们的捕捞，一叶一舟一剪影，远远望去，特别富有诗意。但在他们，我知道，绝对是与诗意无缘的。那么大冷的天，江边水上，寒风细雨，其辛劳可想而知。然而正是这种辛劳，却成了肖家桥"千岛湖渔村"一道道撩人的风景。

船舱里小孩子的啼哭声，将我的视线拉回了舱内。孩子七八个月光景，不时躁动不安地啼哭。我问年轻的妇人怎么回事，妇人说是孩子发烧，乡下的医疗条件不好，得赶到城里的妇幼保健院去。同船的老者帮忙将妇人背篓里孩子的风衣、小棉被拿出来，将孩子紧紧裹好，生怕孩子再次受了风凉。我也在一旁挺有经验地帮着。妇人将孩子包裹好后，旁若无人地把胸前的衣服往上捋，温情安详地给孩子喂奶，一会儿从左乳换到右乳，一会儿又从右乳换到左乳。孩子衔着母亲的乳头，很快安静了下来。年轻妇人眨着一双忧郁的眼睛说，她男人到浙江打工，去了好几个月了，等孩子稍大些，她也会与男人一起去打工，家里有公婆照看。只是现在孩子病了好几天，心里很是着急，怕高烧烧成肺炎，会有什么闪失。妇人郁郁地说着，脸上开始显出焦躁与无奈。我不知能说什么，一时沉默。不一会儿，孩子衔着母亲的乳头似乎睡着了，妇人也困盹了，有幽微的奶香在火炉边淡淡地缭绕。

不多久，船到大酉溪。我与老者、妇人道别，跳上岸，心底忽然有了一种柔软的东西在潜滋暗长，长长地无言回望，一路的山水人家与山水人家的故事，不停地搁浅在码头，又不停地随船继续起航。

上岸，看着客船继续不紧不慢地将江面犁出一道白浪悠然远去，顿觉自己就如江中一尾鱼虾，一下子被抛到水岸陆地，毫无意义地胡乱蹦腾，全然不知东西南北。肖家桥有近十万亩水域，人称“千岛湖”，雾蒙蒙的雨天，就是本地人撑船时常都会迷山晕水。雨下得有些紧。河岸边，我一手撑伞，一手探到前额辨别方位，一边等过路的小渔船——因为从大酉溪到肖家桥学校还有十余里的水路。不一会儿，一艘开往五强溪的客船靠岸了，从船上又下来一位年轻的妇人，眉清目秀的，身穿草绿色的羽绒服，脚蹬一双棕色的长筒马靴，染成微黄的长发，从肩上斜斜地披拂下来，显得优雅美丽。妇人见我有些瑟瑟的，便问去哪儿，我说去肖家桥学校。妇人说她是本地人，也是回肖家桥，而且她的爱人就在我要去的学校工作。妇人一边打电话要船来接我们，一边热情地与我攀谈。妇人说，她自己在肖家桥办了所幼儿园，她特别喜欢那些从小在水中长大的孩子，一个个水灵灵的，聪明可爱极了。正闲聊着，接我们的小渔船来了，我们开始随着吱吱呀呀的小船，轻晃轻漾在肖家桥库汊烟雨迷蒙的水域。

肖家桥原本是个山区大乡，群峰连绵。由于国家大型水电站五强溪电站的修建，肖家桥开始华美变身——由山乡变水乡。无数连绵的小山被浩浩汤汤的沅江水所淹没，只露出一个个葱绿的小山头，山环水绕，每一个山头伫立水中央，如在河之洲，在水之湄，成为大大小小上千个别具风情的小岛。曾经世代躬耕垄亩的山民不得不由山下搬到山上，山民由此变成了渔民。家家户户几乎都有小船，出行时，小船逦行山水间，恬静而陶然。在肖家桥宽阔无边的水域上，见得最多的自然首推网箱养鱼了。人在船上，随处可看到近岸的水边会成井字横竖排开十根、二十根甚至是上百根竹竿或是杉条，浮于水面，有的是架在空油桶上，有的是架在大块的泡沫上，粗粗的网绳嵌在竹竿或杉条上，这便是肖家桥颇有特色与颇具规模的网箱养鱼了。凡成片的网箱聚集地，用较粗一点的杉木条扎成木排，然后再在上面搭起一间小屋，养鱼人的起居饮食就全在里面了，那一间间的水上小屋在晨光曦微中，仿若山水小景，诗意地精致着、风景着，恍若海市蜃楼。

沿肖家桥桂花村而上，临水的吊脚楼渐次增多，竹篁橘林点缀在各个山头，绿树翠竹掩映的吊脚楼前，小小空地上常会立着几株柚树，青枝绿叶间缀满了黄灿灿的柚子，煞是诱人。弯弯曲曲的石板路，从水边一直延伸到半山腰的吊脚楼边，吊脚楼随山势转折高低错落，每一个小村坊，清一色的多是吊脚楼，十几户、二十几户不等。山静水寂，就在小船上，往往听得到大人孩子隐隐约约的对话声，菜园子闲闲觅食的母鸡“咯咯咯”的叫声，还有砍柴火剁猪草的声音，甚至是菜下油锅的嗞嗞声。

河边的吊脚楼，除了屋顶铺设黑瓦外，几乎纯用杉木和松木建成。因为散处溪谷，居处高峻，少有平地，建吊脚楼只需一个可以撑得下木柱的支撑点，后面依山略略立得住，便可以住人。又因山高水深，风到了山里总会柔和许多，吊脚楼自然也就可以承受多年的风吹雨打，若无其事。如若细看这些支撑楼面的所谓“吊脚”，有的几乎是歪斜着的，有的下面还垫有一块块石头，而且石头垫得似乎还挺随意，直让人疑心要倒。然而，再看楼上檐下平和的乡亲，便知道这一切实在过于多虑——此时，联想到写意山水中，每每点缀有几笔画成的小屋，笔笔歪斜，都市人以为是写意，其实在水边山里人看来却千真万确算得上是写实的。

水样的肖家桥，其实本质依旧是山的。

接下来的几天时间，在肖家桥不是坐船，就是走路，先后到了桂花、鹿竹溪、岔口潭、复兴、宋家坪、高原、张家坪、大坪、小酉溪、大酉溪、甘溪、金场溪、银海，每到一处地方，都会惊诧于这里古朴得让人新鲜的吊脚楼，惊诧于纯朴得让人感到匪性十足的山民（或渔民），他们会粗野地跟你亲昵；他们炖鱼杀鸡热情款待要与你喝酒，你要是推辞，他们会说“这碗酒都不喝，卵味啊”；更有甚者，霸气十足地首先申明：来到堂前都是客，八仙过海来团圆，酒过三巡通大道，否则别扯淡。这等民风野趣，虽然一时让人有些不适应，但真性真情却如水如酒，温而烈，醇而绵，让人回归本心本性，放下了一切的虚假斯文，一切的道貌岸然，手舞足蹈，酒至酣处，则会酒歌四起：“虾公头上一撮毛，驼个背来弓起腰。你是岩上干虾子，一闻没有腥气骚。”“朋友都往这里摸，悠悠情怀无座落。壶中有酒且留客，你来我往唱个歌。”

其时，在肖家桥大坪村，就曾出过人称“湘西歌王”的舒克亮，他唱天唱地唱日月，唱悲唱喜唱冷热，用歌声向大地苍穹、人间世界发出心灵的呐喊。五岁开始学唱山歌，遍游湘西各地，四处拜师学歌，不到而立，即成为湘西歌台擂主（同行送了个“扁担花”的绰号给他，湘西农村称豹子为铜钱花，老虎为扁担花，是真正的山中之王。送他“扁担花”绰号，就是尊其为湘西歌王）。歌声，在这里，又成为山民们另一种劳作之余的情绪生活与精神的寄托，同样让人难以释怀。

肖家桥除了水中的鱼品种繁多，肉质鲜嫩外，由于封山育林、退耕还林，加上前些年的治爆缉枪，山上出没的飞禽走兽一下子也多了。有时，村民会在诸如野猪、山麂等必经的路上，将一株茶树或是栗树的主干弯过来，形成一张自然而然的箭弓，再在弓上巧妙地系上绳索，设置好机关，待触到机关，便会将野猪、山麂悬空倒吊起来，猎了活物。自然，这些野味便成了家里的珍藏，等到有贵客来的时候招待客人。真正纯正的野猪、山麂，还有锦鸡、竹鸡等“山的味道”，还有大河里的鲢鱼、银鱼、灰砣鱼，小溪里的小干鱼、腌酸鱼等“海的味道”。这些山珍海味，一经用酸辣椒作佐料，放入花椒、胡椒、桂皮等，在火炕里用钵头烟熏火燎地炊着，加上自家酿的米酒，大碗地海喝，其情其景其味，自是城市里宾馆酒楼的饕餮盛宴无法相比。

一连数日，我与山民（渔民）们一起下水网鱼，一起吸着旱烟，一起喝着米酒，一起说笑山野趣事，甚至是有关女人的荤话。特别是说到当年夜校扫盲的时候，老师在小黑板上一字一句地教生字：上、下、左、右、天、日，老师说一天就是一日，一日就是一天。当即，一个中年妇女站起来向老师反映情况：一天一日还是可以的，但要是一日一天，那可不行，那人还受得住啊。言及此，大家伙喷饭喷酒，浪笑得前俯后仰。

人在俗世红尘，奔波得累了，功利世俗的东西多了，面对这样的山水、这样的山民、这样的歌声，这样的笑声，何尝不神往于这片土地，神往于这种无求无欲本心自我的生活呢？时不时就想能临水而居，有一座吊脚楼房子，面对青山碧水。屋前小小空地，以木槿与野菊为篱，屋后几丛翠竹，几棵橘树，春天时屋前屋后，都是幽幽淡淡的花香，秋天霜后满树是结实饱满的红橘；有一块不大的菜园，长些青菜、韭菜、青椒、茄子之类，外面牵扯些扁豆、丝瓜之属，可以的话，还要有一叶小舟，闲时放舟水中，兴致来时则撒网捕些小鱼小虾，以作下酒小菜；周围有几家乡亲，他们闲时会过来和我拉拉家常。的确，山静似太古，日长如小年，山山水水，生生世世，人若能除却欲海里浮沉的一切，就这样月白风清地生活下去，所需要了解的只是生命——回到人的本心去，回归人生的简朴真诚，回归一种无翳透明的生活。当生命到头时，可以无牵无挂、安静平和地离开，来自山边水岸，复归山边水岸，这是一种多好的"上善若水"的生活啊。

雨，又开始下起来了。肖家桥数百个山头小岛又笼罩在一片烟岚雾雨之中。风雨中，几位山民正披着雨衣驾着一叶小舟用渔网捕鱼，无数活蹦乱跳的鲢鱼、鲤鱼、草鱼在碎银似的水中翻腾，看他们在一派清波中很耐烦地撒网、收网、摘鱼，渔船上弥漫着一种触手可及的收获的喜悦，我似乎又隐约听到了他们汗水雨水中传来的沾满酒味、烟味、鱼腥味的歌声笑声，在烟雨肖家桥的山边水岸，十分惬意地弥久不散。

一晃，又是十多年过去了，如今的肖家桥，依旧烟雨迷蒙，隔浦望人家，遥遥不相识。只是因为河流治理，禁渔禁捕，网箱上岸，还山于山，还水于水，由渔民再次回归到山民，他们不再捕鱼，也不再捕猎，他们要么进城务工，要么在田边地头，种上当季的蔬菜、水果，小心翼翼地看护着属于自己的山水。山青了，水绿了，他们开起了农家乐。山，忙着耸翠；水，忙着澄鲜。周末，他们忙着招呼一拨又一拨来此度假休闲的城里人。

每一个日子依旧是那么红火，又那么水灵，并没有过多的苟且。

梦回明月山

山青、石秀、水美的明月山一直是梦里心向往之的地方。不仅因着她的美，还因着当年时任北大教授的沈从文先生冒着凛冽的寒风从常德经桃源进入沅陵时停靠的第一站便是这里："小船上尽长滩后，到了一个小小水村边，有母鸡生蛋的声音，有人隔河喊人的声音，两山不高，而翠色逼人。许多等待修理的小船皆斜卧在岸上，有人在一只船边敲敲打打，我知道他们正用麻头与桐油石灰嵌进船缝里去。一个木筏上面还搁了一只小船，在平潭中溜着……"多美的一幅画图、一首诗啊！

前两天，为着寻觅先生踪迹，探寻明月山的"庐山真面目"，我从沅陵县城出发，登上"沅陵至五强溪"的一艘快艇沿二百里沅水下行。天气有些阴，偶尔飘过些微雨。快艇如离弦之箭，排开巨大的白浪。弯过河涨洲后，水面渐宽，波浪渐小，开窗遥望，天水茫茫，远山恍惚迷蒙，微茫惨淡的水墨，"惚兮恍兮，其中有象"，一如走入立体的米家山水画一般。

浪遏飞舟，如玉的水花在船舷边飞溅，两岸青山、村寨透着一种古朴与神秘迅捷地向身后掠去。两个小时后到达国家大型水电站——五强溪电站，换乘一只斑斑驳驳的小木船，在时而放荡不羁，时而缱绻轻诉的水面缓缓前行。

“山头一抹淡淡的午后阳光感动着我，水底各色圆如棋子的石头也感动着我。我心中似乎毫无渣滓，透明烛照，对万汇百物，对拉船人与小小船只皆那么爱着！我的感情早已融入这第二故乡一切光景声色里了。”经历了半个多世纪，先生的感觉竟也在我的感觉里。就这样，双眼被两岸的山色风物迷醉着，一种妩媚秀丽，一种清俊通脱，一种超然物外，一种温暖的感动在心底汪洋恣肆地澎湃。

临近明月山，两岸的如黛山色、山间的吊脚楼、坐在檐下的灰衣老者、背着竹篓的小小妇人，一一在眼前拂过。水岸的吊脚楼随处可见，位置也永远那么妥帖，出没于风波之中的一叶扁舟，捕鱼的、撒网的，个个在水中有条不紊地忙碌着，间或隐隐传来船头船尾水手们断断续续吆喝出来的船工号子抑或是谩骂出来的各种脏话。这些都是让自己神往的风景。“深林杳以冥冥兮，乃猨狖之所居。山峻高以避日兮，下幽晦以多雨……船容与而不进兮，淹回水而凝滞”，忽然就又想起两千多年前那个“带长铗、冠切云”的三闾大夫经过这片大水时又该是怎样的一种情形呢？

两岸凭江临水的吊脚楼渐渐增多。有山处必有竹篁、橘林，有竹篁、橘林处必有人家，绿树翠竹掩映的吊脚楼上多挂晒有各色的衣服，吊脚楼边不时还零星竖起一口两口银白色的卫星电视接收锅子，显得有些洋气。木船顺水而下，没有了快艇的匆忙，显得从容不迫多了。迎面又是一个小小山头，一条弯弯曲曲的石板路，从水边一直延伸到半山腰的吊脚楼边，有素净衣服的女子担水走在上面。这小小山头随山势转折竟高低错落出十多户人家，听得到大人孩子隐隐约约的对话声，人家母鸡“咯咯咯”快乐而细碎的戏语，还有什么地方砍削木柴的声音，脆脆地显出些节奏来。

随着明月山越来越近，这里曾出产的一个又一个神话与传奇也在我的脑海里翻腾着。发生在明月山、瓮子洞的顺母桥、寡妇链的动人传说，可说是沅水岸边两个女人命运的凄艳动人的千古绝唱，它不仅深深地印进了当地人，也印进了一代大师沈从文先生的脑海：这座庙，这个桥，濒河的黛色悬崖上这条人工凿就的古怪道路，路旁的粗大铁链，都好好地保存在那里，可以为过路人见到，凡上行船的纤手，还必需从这条路把船拉上滩。船上人都知道这个故事。故事虽还有另一种说法，以为一切是寡妇所修的，为的是这寡妇……总之，这是一个平常人为满足他的某种愿心而完成的伟大工程。这个人早已死了，却活在所有水上人的记忆里。传说和当地景色极和谐，美丽而忧郁。

故事给明月山笼上了一层神秘而神奇的面纱，给人无尽的灵光与遐思。当船终于在明月山下的河边码头靠岸时，只见当面一座山便是一块巨石，圆形的巨石依水而立，临水一面如刀削斧劈一般整齐光滑，岩石青中有白，形似望月，本地人于是给它起了个富有诗意的名字——月亮岩。岩下是一汪碧玉似的深潭，潭水清亮如镜，用手轻掬一捧，晶莹如光。月亮岩下水环石绕，微风拂过，波回浪涌，人称明月潭。每当风平浪静时分，明月岩倒映其中，一个月亮在水里，一个月亮在山上，池水清透，皎然月白，如诗如画。离月亮岩不远，便有另一石峰，傍潭而立，峰高一百七十余米，由五层巨石叠化而成,形如海螺,俗名螺丝山,雅称明月山。远观明月山,若慈佛卧波,山壁同样陡峭光滑,透出一种硬硬的柔和。据传:明月山本无名,山上的小庙也无名。很久前,庙里有一老一小俩和尚,小和尚叫明月,心地善良。有一年当地闹饥荒,正当百姓饥寒交迫的时候，山上第三层崖下早已不流米流盐流油的三个石凹又开始流米流盐流油了，百姓奔走相告。老和尚外出，几日未归,回来当晚就去察看,看是否有人窃米偷油。半夜时分却见有一黑影蹑手蹑脚地摸来,老和尚气愤万分,举起手中方杖猛击,结果一失手,竟将偷窃者打死。待掌灯一看,竟是爱徒明月。原来,明月为了救助饥民，不分昼夜地去油盐米凹积聚粮食才这么做的。老和尚探知原委后悲痛不已,长啸圆寂。后来人们为纪念小和尚,就称山上小庙为明月庙,山即为明月山。

上得岸来,一个人慢走慢看地从山脚下的小路往上爬,小路旁有三三两两的庄户人家散落在四面环合的竹树间，幽幽雅雅的。几位农家妇女背着小孩正从河边洗衣归来——虽说家家都有洗衣机了，但妇女们仍旧喜欢三五成群地到河边去捶洗，那捣衣声脆脆地能贴着河面传去很远很远，引得往来穿梭的大小船只上的水手、游客都忍不住痴痴地看了又看,那种霞光中闲适、恬淡、优雅的美,让人不停地咽着唾沫回味遐想。

小径弯弯曲曲,一块块青石板早已被千年来上上下下的行人踏出了沧桑与沉默。如盖的绿荫中,馨馨的草香、叶香、花香袭人,似乎让人嗅着了山石花草那淡淡的呼吸，谛听到了历史遥远而寂寞的回声。从后山背攀行约二十分钟,便见临近山顶处有一长约两米的石拱桥连接在主峰与后山之间，这就是名闻遐迩的顺母桥了。

沈从文先生笔下所说的故事其实是两个。而本地传的却是：明月山下住着一张姓寡妇，有一子，母子孤苦无依，山上和尚时时接济，一来二去便有了情意。儿子是孝子，看在眼里，愤在心上，只好发奋读书，获取功名之后，出资修桥，以免母亲上山遇险。数年后母亲病逝，儿子在料理完后事后，便上山将与母亲勾搭多年的和尚杀掉了，并在寺壁上题写了杀僧原因：母在顺母意，母死报耻仇。后有诗云："明月山高映碧潭，杖藜绝顶路盘旋。小桥顺母存孝心，僧血化为红杜鹃。"

在顺母桥驻足良久，回望夹岸长河，心潮起伏不已。如此一个凄绝憾人的传说与故事让人无法言说，无法淡远整个的心绪，只好随了那浩荡沅江水，无语东流。从顺母桥沿一悬空小梯而上，就到了第三层石崖，那里静存着曾流米、流油、流盐的三个石凹，如今虽已空空落落，但无形中却盛满了佛心、善心与种种美好的期望。从小径右旋而上，很快便到了第四层，崖间有一空阔地，这便是明月庙的遗址了。古庙早已被毁，只留下些许的遗痕。但当地老百姓自发地又在原址搭起了一个简易棚架，可容百十人驻留。适逢赶庙会，上山拜佛求神的香客倒不少，一个个极虔诚的样儿。有几个法师念着《高上皇集经》，有板有眼。旌幡上大书"太上开天执符御历含真体道，金阙玉皇大天尊玄穷高上帝"，当庭一副对联：红日东升方正现，手执杨柳不计春。香烛幽微的烟雾中善男信女合掌闭目，求签许愿，度人度己，为着这份虔诚而感动。

至顶，放眼环顾，四围青山、秀石、碧水全收眼底，人便一忽儿大起来一忽儿小下去。虽然随着五强溪电站的修建，沅水少了往日“二十船站，三垴、九洞、十八滩”的诡异凶险，更多地显出一种波澜不惊、平静富态的慵懒，两岸许多的险滩与吊脚楼均成为记忆的照片，但依稀的各种各样历史的回声依旧跫响：两岸是高大壁立千丈的山，山头长着的小小竹子，长年翠色逼人……最令人感动处，是小船半渡，游目四瞩，俨然腰腿劲健，胆大心平，危立船头，视若无事。在轻烟细雨里，一个外来人眼见到这种情形，必不免在赞美中轻轻叹息，天时常是那么和山和水和人都笼罩在一种似雨似雾使人微感凄凉的情调里，然而却无处不可见出“生命”在这个地方有光辉的那一面。

春季里来桃花开，滩姑爬山又过岩，此时哪有赏花意，提串草鞋村前卖；夏季里来荷花开，滩姑洒汗下溪来，清水好洗千家服，何时换得万家福；秋季里来桂花开，渔鼓声声过山寨，和尚尼姑都不是，只为亲人化缘来；冬季里来雪花开，滩姑容颜随雪改，一步一讨往前走，血泪换得钱财来。

置身明月山中，仿佛在梦中又听到了翁子洞边滩姑乞讨化缘打造寡妇链的悲凄传唱。回想着那惊涛拍岸中船工、水手曾与风浪的搏击，还有那潜沉在水底的粗犷的沅水号子，一个个如泣如诉的凄艳故事，更有那沈从文笔下的风物人事，一切晃晃地都了然、平和、冲淡起来。

人在山中，山在人中，水在心中，心在水中，逝去的已经逝去，将来美丽的依旧还会美丽。

摇动一棵树

每次，从教师新村坪场走过时，免不了，就会看看那棵树。

树，不是一棵，而是两棵。一株是香樟，另一株是木樨。两棵树，一大一小，一高一矮，树冠常年浅绿、碧绿、深绿、墨绿，高低参差，完全融为一体，远远看去，就像是一棵树了。

我在这棵树下，待了二十多年。隔不了三两天，就会在树下坐坐，看看树上的事情。树上的枝枝杈杈，或欹侧，或旁逸，总是摇曳得那么合情合理；树上的叶片，层层叠叠，各据空间，又如此顾盼得一往情深。

时不时，有各样的鸟儿在枝丫间跳上跳下，啄食香樟的青果、木樨的果核，自在欢快得很。有风吹过，原本不同科属的两棵树，步调一致地相互摇摆、舔舐着，似在卿卿我我，互诉衷情。

有时，我也会低下头，默神这两棵树：一直站在原地，一般都会说些什么，做些什么，特别是树下的一些事情。于地底的暗处，我想，它们的根须肯定会彼此纠缠，相互依偎，深掘在土壤深处，不顾一切，吮吸着营养和水分，成为另一处看不见的“树冠”，共同构筑起丰饶欢腾的生命体系，长长久久的，蓊郁不息。

作为一名资深教育工作者，每每看见这棵树，就会想起德国著名哲学家雅斯贝尔斯说过的一句话:“教育的本质是一棵树摇动另一棵树,一朵云推动另一朵云,一个灵魂召唤另一个灵魂。”

这话,的确说得没错。

教育何曾不应像树一样?向下生根,向上生长,彼此摇动,彼此成长。树上有云朵,有天空,树下有灵魂,有支撑,唯有如此,方能共同涵蕴出天地间生命蓬勃的气象。

我曾在讲台上耕耘过十四年的光景。从村小到初中,从普通教师到教导主任、副校长。再后来,做电视,做教育科研,一晃三十八年过去了,不管在什么行业,做什么事情,我心我志,仍在学校,仍在教育。

教育的根本,在于回到本质与常识,关注人的精神世界,回归到人的本身。它是人的灵魂的教育,教育即生成,教育即生活,教育即唤醒。而学校文化建设的自觉与不自觉的积累与沉淀,学校精神的提纯与彰显,实在是学校的灵魂所在,正在发生的教育现场所在,未来的教育期盼所在。

很多时候,我与学校的校长们、老师们一起,看学生们像一片片树叶,形状由小到大,数量从少到多,色泽由浅到深,一年四季,开枝散叶,直到长成一棵棵参天大树,继而成为一片森林,姹紫嫣红,蔚然深秀。

许多时候,我喜欢去学校,不管天晴落雨,与师生们,始终站在一起。

在辰州中学,我们一起站在天宁山上,遥望那棵千年银杏,奏响百年弦歌。三楚古邑,一座城与一座山相遇,无不是一份影照惊鸿的喜悦，一处意勖来者的征程；五溪画廊，一条江与一所学校相遇，恰是一场三千里路云和月的如痴如醉，一脉日夜江声下洞庭的鲲化鹏飞。武陵雪峰，沅江酉水，山南水北，一弦一柱，云山苍苍的是宏图庠序，江水泱泱的是薪火传承，山高水长的是弦歌不辍，砥砺深耕。师生们在此，天道酬勤，宁静致远，仁朴勇毅，知行合一，办有良知的教育。教师，在厚德博识中求是创新；学生，在尚德勤学里善思向上。种德养心，求知善行，极目浩荡长江，仰止八百里洞庭，行万里而明本训，纳百川而驾长风，故此，俊采风流，人才辈出。

在百年老校——沅陵一中的新校区，我们一起育华夏英才，创湖湘名校。看学生们从炊烟袅袅的一个个村庄而来，充满好奇。他们一起探索未知，重构想象，点燃青春的引擎，保持初心的指引。他们热爱、坚定、拼搏，不断突破、超越，义无反顾。在这里，他们为未来而来，于细微中看见宏大，以平凡定义非凡；在这里，他们无惧、无畏，以青春的名义，跨黄河，过长江，致良知，自成一片雄浑的风景。时间散发出来的光芒，照耀着每天新的开始。攀书山，泛学海，咀英华，崇美善，承先贤，启民智，育栋梁，惟精一。他们从课内到课外，从校内到校外，在阅读中陶冶情操，在学科中探索真理，在绘画中畅想未来，在音乐中释放真情，在竞技场超越自我，在实践中规范品行。格致存真，知行合一。他们秉承天宁精神，以势如破竹的勇气，努力活出属于自己的光芒。在这里，学生们一个个成为感恩的人、担当的人、善良的人、努力的人，在到达理想的未来之前，他们需要长出飞翔的翅膀，给未来飞出一个刚刚好的模样。

在沅陵二中，我们喜欢站在桃花岭上，看春天的花朵如何变成秋天的果实，以青春的名义如何自成璀璨的风景。高质量、平民化、有文化、有特色，明德为先，博学为求，崇实立校，笃志树人，它让每一个置身其中的人都能找到自己的位置与价值。我们做最好的自己，用一朵桃花绽放另一朵桃花，用一个态度引领另一个态度，用一个高度成就另一个高度，即使慢一点也没有什么关系。岭上桃花始盛开。学生们知道“为什么要读高中”，他们也知道，世上所有的光芒，都需要时间才能被看见，我们更知道，自己努力走过的路，每一步都会算数。他们是青春，是希望，是勇气，是光芒。他们正通过河流，占领沙漠；通过树木，占领森林；通过小草，占领废墟；通过和风，占领所有的陆地与海洋，通过内心的光明与温暖，送给人们一个如诗如画的心之所向。

在鹤鸣山上，我们一起吟诵《鹤鸣赋》：

武陵雪峰，天地垂青；沅江酉水，造化钟灵。
湘西名邑，辰州流韵；宋时元妙，鲸阁晓钟。
光绪癸卯，储才兴学；鹤鸣书院，秩秩焕巍。
孔庙栖麓，贤俊弘毅；环山而城，首善始定。
百年老校，九皋鹤鸣；沧桑黉门，教化以兴。
天宁梧桐，巍峨两翼；鹤翔蓝天，负志高云。
寒来暑往，物换星移；旧貌新颜，雅韵铮铮。
博爱求真，一片丹心；实践创新，风拂雨润。

团结协作，云帆高举；文明守纪，朗润彬彬。

弘积厚养，敬业爱生；清荣峻茂，探索求精。

乐学多思，勤练善问；弦歌不辍，与时俱进。

开蒙启智，矢志不移；尚礼乐学，精骛八极。

以德立校，芬芳陆离；科研兴校，清流开襟。

改革活校，风物宜人；特色强校，如日方暾。

戊戌东扩，移步换景；楼台馆阁，卉木萋萋。

宜教宜学，贯通古今；书声琅琅，津梁学问。

文泽五溪，墨香阵阵；葳蕤华年，满园清芬。

明心见性，知行合一；模山范水，滋桃润李。

群贤毕至，少长咸集；栋梁之材，由此始生。

精细鹤鸣，行成于专；幸福鹤鸣，止于上贤。

创新鹤鸣，荣耀殊胜；求索鹤鸣，霞蔚云蒸。

瞻彼未来，勠力同心；扬帆起航，砥砺前行。

凭高溯远，鹤舞百年；大道其行，向之所闻。

生命奠基，日月经天；初心不忘，江河行地。

鹤有唳兮，气吞九宇；星汉灿兮，大梦复兴！

在荷花池小学，我们立于东门之上，感觉，一百多年前的那个夏天，你来了，我来了，不早，也不迟；一百多年后的这个夏天，我看见你，你看见我，不远，也不近。从一八五五年的福音小学，到现在的荷花池小学，我们把一个学校的名字始终挂在胸前、心中、梦里，深深浅浅，心心相印。因“荷”而来，因“荷”而遇，接天的莲叶，早已拿定翠绿的主意，让映日的荷花，放心去做那些万紫千红的事情;因“荷”而雅,因“荷”而韵,彼此的遇见,像花儿一样美好,是我们一生中最幸福、最幸运的事情。贵于荷品,雅于正行。从一片片树叶、一瓣瓣嫩芽开始,荷花池里唱荷花,我们一天天长大,荷雅致美的课堂上,荷塘阅舍的书香里,“小荷书苑”的悦读中,“荷韵墨香”的一笔一画里,博我以“荷”,养君子风范,信我以“合”,奠生命根基,善我以“和”,立天地雄心。小荷尖尖,立世之巅,同学熟悉的脸颊,老师谆谆的表达,一点一滴,化育出荷风雅韵的气质与风度,浸润出“出淤泥而不染”的操守与志趣,氤氲出同声相应的灵魂香味,那注定是一生的眷恋、不舍与牵挂。

在思源学校,这个梦开始的地方,蓝溪空蒙,沅水泱泱,风吹草木,四处弥香,青春有梦诗几行,晨读又晚唱。言爱知行秉善良,人生当自强;博学慎思为栋梁,初心永不忘。武陵巍巍,雪峰苍苍,山高复水长。雅歌清弦与君赏,一路竞芬芳。厚德载物笃远行,烟浦涌四方;鸿鹄展翅扶摇上,长风终破浪。砥砺前行,执着梦想,先锋独当,振我家邦。

在官庄小学,林则徐曾说过这个地方,重重入翠微,云绕马蹄飞;沈从文路过说,群峰竞秀,积翠凝蓝,颜色真无可形容;林徽因坦言,昨晚里是住在官庄的,沿途景物又秀丽,又雄壮。“金都、林海、茶乡”,我们一起在这里,让每一个学生都舒卷自如,功不唐捐。在这湘黔古道上,辰龙关口,界亭驿前,金都林海,薪火相传,弘文励教,茗校百年,思深致远,俊彦辈出,闻名遐迩。学校辛酉肇始,庠序初兴。塘坊蒲冲,筚路蓝缕;黄土台边,教化洵美;尚家湾里，博学审问；贡茶故里，汲露抹翠，新楼巍巍，嘉木采采，书香茶韵，天地立心。和敬勤雅，杏坛菁菁；正清互助，严谨创新；和雅尚品，毓秀钟灵；雅志行道，风雨自醇；明礼乐学，殚精竭虑；言传身教，立德树人；斯文一脉，春风化雨；砥节砺行，玉汝于成。春诵夏弦，长歌当吟；雏凤试飞，金声玉振；桃李无言，下自成蹊；厚德载物，荣耀古今；春华秋实，历久弥珍。

在金山学校，这所辰州矿业百年金矿催生的矿山学校，我们开展“成金教育”，千锤百炼，成就“金”典，让每个孩子闪闪发光。每一个孩子都是深埋地底的矿石，教育要做的就是不断发掘、不断淬炼，最后百炼成金，成为具有黄金般品质、德才兼备的人，能够闪闪发光的人，照亮自己，也照亮别人，照亮整个社会与未来。于是，在这里，我们惟精惟一，精诚所至，金石为开，点石成金，金声玉振，掘我“金”质，奠生命根基；染我“金”色，绘锦绣前程；闪我“金”光，耀璀璨人生；铸我“金”品，立上善厚德；养我“金”神，冠天地经纬。于是，在这里，通过“金”彩纷呈的活动，精益求“金”的追求，每一个人都“金”神焕发，教师努力成为金牌教师，课堂成为点金课堂，学生成为金色少年，在一片金天金地里，学校走上一条立德树人的金光大道，最后成为真正的“金品”学校。

沅陵六中，位居素有“湘西锁钥”之称的湘西名邑——官庄镇。元世祖（1265）开通京都至昆明驿道，于官庄集镇东北五公里设界亭驿，明永乐二年（1404），朝廷第十二路旗牌官屯置田庄，官庄由此得名。官庄与界亭驿之间，有明洪武设置，清康熙钦封的“天下第一关”辰龙关。李自成部将张献忠攻关不克，康熙平定吴三桂的辰龙关大捷，致使官庄、辰龙关、界亭驿名书竹帛，于斯扬名。在这里，我们一起打响了一场旷日持久的“教育战争”，让每一个学生都好起来，并成功实施了辰龙关前的教育“大突围”，使长年积贫积弱的沅陵六中农村基础教育与高中教育发生了翻天覆地的喜人变化，精细化、品牌化、现代化，学校一跃成为享誉沅陵县乃至怀化市的优质品牌学校。

于沅陵职中，客山烟雨中，我们坐石看闲云，临流可意远。渐宽亭间，清风徐来，水光接天；酉水拖蓝，江流阵阵，听涛观澜；厚德精技，踏歌未央，笃行致远。风物长宜放眼量，一轮明月照千秋，匠心秋月下，我们静水流深，与诗为伴，踏歌前行：客山之上，乾明坤朗；沅陵职苑，万千气象。癸亥始建，虎卧龙藏；腾蛟起凤，培栋育梁。麻溪铺里，始作其芒；五二厂中，艰辛备尝。迁徙辗转，砥砺未央；职中四中，山吟泽唱。合二为一，裔裔皇皇；苦心孤诣，兴校振邦。坐石临流，秋蕙披霜；厚德载物，桃李芬芳。尚学求真，众目昭彰；敢为人先，弦歌潇湘。乐学善用，执着梦想；砺能精技，天下可往。守正敬业，行者无疆；博学高效，青云直上。惟精惟一，心怡神旷；笃行致远；翰墨飘香。多元发展，统筹保障；双师完备，包容开放。人尽其才，使命担当；人皆成材，天地隆昌。以技报国，永志不忘；春华秋实，享誉四方。人文荟萃，登高相望；匠心筑梦，慨当以慷。省市卓越，名动三湘；职教名校，溢彩流光；顺天致性，和畅八荒；凝心聚力，破浪远航。

在中华书山二酉山，经济学家厉以宁曾在此，酉江渡口凉风送，站立岸边心事涌。二酉山，因酉水和酉溪在此汇合而得名。因为著名的二酉藏书，使得秦前文化得以薪火相传，山脚下的乌宿村也成为著名的“教授村”，成语“学富五车，书通二酉”，即典出于此。二酉小学即在二酉山的山脚下，很多次，我们一起眺望云山雾罩的书山，一起在书香氤氲中，沐浴中华书山的文明之光，与光同行，点亮未来：酉山巍巍，酉水泱泱，千古文脉，源远流长。上古黄帝，传书留芳，周有穆王，辑书春望。枉渚善卷，两辞禅让，隐逸酉山，德润四方。秦有伏胜，二酉书藏，文明薪火，光被遐荒。德圣载德，教化蛮荒，书圣藏书，举世无双。酉山酉水，其道大光，二酉小学，水岸山旁。源溯于明，书院呈祥，寒来暑往，日就月将。醇儒汉策，翠山吟唱，世隆妙华，雕饰典章。癸丑立校，困厄异常，丙子仲春，云水苍茫。乌宿完小，于时怅惘，烽烟四起，遍地灾殃。先生盛恒，驱驰家乡，志士仁人，共振家邦。渔樵耕读，歌咏徜徉，卧薪枕戈，扶摇梦想。教授村里，曲水流觞，地灵人杰，为栋为梁。百年名校，几经沧桑，八蛮峒口，凤翥龙骧。金乌亮翅，礼乐孔彰，茶树包上，今得兴旺。与光同行，未来点亮，明心明智，明德满堂。厚德博学，仁爱自强，乐学善思，笃行无疆。犁云锄雨，丝竹悠扬，传道授业，精深博广。渔舟唱晚，古渡柔肠，物换星移，满目琳琅。三寸讲台，芳华绽放，书香校园，诗画交响。学富五车，六合芬芳，书通二酉，国运恒昌。风正帆悬，长风破浪，崇文尚道，再塑辉煌。高山仰止，万类轩昂，天下二酉，四海景仰。人文荟萃，学海荡漾，且待吾辈，来日方长。

在一镇跨三县，一校连四方的筲箕湾中学，我们将起源于童年的芒种，散发出祖传的风味。舒溪两岸的油菜花开了，杨溪边的风跑到了雨的前面，一些不知名的鸟在屋后林子里，一声声叫得比鸡鸭更加快活，屋檐上挂满了会说瓦乡话的炊烟，鸟儿每叫一声，炊烟便长高一寸，每个人的胸膛，都映照着土地积蓄的光芒。我们为改变命运而来，我们心怀感恩，为最好的遇见，人人都努力，个个都出彩。

在沅江与酉水交汇处的溪子口小学，我们不断地造梦、逐梦、浣梦、圆梦，让孩子们人人成为自己迷人的传说与奇迹，用最朴素的念想，喊亮山骨水魂的黎明，喊香孩子们一个个叮当作响的乳名。我们顺着水流与风的方向，看大河奔腾，群山逶迤，大风起兮，青云直上。我们高举起二十四节气的春华秋实，朝着那些山川大地、汗滴皱纹，致以敬意。师生的每一个脚步，都踏出精彩的节拍，开启幸福的未来。

诸如此类的例子，当然，还有许多许多……

多年来，当我以一棵小树的形式，与学校的书记、校长、师生们站在一起，致力于学校的文化建设，在有限的校园，拓展师生无限的心灵空间，为每所学校寻找到自己独有的精神与灵魂。所幸的是，学校教育这棵大树，一天天，一年年，枝繁叶茂、郁郁葱葱起来，直至“一点浩然气，千里快哉风”，成长为一片浩大的森林。

“观乎人文，以化成天下。”如滴水穿石、垒土成塔；似春风化雨、潜移默化。“石韫玉而山辉，水怀珠而川媚。”以文打动人心，依文改变校风、教风与学风，让人在文化的浸润和艺术的熏陶中，校正人生坐标，陶冶情操，不断树立起师生正确的教育观、教学观、学习观，形成正确的世界观、人生观、价值观。久久为功，“不积跬步，无以至千里；不积小流，无以成江海。”把“化”的功夫下在平时、体现在经常，久而久之，就会“无所往而不乐者，盖游于物之外也”。

德国著名哲学家尼采说过：每一个不曾起舞的日子，都是对生命的辜负。一个人、一棵树、一丛草、一只鸣虫，无不是这样。更多时候，我深切感觉到，人与教育，其实跟树是一样的。越是向往高处的阳光，根就越要伸向黑暗的地底。

一棵树，春来，树上的事情便要多起来、忙起来，树身得由粗糙变得爽滑，树枝渐渐须泛出若隐若现的鹅黄，一粒粒的绿芽得先后慢慢爆出来……夏至，把浓郁的绿变得更加油亮醇厚一些，每天向上再长一点点……秋到，伫立在天地之间，果实开始敲击大地，树要不动声色地传递世间滋味的美好……冬临，暮霭沉沉，即便风骨斑驳，树也得删繁就简，积蓄起足够的能量，期待下一个春天的来临。

树上、树下的事情，成了世间最大的忙碌、最大的秘密。

教育，委实就像一棵树，是它所经历的过程和所需要的元素的总和。在天道轮回的四季里，一棵棵的树如同叶子一样，由小到大，由少到多，慢慢成为森林的海洋，成为每一个城市和村庄，每一处平原和山野，最富于质感的风物、风骨和风韵。

树，一棵倚着一棵，一棵摇动一棵，高低相间，错落有致。如此，当我们把教育的名字写在树上，很多年过去，它就会多起来、壮起来、大起来、亮起来，于是，在梦里，我们翻山越岭，就可以轻轻地，轻轻地，呼唤着它的名字，既美妙又温馨。

茶的遇

其实，很想遇见自己的，在一杯茶里。这念头，不经意，若有若无地就延续了许多年。

老家的后山，叫瓦头冲，早些年是有一片茶园的，只是荒芜得很。清明谷雨前后，新绿的刺蓬中，偶尔会峥嵘出几树零星的茶树来，有人多高。劳作之余，父亲一边吧嗒吧嗒抽着“喇叭筒”旱烟，一边领着年幼的我与二哥去后山摘茶叶。我与二哥人矮，够不着，父亲便会从腰上的刀匣子里抽出锋快的柴刀，砍几根土桨树或是油茶树枝，做成钩叉，让我们将茶枝钩下来，小心翼翼地尖着手指采摘，尽量不要用手掐。父亲说，茶叶一掐，就没味了。我与二哥，常常为了几片雀嘴似的嫩芽，双手被荆棘扎得血糊糊的，哦嗬翻天直叫唤，哪还有心思去分辨摘与掐的区别？有时，甚至是带枝带叶的就往箪笼里放。待采得差不多有斤把鲜叶，父亲便急不可耐往回赶，生怕鲜叶会沤着，没了好滋味。破陋的家里，有一口铁耳锅是从来没有沾过任何油腥的。父亲从床底下端出灰扑扑的锅来，用竹篾刷把反复地刷了又刷，待锃亮如新，开始生火架锅杀青。父亲在灶膛里一会儿添柴一会儿减柴，待锅烧得有些暗红，便将细挑细捡的茶叶“哧”一声落锅，粗大的双手快速地上下翻炒，既夸父追日，又天女散花，只一会儿，额上就开始汗涔涔的，汗珠子少不了也会落入锅中，然后就是野马分鬃似的揉捻，文火慢腾腾地烘焙。待茶叶烘干，清香扑鼻，母亲会用黄草纸里三层外三层地包好，用细麻绳仔仔细细缠了又缠，然后又用塑料薄膜封了，放回到晾炕上方的箪笼里。这样的茶叶，只有亲戚六眷或是珍贵的客人来了，才会拿出来享用。而我们自己喝的，多是将茶树上的老巴叶摘回来，摊在簸箕里晒干。想喝时，就抓上一大把放在平常烧水的小笼罐里煮沸，等凉透后用竹筒舀一筒，一仰脖子牛饮，既解渴又爽气。父亲喝茶与我们不同，他喜欢用一个搪瓷缸子煨在火坑边，茶叶在搪瓷缸里翻转打滚，冒出缕缕白汽，一些茶水在滚开中哧哧溢出缸沿，会打湿了灸麻灰，瞬间腾起一股股烟雾。父亲在烟雾缭绕中不急不躁，慢腾腾地挪出茶缸，也不怕烫，细嘬着嘴，嗞的一声，轻微微一吸，眯缝着眼，咂巴着，深深地吸一口气，然后又长长地舒一口气，摇头晃脑，活神仙一般呢喃自语："生在山里，死在锅里，埋在罐里，活在杯里。"我与二哥弄不懂深奥甚至有点"装神弄鬼"的父亲，常常看西洋镜似的，睁得眼珠子似乎都要迸出来，好奇困惑这究竟是什么滋味。

后来，我师范毕业被分配到楠木铺电埡村小教书。离学校十余里地的唐家冲与岗岗刺有两片挺大的茶园，每到采茶时节，茶场便会央请我们师生去帮着摘茶叶。学生既可以勤工俭学，学校也会有点"三勤"收入，这自然成为学校乐意做的事情。我是五年级的班主任，整个采茶活动的组织与带队自然落在我的肩上。每每这个时节，我领着学生，扛着红旗，浩浩荡荡地唱着山歌民谣，一路蜿蜒地“奎上行”。学生山雀子般叽叽喳喳，一会儿在山坡草地来个“鲤鱼打挺”，一会儿在茶垅间来个逆袭的“鹞子翻身”，整个茶园，嘻嘻哈哈，欢声笑语一片，简单的苍翠，纯粹的怡然，实在是一片茶山醉人的风景。收工时，茶场自然而然会满心欢悦地给老师捎回一些上好的鲜叶，供自己回家揉制。学校的几个民办教师都是制茶高手，我在他们的指引下，也慢慢地学会了揉制茶叶。第一次做茶，因锅温太高，手被烫起了两个血泡，茶也烤得焦煳煳一股子烟味。第二次做茶，茶叶揉搓力道不够，没有一片茶叶是成条成索的，像是被太阳烤焦了的枯树叶。第三次做茶，在锅里磨了几个小时，白毛尖硬是没能磨出半点“白毛”。人累得散了架，一屁股坐在地上半天没爬起来，还得毫无缚鸡之力地承受同事们嘻嘻哈哈的“嘘毛”，落得个自己对自己无可奈何地“哀其不幸，怒其不争”，还阿 Q 般自圆其说是“黑毛尖”了。到后来，自己做的茶叶勉强能够入口了，便给父亲拎回一包，父亲用搪瓷缸煮了，没有摇头晃脑，只是双眼有些温热地说了一句：“虽然有点可惜了这一片片的好叶子，不过，三儿啊，这茶还真是好呷呢！”

村小的日子，茶叶、煤油灯、黄豆成了我的“岁寒三友”。我开始拼命地读山读水读学生，读书读画读人生。油灯给了我黑暗中的光明，黄豆给了我灵魂的香味，茶叶给了我成长的况味。

云淡风轻，静坐无为时，想起周作人的“喝茶当于瓦屋纸窗之下，清泉绿茶，用素雅的陶瓷茶具，同二三人共饮，得半日之闲，可抵十年的尘梦”。乌黢麻黑的深夜，我一个人寂寂喝着自制的浓苦浓香之茶，守望着一天天寥落却绝不甘于沉沦的希望，一次次试问:我的瓦屋纸窗于何处?我的十年尘梦又在哪里?一指苍茫地,何时流年香?

月夜小觑,推窗远望,鸡声茅店,悄怆幽邃。“试看香是何味,烟是何色,穿窗之白是何影,指下之余是何音,恬然乐之,而悠然忘之者,是何趣,不可思量处是何境?”默神良久,细茗微啜,忽然就觉得,一杯茶,其旨归于色香味,其道归于精燥洁。茶的清苦浮沉,何尝又不是人生的四季悲欢呢!人生注定要飘浮,注定要经历风雨和磨难,注定要在起起落落中归于平静。一个人的电影,一个人的风景,宠辱不惊,波澜不兴,不卑不亢,不癫不狂。如茶的岁月中,不畏寂然,不畏老去,在茶香袅袅的热诚与笃信中寻找一个信仰的支点,一个可以轻轻安放灵魂的处所。

这样想时,我似乎突然理解了父亲,突然在一杯茶里“预”见了自己,且将一杯茶,饮成一场久违的乡村宿醉。

后来的日子,因为工作原因,我先后辗转长界、马底驿、官庄、县城等多地做教师、做记者、做电视、做网络、做教育技术研究、写些随心随意的小文,虽然再也没有了条件自制茶叶,然而,喝茶却成了瘾,一日不喝,便周身“茅不是草不是”的,心痒难耐。于是碣滩茶、界亭茶、齐眉翠峰(当然现在都叫碣滩茶了)等等,或买或蹭,啜试不已,甚至也忙里偷闲,夜读《红楼梦》,听妙玉调笑宝玉:“岂不闻一杯为品,二杯即是解渴的蠢物,三杯就是饮牛饮骡的了?”隐隐觉得,喝茶还真是一件雅韵流觞的事儿,让人悠然神往。于是,某一天,真的挥一挥衣袖,作别往日的牛饮骡饮,“穷讲究”了一回。在朋友处有点厚颜无耻地蹭了一小包上好的碣滩茶,觅了个三五桃花灼灼，几秆楠竹青楚动人的处所，木槿织篱，蝶舞蜂飞。当庭，"假儿马嘎"很郑重地扇着炉火，上置小壶，"山堂夜坐，汲泉煮茗。至水火相战，如听松涛。倾泻入杯，云光滟潋。此时幽趣，故难与俗人言矣。"正襟危坐，捧杯先呷一小口，吸气儿慢慢咽下，口舌生津，一股栗香气缓缓盈浸五脏六腑，实在是有点回肠荡气。一人独饮，回味良久，诸多的拂逆与抑郁，渐行渐远，烟消云散，整个人，脱了红尘凡心，一时通透无边。禁不住，也是故作父亲当年的摇头晃脑状，于俗世红尘之外的秋水处，任意浮想逍遥。然而，时久，终究俗人一个，静静坐了，慢慢饮了，自己窃笑自己。

又一日，无意中，看到十九世纪英国的威廉·尤尔特·格莱斯顿写过的一首茶诗：茶是可人儿，万灵丹，寒冷若你，茶将为之温暖，激愤若你，茶将为之安定，沮丧若你，茶将为之开怀，疲惫若你，茶将为之抚慰。还真是不错。静品一杯或醇苦或芳香的茶，看绿色的叶子在明亮的杯中悠然荡漾开去，一点一点地舒展，一点一点地浮沉。氤氲的香气轻轻地沁入口鼻，呷一口，苦涩的，清新的，淡淡的，融融的，却是清香的。咽下去，津津的，醇醇的，心却是温暖的。

用一杯茶的舒卷抵达彼岸，用一杯茶的时光遇见自己。那一刻，竟也俗不可耐地想化作一片小小的树叶，闲闲地翠居在沅江酉水旁，于小小的青瓷杯盏里，漾尽三千里碧水，五万峰青山，以及所有的籍贯与乳名。也许，那样，再小的故乡，再大的乡愁，都会在这一片青翠的茶叶里，找到某种意义与方向。

初醒的码头

一条河流，理所当然的，会有许许多多的码头。

我所居住的小城——沅陵，位居沅水的中游，许多年前最为出名的当数城南的驿码头。沈从文老先生当年曾在这个码头放眼北望："房屋接瓦连椽，较高处露出雉堞，沿山围绕；丛树点缀其间，风光入眼，实不俗气……"（《沅陵的人》）可惜的是，随着上世纪九十年代国家大型水利工程五强溪水电站的修建，这样的一座古城悄无声息地沉入水底，当然，毫无例外的，还有这个码头。

月迷津渡的老码头消失了，巧笑倩兮的新码头自然会长出来。

城北簇新的文昌码头，没有了青石板，没有了古渡头，有的只是钢筋水泥。说实话，我并不太喜欢。然而，我在它的旁边，席水而居，一不小心就是整整十五年。十五年的光阴，我消耗着它，它也消耗着我，尽管面目全非，毕竟还是欣欣向荣。百无聊赖，无处可去的时候，慢慢地，我似乎也习惯了，大清早的，坐在离水最近的阶沿上，默默地听一条河流静缓地流，既深不可测，又亲近宽厚。

天刚麻麻亮，下到码头。阔大的水面如绸，一层一层纯白柔曼的水汽笼着，有些蔚然的蒸腾，热烈的细曼，轻悄的缥缈，颇带点梦的味道。河水很安静，枕在起伏不一的夹岸高山间，似醒未醒，时不时呈出点点慵懒的富态。

年轻的码头依旧很热闹。雾霭中，趸船边，不断地有各色船只停靠，长长短短，大大小小。有整洁大方的机帆船，也有灰不溜秋的小划子。每有船只停靠，水面的波纹便会将其他的船只荡漾得醉酒似的一阵乱晃。于是，就有船老板的大声吆喝："走稳当点，别蹿进水里头啊"。船头的半截木板门"吱"一声掀开，挑着一担担红薯、南瓜、大白菜、萝卜、葱蒜、芫荽、桂皮、柴火的汉子，背着猪崽、菜籽、桐油、鸡鸭、枞菌、辣椒的妇人，提着篾篓和网兜，里面装满鲢鱼、鳜鱼、青鱼、鲫鱼的渔人，各人敞着衣襟，头上涔涔地冒出汗气，脸面溢出络绎缤纷的困倦、欣喜与期待。待人们一个个从跳板或挑或背地趔趄落脚到码头岸边的空地，汉子与妇人们开始一溜儿麻利地将菜蔬摆放整齐，用打好孔的可乐瓶子洒上水，青碧的菜蔬一下子显得水灵灵的，清鲜娇嫩，煞是诱人。汉子极舒坦地将扁担横在屁股下，掏出一卷烟丝，搓成个喇叭，狠狠地吸上几口，迷蒙的码头边便如秦淮渔火般，有了明灭可见的烟云暧昧。女人则整整衣襟，梳理梳理显得有些凌乱的头发，利索地将杆秤从背篓里抽出来，挂上秤砣，微微地笑，如处子，恬静地等待买卖的开张。汉子们则相互递着烟，野野地说笑，少不了各种七弯八拐的荤话。有年轻妇人实在挂不住，悄悄背转身，脸上却又晕染开两朵羞涩的花。也有妇人大声地笑骂："砍你个脑壳哟，老不正经，看二婶娘晚上怎么收拾你！"

照例，若是几个上了年纪的老艄公遇在一起，肯定会闲摆起沅水排牯佬船过清浪滩的"卵谈"，充着自己当年或是上辈子人的狠气。这样“有理三千无理八百”的时刻并不长。不一会儿工夫，各样山货摊点“两岸青山相对出”地蜿蜒了百十米。屠夫在屠案上剁肉的声音，油炸灯盏窝的“吱吱”声，卖米豆腐的吆喝声，活鱼在脚盆里活蹦乱跳的“唰唰”声，买卖双方讨价还价的争执声，加之远处过往船只的汽笛声、马达的轰鸣声，远近高低，喧嚣非凡，整个码头如一锅煮沸的面汤，热气腾腾，劲道十足。

码头的人来人往，上船下货，往往约一个时辰，便会闲散清寂下来。九十点钟光景，水岸人家的山货卖完了，要买的油盐酱醋、针头线脑、种子肥料备足了，上游舒溪口、丑溪口、沙金滩、窑头、太常，下游清浪、高坪、朱红溪、北溶、深溪口的船只，在码头又开始各自躁动地参差，或载客，或载货，彼此饶有兴趣地返程。

船家高呼几声“开船罗，开船罗”，起好锚，踅到船尾，摇响发动机，一阵沉闷的抖响之后，船便开始摇晃着嘟嘟地蹒跚着弯向江面。远离了码头的嘈杂，沅江，这条伟大而温暖的水显得异常的渊厚安静。江面的雾罩，常常起得早，散得迟。水雾，严严实实地吞噬了远山近岸，天地涵虚混沌成了一体。水雾不断地贴着水面缭绕，丝丝缕缕像富有质感的乳，分不清哪是水，哪是气。雾，是水的魂；山，是水的骨，谜一样的雾，紧紧包裹着周遭的一切，天地船人，山水风物，精气神势，全在鸿蒙之中。若是雾气太重，船家往往会叫上一两个乘客蹲在船头，帮着船家补充视线。不到十分钟，鸬鹚般蹲伏的人，额头发际眉毛上就会有板有眼地挂满雾珠，晶亮晶亮的。雾大，船开得很慢，能静静地听到流水的声音。此时，船家一点也不敢疏忽，一边握着舵盘，一边将头伸出窗外，双眼鹰一样目不转睛地望着前方，双耳凝神谛听，并不时地鸣响汽笛，生怕与对面驶来的船只短兵相接，撞个头破血流。

慢慢地，雾罩开始略略升起，江面视野初开。远山的轮廓水墨写意似的若隐若现，近处的青黛毛茸茸地显出本色。看得见岸边停泊的渔船上，人们正在捡拾头天晚上所放的虾笼与渔网。有妇人蹲在岸边码头，正用洗衣棒槌捣洗衣物，旁边有几只母鸡正悠闲地觅食。往来船只，在雾中由蒙蒙的一点两点，慢慢氤氲成模糊的一片，最后清凌凌地抖擞精神擦身而过。那是一幅美妙的由大写意、大泼墨到疏密相间、虚实结合再到纯粹写实的画图，其间素雅变幻不过三两分钟，意绪舒洒，惬意至极。

等到远山拱出一轮亮丽的光带，渔舟桨橹，水边人家，田地草树，全然鲜活精彩起来。蒙蒙的雾，开始混沌，继而乳白，最后是纯白，轻纱似的披拂在半山腰，依依偎偎，像是这水那岸，最后缠绵悱恻地呓语。这些看似轻飘的雾，却源于碧深的水，常青的树，静穆的山，澄澈的天，实在是太有来头，太有底蕴，太有涵咏吐纳的绝顶功夫了。几只水鸟忽然在舷边不远处“噗噗”地翔滑出一串水花，让人情不自禁地讶然拂额。正沉浸其间，不知什么时候，一头的雾水，竟神不知鬼不觉的，散了。

当恰如其分的阳光完全抵达河流的表面，一切都廓然清朗起来。没有起点的水，不知终点的岸，毫不夸张地生动明媚。一条江，一只船，一个码头，一场雾，各自潜藏了时间之外的意义，与风月阴晴无关，与宽窄大小无关，与深浅厚薄无关，更与距离方向无关。

与卓雅老师的零距离

二〇〇九年八月十四日上午，参加完沅陵县文化旅游艺术节工作座谈会后，终于有时间静下来与国家二级导演方晓慧老师、知名作家石煌远先生一道就我近期所写的几个剧本进行一些探讨与修改。这几个剧本将由方老师亲自执导，所以我们在宾馆留了下来，对剧本的戏剧冲突、人物形象、诠释的主题、舞台效果等诸多方面进行商榷。

方晓慧老师是位德艺双馨的艺术家，在湖南执导过很多有名的戏曲小品，虽然白发苍苍，已是六十七岁高龄，但只要说起戏来，便精神矍铄，手舞之，足蹈之，兴之所至，小曲不断，笑声不断。石煌远先生更是一位奇才，作词、谱曲、著文，样样在行，曾连续四次受邀策划湖南卫视的春晚兼总撰稿，大众文艺出版社刚刚还专门为其出版了传记文学《原生态石煌远》。

十五日，方老师在宾馆洗漱时不慎摔倒，颅内瘀血，连夜送到医院抢救，我因之也从晚忙到早，好在情况不是很严重，静养一段时间问题应该不是太大。

十六日上午，我正在方老师的病房，石煌远先生接到卓雅老师的电话，说她从珠海已到长沙，准备中午车过来。石煌远老师于是要我与他一道接待卓雅老师夫妇俩。

对于卓雅老师，一直很敬仰，曾看过中央电视台《电视诗歌散文》栏目对她做的专访——《边城影像》，知道她是位非常出色的摄影大师，系中国摄影家协会会员，英国皇家摄影学会会员。获湖南省委、省人民政府授予“优秀专业技术工作者”称号，英国剑桥国际名人中心“国际妇女”称号。出版有《卓雅摄影作品集》《沈从文和他的湘西》《沈从文的湘西》《黄永玉和他的湘西》《不老乡情九万年》等著作。

下午三点，我们在宾馆门口迎到了卓雅老师夫妇俩。卓老师背着大大的行李摄像包，人小包大，像座小山似的稳步移过来。我有些惊诧于她的精气神势。随后，我们在宾馆与她夫妇俩天南海北地攀谈起来。得知，夫妇俩这次受湖南省委、省政府的委托，打造一套湖南的名片丛书——将沈从文所有写湖南的文字，配上摄影作品，对沈先生笔下的山山水水做一次全方位的追溯与艺术再现。

卓雅老师一直生活在湘江边上，得苍山之灵，碧水之气。“沅湘流不尽”“春风吹又生”。每一块土地总有它的歌者，卓雅老师无疑应是这歌者的其中之一。

有人说，美丽得让人心痛的湘西有三个，一个是地理上的湘西，一个是沈从文笔下的湘西，一个是黄永玉画中的湘西，其实，我认为，还有一个湘西，就是卓雅老师镜头中的湘西。

地理中的湘西是神秘的，隐于历史的烟云中，闭塞偏远落后，然而却扑朔迷离，原汁原味。那里的山水风物，故事人情，既遥远，又亲近；既虚幻，又真实。时像沅水摇荡的清波，时像水手熟睡中的微笑，一山一水一舟一桨间，让你的心口微微一暖，又微微一痛。

沈先生笔下的湘西，是美丽惆怅的。在沅水流淌的土地上，先生以水一般的节奏吟唱出一曲平静的牧歌。这歌声是温暖的，然而温暖里面，却有一种淡淡的哀愁缥缈升腾，就像水上朦胧的烟雾。透过烟雾可以隐隐看得见许多现实与历史之外的影子，稍不留神，这些影子带着婉转的歌谣，就会没入岁月的深处。

黄永玉画中的湘西，是活灵活现的。无论是喝酒、抽烟、斗鸡、赛龙舟、放鸭子、挑大粪、赶集等画面，无不生趣盎然、浸满生活的灵光。因为他太爱他的生活，爱湘西那片故土，他那画中的湘西让人体味到一种莫名惊诧的“清明上河图”般完整的民俗文化。

而卓雅老师镜头中的湘西却是古朴、纯素、优雅、深情的——用黄永玉先生的话说是“看得连眉毛都差点挣脱了”。

她完成的不仅仅是追寻先生眼中笔底的那个湘西世界，而且尽量地抹去岁月的浮尘，把那个镜头伸到先生所处的环境，伸到历史中去。

她不是浮泛的解读，而是在完成一种自己的生命及文化体验同历史同岁月同山水同人物同心灵的对话、交融与升华。

餐桌上，卓雅老师娓娓说起这么多年的经历：“在早期的时候，我多半是沿着先生设定的抒情的角度去领略湘西世界的风俗美、人情美、人性美。在一次次阅读先生湘西世界的作品以后，才慢慢理解到先生对这块土地的那种复杂深沉的感情。于是开始有意识地去追寻先生眼中笔底的那个湘西世界。”

卓雅老师说她小时候就在湘江边长大，那时候经常到湘江边上去洗衣服，就看到满江都漂着白帆，还有船夫、水手、纤夫在江边来来往往。这些景象给她的印象很深，常有一种莫名的感动。经常就痴痴地坐在木排上面，尤其是黄昏薄暮的时候。满江都是浮动的橹歌、号子，一边看着对岸的河流上纤夫们在拉纤，隔得远远的，看着就那么几寸长，慢慢地挪动，随之太阳一点点落到水里面，天、水都不断变换颜色，河街、纤夫、牌楼这些东西，从小就在她心里扎下榕树般的根。

就这样，慢慢地说下去，说下去；就这样，慢慢地听下去，听下去。

我们从下午五点钟开始吃饭，边吃边聊，不知不觉间，竟到了晚上十点。

有人说，沈从文的文让人们知道了凤凰，知道了湘西。黄永玉的画让人们看到了湘西，喜欢上了湘西。而我觉得，卓雅老师的镜头却让人们痴迷了湘西，融入了湘西。

烟雨迷茫而又宁静湿润的边城，正是在沈从文的作品中，黄永玉先生的画中显露出它超凡脱俗的秀美之后，才变得家喻户晓起来。

卓雅老师在二十多年的时间里，独自背着相机，带着沈从文的作品，数十次来到湘西小城，留下了一万余幅关于湘西的风景、风情、风物、风俗的照片，解读了另外一个影像中的边城，还原了一个沧桑美丽得让人心痛的湘西。

与卓雅老师零距离，让人再次明白：生命与艺术，只是一条路的两个名称。一个人，如果把一件事，用一生的时间与精力去做，想不成功都难。唯有如此，人生才会抵达真正的彼岸！

秋分·日稷

没有鲜花，没有掌声，独我一人在乡间的原野奔走耕耘，收获着孤独和野百合蓬勃的生命——但那盏煤油灯，却给我的灵魂带来了光明，那碗黄豆，让我的灵魂充满了香味。

左邻右舍

一　韩婆

韩婆,我家的邻居,终于死了。在猫儿坪这个巴掌大的地方,韩婆的死是件大事。轰轰烈烈,惊天动地,令很多人向往。

韩婆在村子里是个有福气的人。九十岁那年,光生日,破天荒地就做了好几回。她的几个儿子分别接她到不同的城市里做寿,拱门高扎,弦歌一堂,往来宾客,摩肩接踵,乐得子女们数人情钱都数得手酸、手麻、手抽筋。每个祝寿的场面都是那样的隆重喜庆,那样的郑重其事。惹得村里的大人小孩羡慕得眉毛胡子差不多都往外飞。各人涎水巴巴地说,这韩婆苦尽甘来,死了八辈子都值。

红薯米南瓜汤的年代,韩婆饥一餐饱一餐地硬是接连生了好几个"带把的",每生一个,有些干瘪的乳房就要狗尾巴草似的颠耸好几个月——那年月,能生儿子的女人就是威穆起翘得很。虽然,儿子们高低胖瘦参差不齐,但个个倒能喝水长肉见风长骨,一泡屎一泡尿地竟人模人样起来。在生产队做灰厂的男人在她生下最后一个儿子时,灰窑崩塌,脑袋被砸碾成了乱糊糊的苞谷饼子。

突遭如此噩运的韩婆捶胸顿足噎了半个时辰气后，看着鬼哭狼嚎的几个儿子，竟抽风似的跳脚指骂：你个没良心的，就这么撇脱，当个甩手先生，好生生的死了利索，你是戳心害我啊，让儿有娘养无爹教，让我这妇道人家怎么活？你这不得好死的短命鬼啊！按村里老辈子人说法，自家男人也许是犯了某种煞，或是敬神没敬到边，才落得这样一个没得好死的下场。可当众人听到韩婆如此狠心的干骂，各人心里还是打起了鼓：这女人，命硬，真是狠角色。

韩婆虽然守了寡，因为命硬，村里没有哪个男人敢打她的主意，怕她克了自己。也不敢招惹韩婆的那帮儿子，怕将来鬼扯脚的事，吃不了兜着走。韩婆到底是个有狠气的人。起早贪黑，割茅打草，犁田耙地，栽秧收稻，放牛养猪，样样在行，甚至，一个人扛着个"福桶"上山，一天能刷半亩黄灿灿的稻谷，比男人更男人。四十岁上没了丈夫，熬了自己一身的骨肉，硬是将五个儿子盘出了头。儿子们出息了，一个接一个地安家落户到了城里，那是村里人八辈子做狗都想去的地方。不过，也正因为此，韩婆很快皱如菊瓣指如蟹脚地老了。儿子们要接她到城里住，她不肯，单元楼里，楼上楼下，对面对户，老死不相往来，一天到晚没个说话的人儿，没个乡里乡亲家长里短乐呵的地儿，也没个正经八百的事儿，日子难挨。一个儿子家里住一月，她懒得奔波，怕晕车，还有，就是城里媳妇的脸色难看。人老了，韩婆不想被人嫌。于是，就貌似心满意足地一个人剩在猫儿坪，依旧刨园种菜，养鸡喂猪，守着老屋，伴着猫儿狗儿晒晒太阳，望望炊烟，念念往事。

儿子们给韩婆做完了寿，一个接一个地将韩婆送回了猫儿坪，然后又一溜烟似的离去各忙各的事。每当发现韩婆将青筋凸露的手，鸡爪似的搭在额前，似在探望某个远处时，村里人总说，咋不在城里多住几日呢。韩婆总虚虚地说，城里住不惯呢，楼层高，人在半空中，悬着，沾不了地气，不踏实，还是猫儿坪的老屋好。

也许是韩婆被巡回做寿太舟车劳顿了的缘故，没出两月，竟然面黄肌瘦，时不时上吐下泻，身子骨一下弱了许多。虽然儿子们隔三岔五地回来看了看，但总归要忙事。请了人照看，可毕竟是请的人，难得悉心与周全。第二年开春，人面桃花时分，韩婆一病不起，七八天没能沾上米粒子，深更半夜的，从床上跌下来，撒手归西了。

将韩婆用桃树皮洗了澡，簇新簇新的“寿衣”穿了二十一层。于是乎韩婆很快“胖”了起来，比活着更光鲜，更灵醒，更有脸面，更有看头。来往吊唁的人很多，儿子们往来酬酢，虚与委蛇，似乎并不过分悲伤，各自携了妻在背静处窃窃地商量着什么，有点诡异，甚至有点隐隐的开心。

入殓封棺，开路念经，燃灯解劫，做道场，举办血湖灯。一连半个月，旌幡飘扬，锣鼓、唢呐、钹混在一处，响器喧天，爆竹炸得整个猫儿坪颠了起来，鞭炮屑没了膝，花圈、祭帐堆成了山。前来吊唁的人将村坊的田埂都踩偏了半边。那个热闹与恢宏，喧闹与气派，在这村坊，实在是新姑娘上轿，头一回。

出殡那天，雾蒙蒙的。两里多路长的车队，数百人披麻戴孝地送行，影影绰绰，呜呜咽咽，铿铿锵锵。路旁马尾松上桶大的雷蜂窝都震掉了好几个。吊唁者无一人不叹慕：能有如此孝顺，如此能耐的儿子，能有韩婆如此场面如此派头的丧事，纵然天命之年喝它个三大碗“孟婆汤”，一溜烟地走过“奈何桥”，也值了，值了。

风光的韩婆在一片盛大庄严的哀悼中入土为安。连漆纸伞笼住坟头，招魂幡于风中猎猎作响。发丧的人们在柏树林里垒完最后一箦土，各自闲闲散去。整个猫儿坪，终于，安静下来，安静下来。

入夜。韩婆寂静的老屋，突然传来吵声、骂声，间或有哭声乃至笼罐、锅盖摔打的器物声，一阵儿强，一阵儿弱，又一阵儿强，一阵儿弱。有村人张起耳朵细细竖听，疑心是韩婆的阴魂又回来了。有胆大的，悄悄踅到当方土地菩萨旁的老柿树下，观察动静，那儿离韩婆的老屋近。

夜色中撞出一人，鬼鬼祟祟的，像个幽灵，在飘魂。村人麻着胆子，哆嗦细辨，原来是村里手脚有些不稳当，喜欢干点偷鸡摸狗之类糗事的二棍子，当即喝住：“二棍子，你想吓死老子啊？你个遭天谴的，连韩婆这个死人的东西也想来个顺手牵羊？做人，总得讲个厚道，讲个体面，别老是丢咱们猫儿坪的脸面子！”

“牵个××羊，老子只牵得一张纸！”二棍子愤愤地喷出好些唾沫星子，“你看看，你看看，这是我在韩婆睡的枕头芯里牵到的，我以为是她藏的钱呢，好打几斤米酒喝，结果却是张半年前留的话芯子，说是她死后要儿子们把她死时别人开吊来的人情钱都捐出来修个学校，积点善，行点德。我生怕韩婆的儿子们不晓得这事，还专门将这张纸摊在枕头上，然后才溜出来躲在后门缝里瞅，害得老子踩了一脚的鸡屎狗屎。你猜怎么着？她那几个儿子看了看，根本就不当回事儿，将遗嘱揉成一团，像吐痰一样的吐了出来。然后在堂屋神龛下，一片龇牙咧嘴地混战——为着人情钱，瞪鼻子鼓眼的，争吵不已，大骂出口，还摔东打西，鬼哭狼嚎。你以为韩婆怎么死的？就是被她儿子做生日做死的。韩婆那几个儿子在人前体不体面？体面。可钻到钱眼儿里去了，从来没见着他们给猫儿坪做过啥子好事，给老子一根好烟都没打过。老子‘5·12’地震都还捐了六块八毛钱呢。”二棍子十分委屈又十分慷慨地义愤填膺。村坊人寒蝉般哑声，然后只“呸”一声，隐了泪各回各的屋去。

韩婆的一张遗像至今还挂在老家堂屋的神龛下，笑微微的。猫儿坪的人每逢清明，都会在自家的祖坟上挂完清后，顺带给韩婆上一炷香，烧一串纸，念叨她是个难得的好人。只是，她的儿子们很少回来，有几个已经回不来了。

二　鸭老壳

在猫儿坪，除了韩婆，还有一个人，可以说是家喻户晓。他就是鸭老壳、鸡屎客、老艄公、独瘸子……反正，这个人称呼很多，很讨人嫌，只要你愿意，谁都可以给他取个臭名昭著的绰号，聊供茶余饭后的穷开心。他也无所谓，取笑就取笑，就当没看见，没听见，久而久之，他习惯了，别人也习惯了。

鸭老壳最初是什么时候到的猫儿坪，已经很少有人能记得了。有好事者挖空心思经过三番五次回忆，最终大略隐约搜到了几缕影子。有人说，是猫儿坪老根叔那头黑水牯犯祸吃苞谷被人当野猪枪打的那年；有人说，是田棒头堂客烧草木灰失火烧了刘老二的自留山那年，还有人说是前世冤家憨二佬与篾匠黄驼子两家的狗不知好歹发情“狗绊花”，结果两人皆愤愤不已，将各自的狗乱棒打死吃了顿好狗肉的那年。猫儿坪的纪年，很少用公历或农历，多是用村里发生的重大事件来记忆的。所以;要具体精确到某年某月某日，真是件难事。反正，于某年某月某日，人们突然发现山脚溪边的鹅卵石滩上，多了个鸭棚，有几十只鸭子与一个蓬头垢面的鸭客。鸭客一大早挥着根丈余的长竹竿，竹竿梢绑了块薄膜，哗啦哗啦，旗帜一样地飘，鸭客将一群鸭子东赶西赶，罗罗罗地，很快，荒芜寂寥的溪滩便有了无限的生机。

二棍子早早瞄准了溪滩的鸭群，装着无所事事的样子，在鸭群摇摇摆摆过的鹅卵石中逡巡。他是个行家里手，知道有些鸭子会将蛋屙在鸭棚外的滩涂上，要是运气好，能拣三五个，一次上好的牙祭可就有谱了。功夫不负有心人。二棍子眼尖，突然在一块石头缝隙发现了一个沾满黑糊糊鸭屎的蛋，还带着点鸭屁股的温热，正咝咝冒气儿。二棍子沾沾自喜一个梭步蹿过去，没想到，鸭客早有一手，竹竿一个弧线甩过来，哗啦一声，将二棍子拨拉到了地上倒栽葱似的。二棍子恼羞成怒，顺手摸起一个碗大的石头，就要砸鸭客。

鸭客一挪一腾黑着脸:“兄弟，我的鸭蛋，难道你还要抢了不成？”

二棍子呼哧呼哧:“这溪边的鸭蛋，怎么就是你的了？”

鸭客虎着脸:“兄弟，你也不想想，这溪边的鹅卵石也能生出蛋来？没有我的鸭，哪有溪边的蛋？你要真想吃，我可以到鸭棚请你。要是抢，天底下可没这个理！”

二棍子还真想了想，顿觉有点理亏，可仍不死嘴：“既然你到了猫儿坪这个地盘，你就得请我，我是什么人，你得打探打探清楚！”

果真，鸭客中午时分请二棍子吃了两个鸭蛋，且只有两个。二棍子狼吞虎咽两个鸭蛋时，鸭客正把鸭蛋壳放在火上细细煨烤，只几秒钟，壳内残留的蛋清便鼓起了微黄的气泡，鸭客伸出尖细的食指，往里轻轻一刮，送入口里，舌头贴近上颚，十分稔熟地一舔一轮一咂，整个过程动作娴熟流畅，麻利异常，半粒芝麻大的营养东西都不曾浪费。此情此景，看得二棍子都傻了眼。以后逢人都轻蔑地摇头晃脑说：“那个鸭老壳真是小气绵惜到家了，天底下难找第二个。只是他压根儿没提自己霸蛮吃了鸭老壳两个鸭蛋的事。”

猫儿坪山脚下的溪水，清清亮亮的，环村一个“S”形，绕得很是漂亮，极有韵味。春来时，溪两岸的映山红，不只有红的，还有白的、粉的，花事灿烂，山雀子叽叽喳喳；秋到时，溪旁高高大大的枫树，深绿、墨绿、翠绿的枫叶开始变红，浅红、橘红、大红、深红，有时红中又还带点绿，如花般锦簇得很，煞是养眼。这条溪水，叫怡溪，溪分大小，名大怡溪，小怡溪。两溪汇合处，叫两岔溪。猫儿坪的百十户人家要出行，必得从两岔溪涉水而过。鸭老壳的鸭棚便安在两岔溪的滩涂上，每月逢三赶集，鸭老壳都要挑上一箩筐鸭蛋到三十里地外的镇上卖，所卖的鸭蛋钱都用薄膜袋封好缝在内裤的口袋里，这样，钱不离身，即便赶鸭落水湿透了衣裤，钱也不会湿半点。两岔溪原本不宽也不窄，涉水而过，难度并不大，只要不涨水。冬天了，水寒咬脚，只需在溪中打上两个枞树桩，再搭上七八根杉条木，也就柴方水便了。只是前两年，下游的村子建了个水电站，两岔溪的水位上涨两米多，一下子宽瘫了许多。这鸭老壳脑筋转得快，不知啥时，又弄了条四五米长的木船，用篾围子支起一个棚，差不多将鸭棚搬到了船上。一则可以继续放鸭，二则可以网鱼，三则可以渡人。鸭老壳不爱与人多说话，一天到夜就忙着这三件事。即便没事的时候，鸭老壳总是卷着指粗的“喇叭筒”一边吞云吐雾，一边对着两岔溪发呆。

猫儿坪的学校，几届村委会努力，最后皆因势单力薄没有修成——当然，这是许多年前的事了。韩婆原本有意要儿子们拿自己死后开吊的人情钱帮着修学校的，结果也落了空。再后来，其他村原本有学校的，也拆了，学生都集中到乡镇寄宿制学校去读书。鸭老壳摆渡的生意空前好了起来，以至放鸭子成了附带的。鸭老壳的身份也就由鸭客，变成了艄公。村里老少爷们大闺女小媳妇进进出出、学生上学放学全在鸭老壳这条船上。

鸭老壳精瘦面黑，尖小利，说雁过拔毛还算客气的，村里对特别抠门小气的人，有个不好听的叫法——鸡屎客。所以鸭老壳又常被人鄙夷地叫作“鸡屎客”。放鸭的鸭老壳由鸭客变成了“鸡屎客”，以至于鸡鸭不分，这让鸭老壳恼火了许久。不过，恼火归恼火，鸭老壳收船钱，依旧半点都不含糊，恨不得鹭鸶腿上劈精肉。大人一元，小孩五毛。每过一趟河，无论老少孤寡，那渡河钱都少不得半分。平素，鸭老壳那枯树根似的手里每天总要攥一把零零碎碎的角票，就是黑灯瞎火地睡觉，那装满角票鼓鼓囊囊的拉链防盗内裤上面也得再罩一条，为的是确保“财不露白”。日子久了，左邻右舍因为鸭老壳的生攒死攒与眼珠子里只有钱没有邻里乡亲而很是鄙夷他、厌恶他，甚至暗地里诅咒他。

特别是夏天的晚上，街坊邻里在屋前坪地老枫树下三五成群地抡着把蒲扇，在说完东家长西家短之后，总要数落起鸭老壳这“鸡屎客”的一本臭经来：一次一个小媳妇儿过河，忘了带过河钱，鸭老壳硬是生生地从小媳妇的背篓里拿了两个还沾满新鲜鸡屎的鸡蛋算作是船钱。甚至有人还看到，夜里都快下霜了，他硬是将鸡蛋煮了，卖给二棍子等一竿子通宵打麻将的“麻客”，还一块五一个呢。鸭老壳对别人抠，对自己也抠，这让人觉得不可理喻。鸭老壳收过河钱收得双眼发绿，可自己却总是一分钱掰成两分钱，把钱看得比命还重。硬是身体挺不住了，才称二两肉，就是称肉也是一月最多只称两三次，且尽是肥的或是猪头肉、项圈肉——那肉价比起精肉来要贱得多。按说，鸭老壳要改善生活也很容易。船棚里有的是鸭蛋，要杀只鸭也是手到擒来的事。可鸭老壳从不这么干，说是鸭蛋好卖钱。自己养的鸭子，不忍心，舍不得，留着好下蛋。

因此，鸭老壳就瘦成了一根“豆角精”，也没人咋念他。常常甚或还有人咒他“砍脑壳的”“鬼扯脚的”“不得好死的”。忽有一天，夜深人静，月黑风高，两个蒙面人蹿到船中，拿了把菜刀架在鸭老壳脖子上，逼他交出鸭蛋钱、渡河钱。鸭老壳宁死都不从，手硬脚硬嘴更硬，呼叫了半天，可怜兮兮的，却没见村里人出来应声搭救。幸亏鸭老壳多年行走江湖，尚有几把刷子，乘隙将其中一个蒙面人三拳两脚打入河中，另一人见势不妙，抄起随身的锄头把将鸭老壳打蹲在船尾后仓皇逃走。鸭老壳的钱倒是未被抢走，只可惜年纪大了，骨头脆，结果是，一条腿被折断，成了“铁拐李”“独瘸子”，报案给了当地派出所，半年也没个准确的音信。

村人见此，唏嘘同情者少，幸灾乐祸者多。甚或有落井下石者，人前饭后摇着蒲扇幸灾乐祸——谁叫他这么抠呢。活该！

又一日，忽发大水。鸭老壳看着两岔溪的浑水翻来滚去，自己的鸭子都被冲得七零八落。鸭老壳本想停摆了，只想去赶鸭。可十来个学生要赶课，缠着要鸭老壳开船，还承诺以后不再跟着大人叫他“鸡屎客”。鸭老壳拗不过这帮学生娃子，麻起胆子起锚、划桨、撑篙，使劲拉摆。突然，上水冲下来一个枯树蔸，撞在船上，渡船剧烈地摇晃起来，吓得好几个学生娃尿了裤子，哭天抢地，其声凄厉了许久许远，村里人看得也凄厉了许远许久。鸭老壳的一张刀削黑脸更成了死猪肝。村里人当下只骂鸭老壳要钱不要命，学生娃要是有个三长两短，非得打折他的另一条腿。那天，待学生有惊无险地上岸后，鸭老壳苦着脸吧嗒吧嗒着抽旱烟，瞪着俩牛卵子似的眼珠子，凝看两岔溪翻滚的水与水中不再“白毛浮绿水”的鸭子，长久地无言。

没过多久，乡党委政府来了一帮人，还带来了工程技术人员，说是有个叫钱小利的人捐了十万元钱的款，要在两岔溪修一座便民桥、渡命桥。整个猫儿坪的人都欢呼雀跃起来，吹唢呐、打点子、放炮仗，比过年还热闹。鸭老壳也显得有点兴奋，瘸起腿，跟前跟后，巴巴的。二棍子这时有点不屑地对鸭老壳说，狗日的鸭老壳，看你还能神气几天,收摆渡钱,抠门抠得出屎来。几年才吃得你两个鸭蛋,我二棍子见千见万,就只见过你这一个,三十斤的羊牯子四十斤的卵泡。鸭老壳嘿嘿地干笑几声，挤出几点不知是喜欢还是悲愁的泪。

桥修好的那天,猫儿坪的锣鼓咚咚锵锵地敲了一整天。人人都穿了双新鞋到桥面上踩了踩，人人脸上布满了新婚入洞房的喜色。憨二佬牵着他家的老黄牯不小心在桥上屙了一堆牛屎，引得众人破口大骂，硬是要他用手板将牛屎捧回了附近的牛栏，人们才又放心地在桥上踩来踩去。当人们兴高采烈、手舞足蹈地趴在漂亮的桥栏杆上欣赏起两岔溪的无限风光美景时，不知谁惊讶地叫了一声,咦,鸭老壳的鸭棚哪儿去了？还有那条船呢？

鸭老壳的鸭棚是什么时候搬走的,没有人知道,也许是鸭老壳和他的鸭棚太不引人注目了,没有人在意、注意罢了。二棍子鬼头鬼脑地四处瞅了瞅，鸭棚是真的没看见了，却见鸭老壳的小船静静地拴在桥下端很远一处靠岸的墩子上。二棍子有点悻悻地摸到那只已然光荣退休的渡船上,东翻翻西看看,忽然眼睛一亮,在船板缝里看到了鸭老壳遗失的身份证，赫然写着他的大名——钱小利。二棍子不信,使劲揉了揉眼,又使劲搓了搓,真的是他,千真万确,真的是他,是“鸡屎客”鸭老壳,是猫儿坪所有人都不曾真正问过他尊姓大名的鸭老壳。

二棍子愣怔了半天,犹如当年看到韩婆的遗嘱一样。猫儿坪所有的人也都愣住了。好半天,大伙儿回过神来,你一言我一语地要给这座桥取个名,立个碑。最后,大家一致通过,这座桥就叫小利大桥，虽然桥并不大。不过，大家总觉得还缺了点什么味道，最后，大家又一致通过，桥的东头刻“小利大桥”，西头刻“鸭老壳大桥”。再后来，人们又在桥旁的土坎边修了个十来米长的凉亭，将鸭老壳的渡船用猪板油重新刮了腻子，上了桐油，还取了鸡血，动了香火，作古八劲地搁摆进去。因为，所有猫儿坪的人都相信，鸭老壳总有一天会回来看看他的船与桥的。

至于，鸭老壳为什么要捐这样一大笔钱给猫儿坪修桥，他后来又去了什么地方，是否回来偷偷地看过他的桥与船，人们似乎知道一点什么，又似乎什么都不得而知，就像猫儿坪的人当初不知道他什么时候掮着鸭棚来到这儿一样。不过，有一点，人们似乎记起来了，许多年前，老根叔的女儿翠花曾经好过一个后生，听说是个鸭客的儿子，而老根叔非要翠花嫁给田棒头的儿子黑皮，翠花死活不肯，在一个春日的夜晚翻墙出走，失足落水在涨了春水的两岔溪，一个活鲜鲜的人，说没就没了。这个鸭客的儿子是不是就是鸭老壳，人们也不得而知。不过，有一点，后来在猫儿坪，“鸭老壳”“鸡屎客”这俩词，已经成为夸奖他人最光辉灿烂的一个符号。如若某年某月某日某时，你听到猫儿坪的人评价某某像个“鸭老壳”“鸡屎客”，那是真真正正了不得的。

三　黄驼子

黄驼子是个篾匠，不仅在猫儿坪，就是在整个五溪之地，也是远近闻名。

黄驼子的手艺是祖传的。听说,他父亲的父亲曾是江西吉水县篾匠行当中的头块牌,一把篾刀耍得“翩若惊鸿,宛若游龙”,经他手织的斗篷、箩筐、背篓、撮箕、轿椅、筛子、簸箕、鸟笼等等,无不精巧实用,让人赞不绝口。黄驼子的父亲二十不到,被国民党西撤的一个暂编师抓了壮丁,后来杳无音信。爷爷为避战乱,带着两岁的他一路流离失所, 最后到了猫儿坪这个近乎与世隔绝的地方落脚。俗话说得好:家有千金,不若薄技在身;手艺在手,走遍天下能糊口。十几岁,黄驼子便跟着爷爷学手艺。做篾匠。看似手上活,学得却并不轻松。砍、锯、切、剖、拉、撬、编、织、削、磨……这些基本功,样样得夏练三伏,冬练三九,做到刀不离身,篾不离手。夏天酷热,汗流浃背湿了裤裆;冬日寒冷,根根手指冻成了胡萝卜。哪里有压迫,哪里就有反抗。黄驼子受不了这样的苦,常常溜到隔壁憨二佬牛栏的草垛中藏身干号, 任凭爷爷粗喉咙大嗓子的吆喝也不应声。然而,每次,黄驼子的反抗都被爷爷无情镇压。爷爷从草垛中小鸡样地拎出黄驼子, 将他的耳朵扯得老长, 有时甚至只剩他两条鹭鸶腿离了地四散乱蹬。黄驼子现在的两只耳朵一大一小,就是那时被爷爷揪的、扯的。黄驼子对此,一直到现在都耿耿于怀,说是破了他的福相。黄驼子虽然常常被爷爷拎得五官错位,用方头篾刀刀背敲得鼻青脸肿,好在,终于练就了一手真功夫:剖的篾片,粗细均匀,青白分明;削的扁担,上肩轻松,刚韧恰当;编的筛子,精巧漂亮,方圆周正;织的凉席,光滑细腻,凉爽舒坦;更奇的绝活是所织背篓、提篮,竟然可以背水、打水,滴水不漏,独步五溪。

黄驼子本身并不驼，相反，模样俊朗，身板结实。走村串户，吃百家饭，坐如钟，立如松，走如风似的。酒香不怕巷子深，同样，手艺好也是不需要吆喝的。东家还没做完，西家就来请了，风光地上门，踏实地做事，体面地拿钱，加上黄驼子嗓子又好，边编竹器还边唱些情深深雨蒙蒙的小调："郎一边来姐一边，好似隔江喊渡船。只有船儿来靠岸，哪有岸儿来靠船"，很讨人喜欢。黄驼子每次到离猫儿坪不远的怡溪做篾匠活，总是做得最慢做得最细，做得东家都有些纳闷，直到后来有个细细柔柔的声音响起："情姐门前晒衣裳，手拿衣衫远望郎。"人们才终于明白了是怎么回事儿。

猫儿坪的黄驼子娶了怡溪的田素素。这在猫儿坪是件不可开交的大事。

三十年前的猫儿坪，谁家要是能娶上一房媳妇，哪怕这媳妇是聋子、哑子还是瘸子，都是件青蛙上田坎呱呱叫的事，大拇指翻腰，体面得很。"猫儿坪，猫儿坪，苞谷苦荞推死人，螃蟹虾米当大荤"，"有脚莫走猫儿坪的路，有女莫嫁猫儿坪的汉"。这是说猫儿坪山高路远田少日子苦，娶媳妇好比"蜀道之难难于上青天"。本地的姑娘家谁也不愿留在猫儿坪受苦受累，急不可耐甚至是饥不择食地往外嫁，外地的姑娘想要娶进来，那比登天攀月折桂还难。黄驼子不仅要娶媳妇儿了，而且是怡溪百里挑一的田素素，可见，这是多大的事儿。

猫儿坪树多竹子也不少。黄驼子靠手艺挣钱起了一栋两手推车四封三间的五柱吊脚楼，外带一个厢房，新崭崭的，刷了桐油，又用半年的时间，精编了竹床、竹椅、竹柜、竹桌子、竹凉席、竹提篮、竹洗脸架等等，大凡日常生活用品，一应俱全，就像一个家庭竹制生活用品展览馆，惊得田素素与村人一如当今“乘风破浪的姐姐”一样“哇噻哇噻”一通狂呼乱叫。抓狂之后，正式提亲、定亲、合八字、写八字、过礼、完婚，每一个程序都如做篾匠的细致活一样，精雕细刻，竹苞松茂。

黄驼子总算熬出了头，震天的鞭炮，幽微的火药味将整个猫儿坪都淹没了。满村坊的人都前来贺喜，抚之、颂之、乐之、叹之。可惜的是，黄驼子的爷爷没看到这样热闹喜庆的场面。因为还在“人民公社大食堂”的时候，爷爷得了水肿病，死了。如若他老人家还健在，那满脸的皱纹肯定会如金秋绽放的菊花，随风乱颤。

田素素给黄驼子生了两个娃，大的叫黄大狗，小的叫黄二狗。猫儿坪这个地方有个习惯，娃儿的名字取得越贱越好，图的是好养。黄大狗两岁不到，出天花，夭折了。黄二狗自然就成了宝，含在口里怕融了，捧在掌心怕化了。也许是天不长眼，越是这样，黄二狗越是不争气，成了个病秧子。天麻炖鸡、银耳熬汤、口味王八地吃了不少山珍海味，就是不见生筋长骨，瘦了吧唧的。家里的底子被掏空不算，黄二狗还沾染上了不少游手好闲的坏习惯，人虽然聪明，伶牙俐齿，就是舍不得吃苦耐劳，有时甚至还干点偷鸡摸狗，顺手牵羊的事，有事无事，还老爱往邻村的寡妇小菊家里摸——这可是极丢黄驼子的脸面。人要脸，树要皮。人争一口气，佛争一炷香。这事，不能不管，不然，如何对得起列祖列宗？

黄驼子想把篾匠活的手艺传给他，让他也能像自己当年那样有个安身立命之处，能熬出个人模狗样。可黄二狗死活不肯，还说，你那套手艺，留着你自己编床席子、织个棺材装死吧。气得黄驼子双眼翻白，差点没一头撞死在堂屋中柱上。

黄驼子心里隐痛得像锯子锯心，篾刀割肉一样。也是自己造孽，早年太惯着他了。心一横，决定给儿子说房媳妇儿。也许，成家了，会收心，会立业。黄驼子家早已没有当年的风光，给黄二狗治病败了家底，如今的篾匠活又少，家家都电器化了，谁还用得上什么篾器行头，即便零星有点活，也收不起工钱，卖不出价钱。好在，凭着早年的人缘，托帮媒人给说妥了一个黄花闺女，并定下了腊月十八这个天作之合的好日子。

鼓瑟吹笙的前一天，黄驼子家喜庆的堂屋内忽然吵声大起。"滚！滚！你这个孽障！"只见黄驼子被圆盆炭火烤褐了的脸蜡黄蜡黄，几根稀疏的白胡须一上一下地抖个不停。众人一个劲忙不停地劝慰，黄二狗则像头拉不回的犟水牯一甩头气鼓鼓地踉踉跄跄直往村外奔。

翌日，惠风和畅。黄驼子的吊脚楼上大红灯笼高高悬挂，一匹红呢绸围彩将整个房子装扮得楚楚动人。太阳初醒时分，锣鼓喧天，唢呐阵阵，八抬大花轿抬着新媳妇进了门。众人瞩目。激动人心的一拜天地、二拜高堂、夫妻对拜、送入洞房的时刻即将来临。村人四处高呼："二狗！二狗！快接新娘啊！"

然而四处无声。二狗依然不见踪影。喜庆的空气似乎凝固。黄驼子到底是黄驼子，临阵不乱，随手从鸡笼里抓了只雄赳赳气昂昂的高冠大公鸡，叫村里一半大小子手抱公鸡代替二狗拜了天地，将刚过门的新媳妇送入了洞房。随后黄驼子着人立马分头寻找不见了整整一夜的二狗。

午时三分。人告:二狗找到了,却又没能找回。黄驼子心知肚明,独奔邻村古杏树下小菊家。只见儿子与小菊着新郎、新娘妆,一并相拥相泣在杏树前,誓不相归。黄驼子长呼一声,作孽啊……血气直奔脑门,气绝倒地。村里人七手八脚将黄驼子抬回。两个时辰后,黄驼子醒来只大吐一口绿痰呜咽出一声:好你个忤逆不孝的孽障……鼓乐依旧齐鸣,只是洞房内呜呜咽咽,洞房外也呜呜咽咽。

黄驼子看着屋前的那棵苦楝树,浊泪双流。红花崽要娶一个带崽的寡妇,且又比二狗大上近十岁——辱没列祖列宗啊!黄驼子原本只寻思将那媳妇娶了来,将两人推进房,门一锁,生米煮成了熟饭,岂有不了事的?!然而……没有然而……

刚过门的媳妇涕泪涟涟夺门而出。二狗九头牛也拉不回地带着小菊,还有小菊的儿子,去了很远的地方。原本腰板挺挺的黄驼子,就是这天彻底驼的。黄驼子的名号由此在猫儿坪叫开并流传。二狗,就是当年找到韩婆遗嘱与鸭脑壳身份证的二棍子。再后来,县里整理挖掘传统非物质文化遗产,黄驼子作为篾器传统手工艺传人出席县上申遗座谈会,而黄驼子新带的徒弟便是小菊的儿子春生。

树下的唠叨

局促室内太久，就想去河边走走看看的。已然是春天了，外面的花花草草肯定兀自热闹。这与我去看或是不看，没有丝毫关系。

其实，我看不见春天，已经很久了。说这样的话，并不是说，眼睛不行，看不见任何什物。相反，视力虽然有所下降，但凡看些厚云积岸，大水走泥的山川风物、四季冷暖等庞然大物还是绰绰有余的。有时候，也不是看不见春天，而是春天看不见我。我与春天格格不入，荒芜的心，早已没了春天的景致与盎然。这是件挺悲怜的事情。

河边，柳树发芽，樱花绽放，草青花盛，有点万物生的梵音味道。沿河闲着大大小小的人，也闲着大大小小的事。我忽然就闲闲地想：这“万条垂下绿丝绦”的柳树怎么就长出“二月春风似剪刀”的叶子了呢？它遇见了什么？是什么让它如此婀娜婆娑？

有顽皮嬉闹的小孩子爬上柳树，摘了一枝两枝，弯过来拧成圈，扎了缠，缠了扎，很快便成了帽圈圈，戴在头上，三五成群雀跃着忽东忽西，脆灵灵的呼朋引伴声抖落坡地，叮叮当当的，甚至悠荡在水上，也会漾出一圈又一圈漂亮的涟漪。这让我很羡慕。

什么树长出什么样的枝与叶，显然是由树的本质来决定的。

你总不能期望随风飘拂的柳树长出悬铃的梧桐树叶来吧。如若那样，柳树就不成其为柳树，梧桐也不叫梧桐了。那又会叫什么呢？总不会新造个物种，叫柳梧或是梧柳吧？显然，这等乱思乱想，毫无疑问的，明摆着是毫无意思。简直有点神经了。

但，又不见得。

人，如树，更多时竟不如树。记得那个那个谁，不是说了句“来生愿做一棵托斯卡纳的树”吗？好像是陈丹燕吧，觉得做人虽美，但很累，说什么“我长在山坡上，天天晒太阳，鸟在我头上叫，风从我的树枝里经过，像梳子经过长长的头发。我的一生只要好好地站在那里就行了……我想一辈子待在自己熟悉的山坡上，边上的每一棵橄榄树都是世交，从来也没有迁徙时的凄惶”。普罗旺斯的一年，托斯卡纳的随想。意义，在时间之外，想一想，总是不错的。没有了思想的疼痛，也无须奔赴一场罗密欧的悲剧，静静的岿然站立，其风又将奈之若何？

人，如树，更多时又是一株怎样的树呢？说到自己吧，顶多也就是老家门前一株歪脖子苦楝。细圆的叶子，紫碎的花，黄溜的果子，没什么意义，只适合顽童们满口袋采摘，然后又一个个、一把把地掷出，对阵、嬉戏、打仗。树形不伦不类，随身处多是丑陋不堪的树瘤，鼓凸凸，歪扭扭的。难看死了。公园里，绝不会有他的身影，太煞风景；公路边，也日渐稀少，太不蓊郁；夹岸高山，也寥寥无迹，没法栋梁参天。

这样的树，爱树的人是从来不会正眼看上一眼的。很正常。当然，这样的树，别人看不看一眼，那是别人的事。自己的根还得自己掘，自己的芽还得自己发，自己的花还得自己开，自己的果子还得自己结。与别人又有什么关系呢。长得瘦小羸弱了，拴不住牛羊，出不了头；长得稀奇古怪了，树上也许正好能搭个乌鸦麻雀子窝，树下再长上一堆狗尾巴草或是几蓬苍耳子，蚂蚁蛐蛐的一大群，倒也心宽体胖，自欺欺人地自得其乐。没有什么不好。

多年以前，老家的树挺多的。松树、杉树、柏树、枫树、樟树、梓木、楠木应有尽有。起屋要的是杉木，枋檩古面一口杉，人人羡慕嫉妒恨地翘上大拇指；洗木放排要的是松木，山洪稍起，顺水吆喝而下，可以卖个好价钱；喜结连理打家具，要的是楠木梓木，清香耐用不长蛀虫；村头村尾拔地而起浓荫匝地的是枫树与樟树，掩映整个村庄，挺历史、挺风景。这些树中翘楚，都是爱树人眼中的蒹葭与芝兰。苦楝不同，嗤之以鼻者多，闻香识趣者少——当然，主要是因为无香可闻，无趣可识。多年过去，有用之树是越来越少，乱砍者众，滥伐者多，甚至未及长成，便“朝闻道夕可死矣”。而诸如苦楝这类的无用之木，却必得视若无人地撑起可怜的大地荫凉，望峰息心，任清风穿堂而过，让弦月粼粼泛光。挣扎得愈久，青绿得愈翠。

或许，终究会遇着点什么。

遇风，遇雨，遇霜，遇雪，遇阳光，遇攀折，遇砍凿，都是极好的。树终究有树的方式，成梁成桥，成桅成船。以一棵树的方式去远航，势必收获诸多的浪花与浩瀚，那也是不错的选择。

然而，树，最渴望的依旧是遇上树。一株火红的木棉抑或是一树绚烂的夹竹桃，默默地相守、相望，“根，紧握在地下；叶，相触在云里。每一阵风过，我们都互相致意，但没有人能听懂我们的言语。”仿佛永远分离，却又终身相依。多少年过去，一棵树与另一棵树，相互参差掩映成整个村庄最老的风景。人面桃花也好，疏影横斜也罢，暗香浮动的，总是“不思量，自难忘”的传奇。

春天来了，老家门前的苦楝树，远看光秃秃的，近观却新芽勃发。旁边的花树，也开始三五灼灼，青楚动人，蔚为大观。爱树的人开始困惑与眼羡，困惑苦楝树旁不知何时竟然有了另一棵树的花事荼蘼，眼羡丑陋不堪的苦楝竟然在花树的映衬下重新焕发出古拙遒劲的容颜，在苍凉的记忆里一点一点地温暖……

他们所知道的，只是那些姹紫嫣红的色彩与清荣峻茂的容颜，他们从来不知道的，是那些土地深处散发的温情与长年累月不朽的系念，以及与阳光雨露一起抱朴守拙，踏歌四野，执手月下，岭上芳菲。一棵树与另一棵树，所有所有的息息相关，没有淡漠，没有遗忘，只有契合，只有守护，彼此轮回，彼此永生。

望村

望村，是我杜撰的一个名字，并非特指某一个村子，而是沿路望得见的几个村庄。

天气转凉的时候，我尽量将一些陌生的衣服穿得熟悉一些，日子似与落光了叶子的树木一样，光秃秃的，收割后的稻田、苞谷、红薯地仿佛在耐心地等待投胎的种子。消瘦的天空恰如其分地空着，隔着河流与道路，我试着从白天走到黑夜，从昨天走到明天，所经的路途，人们说房子越来越多，家园越来越少，虚构的家谱越来越多，祖传的姓氏越来越少，但我还是满怀希望一路走着、看着，我需要一些美丽的发现，因为，鸡叫了，天会亮，鸡不叫，天还是会亮，天的亮与不亮，鸡说了不算。

若由沅陵县城经 319 国道而东，约五十里为白雾坪，顺白雾坪公路斗折蛇行下行五里地，沿文昌坪雷子垭径道而左，十余里为长界。长界，原本为乡，撤区并乡后矮了身形，屈尊为村，四面皆山，苍翠而壁立，包袤而广延，有马底驿至肖家桥与陈家滩公路穿境而过。所谓界者，《韩非子·五蠹》云："去门十里以为界。"自雷子垭盘旋而上，过其岭，路口初极狭，如入瓮，气喘而力竭，此为一界；待从杨家坪、东溪，循坡回环往复，径至岩门，大有"山穷水尽疑无路”之感，少顷，忽又见巨石掩映，门户洞开，悻悻然，欣欣然，此为二界；若欲从大坪进茅坪，侧身坡鬼斧神工，“青天白日鬼唱歌”，令人毛骨悚然，胆战心惊，此为三界。三界合一，高山大岭，丘壑绵延，想来自为“长界”。也有称长界为长街的，多是人们山居太久，向往山外的十里长街，便臆造了一个与大山格格不入的另一个梦，也算是对生活美好的向往。据说，曾有长界岩底的一个年轻小伙在四川当兵，相好了天府之国的一个姑娘。姑娘问小伙，你是哪里人，小伙说我是湖南长街岩二工厂的。后来，姑娘随小伙回乡，走到传说中的长街，放声长哭，却也生米煮成了熟饭，无可奈何。

长界，想来是有许多人文墨韵的。其地，有大塔、小塔、太阳池、天湖池之类雅韵盎然的名字。虽无史可考，无志可载，但凡事总有些来历。

初始意义上的长界，其中心地并不在现今马肖公路穿越的集镇，而是在离集镇三四里许的湾家垭。翠山环矗，其最灵秀者，唯丫角尖。双峰对峙，上出重霄。新雨来时，峰头宿雾，如丝如缕，飘忽左右，如入仙境。又地界头上有长保庵尤为灵异，尝有雷至，轰轰然，火轮飚滚，满室黄气，人不见形，山僧谓之扫殿。殿内设磬钟，一击之声可传数十里，所谓上界钟声下界闻者，何其长也。这是长界来历的又一说法。

长界，是沅陵舒氏的发祥地，新中国成立后宗祠被辟为学校，“文攻武卫”时尽数损毁，似余石门坊上“舒氏宗祠”四个肃穆大字。环宗祠之山之水，有三池四花园。三池，指料香池、天湖池、白泥池——其方者如矩，其圆如规，其角而斜者如勾股，其囊而括者如布袋，其口狭颈宽腰长而后大者如葫芦。有池必得有水，其水则皆贯四时而不涸，天造地设，不假人为。春夏之交，桃披新绶，杏点朱衣，石榴如火喷于枝头，莲花若炬燃于水面，称之为红花园；未若柳絮因风起，絮若白棉，千条万缕，若扣陶彭泽之门，称之为柳花园；秋分以来，桂枝高悬，香气馥郁，大有香飘云外之趣，称之为桂花园；曲水流觞，佳木森茂，花红草绿，鸟鸣山幽，游鱼可数，人入之，足以寻乐，足以怡情，常历常新，称之为新花园。

舒姓，望出京兆，源出春秋，得姓始祖为皋陶。西周初年，周武王大肆分封诸侯，并将皋陶的后代封于舒，建立舒国，为子爵，世称舒子。被徐国所灭后又复国，最后又被楚国灭亡。失国后的舒国子孙为了不忘故国，遂以国名为氏，称舒姓。沅陵始祖祇膺公，字夏班，号致远，原籍江西南昌府进贤县大塘人，为南宋知印之职。始祖妣柴氏，生子二：棠、裳。同登绍熙元年进士，棠公致仕河南参政，沅陵二世祖。裳公授辰州刺史，后移居溆浦（溆浦始祖）。祇膺公后裔，近千年来遍布全国，人才辈出。当长界舒姓人若在外面说自己姓舒时，常会有外地舒姓人问起三池四花园的事，若被问者能说出个子丑寅卯来，问询者必会毕恭毕敬尊崇，俯首诚挚之至。

如今，在长界，还有一园声名鹊起，那就是茶园。“茶出南方，沅陵遍生，千年国饮，无射独尊。”长界云山雾罩，水分充足，土壤酸碱度适中，得天独厚的地理环境，十分适宜茶叶的生长。长塔、天湖池、兴安溪十里茶廊，如诗如画。每当清明谷雨时分，一片片茶园里，采茶姑娘遍布其间，欢声笑语响成一片。芽头肥壮，芽尖一个个鲜嫩得一掐就会流出汁液来，其绿其香，芬芳沁人，让人忍不住迷醉其间。茶香醉人，宛如天音在青山绿水间荡漾，忽而于笔架山峰顶伫立，忽而在豹子垭水面飘过，红尘洗心，寄寓闲情于青山之间，挥洒自由于碧水之中，得乎天地，乐在其中。

“采菊东篱下，悠然见南山。”三池五园的长界地，春日满山桃杏，夏日绿阴凉风，秋日田园果香，冬日银装素裹。山脚下、树林中，一栋栋靓丽别致的民居古朴中散发着清新，让人赞叹、欣喜；田野里、小院内，一个个笑容可掬的村民洋溢着幸福的喜悦，千亩茶园四季翠绿，或浓或淡，园中农夫劳作，儿童嬉戏，村妇歌唱，整个村庄如一幅恬静安逸的画卷，曲径通幽，别具风味，美不胜收。

如果，一个人在城市生活得太久，倦了、累了、烦了，想到山清水秀，无世事杂扰的某处，做一次完美的逃逸与放松。寻一处山水福地，觅一方人居佳境，享一种纯鲜慢生活，方子垭，无疑将是不错的选择。高山流水带花香，千年绿韵自然生。“古树高低屋，斜阳远近山，林梢烟似带，村外水如环。”这样的描述，对于马底驿乡方子垭村来说，一点也不为过。

从沅陵县城同样东向出发，沿杭瑞高速常德长沙方向，二十分钟后即可到马底驿集镇。于集镇怡溪桥头左行，拐入马底驿至小乍水泥公路，沿怡溪上行，途经喜眉、黑洞溪、坪溪、白竹坪、财谷坪，即可到达方子垭。沿途田畴水岸，散落着或青瓦小筑古色古香的吊脚木楼，或红瓦白墙色彩斑斓的别墅式楼房，一派生机盎然。若你信步走进任何一个村落，就会翻动一页历史，随处踩下一块石头，就会触动某个时代，不经意路过的一株老藤、一棵古树、一眼深井、一座木桥，都可能蕴含着一个美丽动人的传说。

春时，财谷坪满山烟云横村寨，怡溪清流映山花。暖风吹来，桃红李白，苍山杜鹃，一片一片，一朵一朵，飞花飘飘而下，瓣落如雨，香气袭人，洒落了一地的绚烂。等一朵花开的时间，听繁花盛开的声音，看繁花盛会的美景，半梦半醒间，似乎穿越进入一个时间上没有尽头、空间上肆意驰骋的悠长梦境，千回百转中，烂漫山花中的村庄，已在你心里生根、发芽、开花、结果。

夏至，白竹坪浓荫匝地。阳光，透过满山的树林，点点斑斑照耀着环溪而沃的土地。满眼的树叶，草丛，还有写满年轮的树干，连绵无际。清晨，“泉眼无声惜细流，树阴照水爱晴柔”；入夜，“稻花香里说丰年，听取蛙声一片”。郁郁葱葱的树木，衬出天的蓝，云的白。夏蝉“一听知何处，高树但侵云”，溪中“潭中鱼可百许头，皆若空游无所依”，移步换景，略显黛色的记忆，散发出撩人遐思的韵味。

秋来，唐家院子“寒山转苍翠，秋水日潺湲”。远处，山间秋色深浅不一，树叶或绿或黄或红，渐次交错，生动丰富。人们忙着田里割谷子，地里摘苞谷，院子里打黄豆，大人小孩呼朋引伴，连笑声似乎都在梦境里变得透明。

冬临，覃家的古老银杏树依旧枝叶纷披，苍翠中水天一色，白鹭排云翻飞。水边的垂枝、树上的鸟巢，带点沧桑故事的老屋，让人远离尘嚣，连时间也变成了多余。临溪流以静对，访草木以素心，登高极目知天地之大，置己苍茫知寸身之微。若是下了一场薄雪，更是霁月光风，在与山水的相融里，懂得如何与自己所在的方式相处。

方子垭，名山佳水之胜，多奇岩秀谷，尤以龙洞为最。夹岸高山，清荣峻茂。涧底流水，清潺有致。若是云聚雨落，则水从洞出，飞花溅玉，訇声四起，若飞龙出山，颇有万钧之势，潭深不可测，沉潜如渊，蔚然而有王气。

俗话说，王稠出王，奔溪出相。在上道坪叶家冲，有清嘉庆年间石桥一座，谓之接龙桥。一溪小水，从两山罅隙处流出。两山斜拥，如麒麟回眸，似仙鹅抱蛋。村落安然静好其中，村口小山堡上，一棵巨大苍遒的古松，如一面村庄的旗帜，让人敬畏莫测。村中先后出过能马背飞书的进士、贡生，砌石围以振家声，筑文昌阁以传久远（原方子垭小学道坪分校即为文昌阁旧址）。可惜的是，传诗书文脉的文昌阁民国初年毁于一场大火，仅余嘉庆年间吉立的铸钟与叶万信所撰碑序，录之曰："名山大泽，间多伟人焉。此固山水清淑气，郁积深而发曳奇也。然而幽陬僻壤，古今来亦有擢高科，登显宦卓然号名大家者，亦固夫山之奇特，水之潆润，形势不足，又资以培补之功。故钟灵毓秀，贤豪每间世而出。论者不得以其地小而忽之。余祖居乡曲，四面皆山，山露石骨，水绕其下，潺潺有声。村人视为固然，无足异者。余独爱水口在居舍之左，耸拔而来，临流而上，缭曲往复，有以关锁群山收尽众山也。而善风鉴者，咸谓其俯而卑焉。于是专至鼎建一阁，以为后人读书计，俾模山范水常见在兹。正如刘子所云'山不在高，有仙则名；水不在深，有龙则灵'乎？"

方子垭民风淳朴，山民耕读传家，勤勉敦实，待人接物，古风犹存。无论农忙农闲，年轻男女喜欢在唐家院子外的怡溪大堤上，唱唱山歌，哼哼小曲，遇上心仪的，彼此隔山隔水悠扬地唱和：郎一边来姐一边，好似隔江喊渡船；只有船儿来靠岸，哪有岸儿来靠船。情姐门前晒衣裳，手拿衣衫远望郎；别人问姐望什么？衣衫未干望太阳。清鲜浓情的对唱，往往将一片情愫，两个灵魂聚拢来，在一片男耕女织的烟火春色里，升腾起幸福家园的热望与葱茏。

起风了，路旁的树弯成了随心所欲的形状，背对着风，我望着这些村庄，村庄里并没有人丢失名字。眼看着两旁起了许多漂亮的别墅小楼，一些名字正兴高采烈奔走在回家的路上，一些名字正准备在某城某地恰到好处地签名。显而易见的，村庄的日子正一天天地好起来，灶台上的青花大菜碗，盛满辣椒味、花椒味十足的月光和虫鸣，年轮的密码尽管偶尔会遗失在某个年代，可是，只要血脉与血脉轻轻一触，瞬间就可以长成闪电，照亮山村整个尘世的夜空。

乡居笔记

一

乡居的日子，原本并不特别，但却总是想起它。

小时的家就在一条小溪旁。小溪有着一个美丽的名字——怡溪。怡溪的源头是百里开外的原始次森林，与安化、溆浦接界。沿溪行，随处可见的是郁郁葱葱的山林。山林环抱着一湾碧水，碧水滋哺着溪畔两旁千余户人家。人们沿途在清清浅浅的水里筑起浅浅的水坝，灌溉或浓或淡，一直逶迤绿着的农田。

时值六月，山风依旧有些燠热。

傍晚时分，在庭院坪地的香樟树下，就着几碟野菜，喝家酿的米酒，与伙伴神聊海侃，实在是一种风雅素淡的享受。清凉的风，从院前屋后的山峦拂下来，带着怡溪特有的凉润，抚过寸寸肌肤，白天的燠热便会一扫而光，全身无一处不感到舒坦，无一处不感到惬意。

暮色渐渐四合，溪水独在耳边淙淙流淌。远处，牧归的牛铃声若有若无地缥缈。近村，炊烟四起，时不时"狗吠深巷中，鸡鸣桑树颠"。阵阵芜杂的喧闹过后，渐渐地却都静默下来。只满田的蛙声开始此起彼伏。

吃过晚饭，人们开始摇着蒲扇，晃着脑袋，卷起旱烟，三三两两地坐在屋坪前的樟树下，燃起熏蚊蝇的艾蒿或谷壳，纳凉，闲谈，东家长，西家短的。日子，便在烟熏火燎的絮叨中悠长起来。

许多过往岁月里的一些谙熟的片段，或是某些似曾相识的感觉，不经意的，都会在心底悄然涌起。晚风轻拂，人们吐沫横飞地相互摆着自己做阳春或是在外打工的“狠气”。恋恋的，谁都不愿归去。

夜，渐深。一些人开始散去瞌睡，一些人开始提桶捏竿“夜钓”。

“夜钓”的人们，在溪边深潭，将几根钓竿排排放了，一改扯淡的雄心狠气，开始气定神闲，执着守望。黑幽幽的水面浮着三两点夜光标，此时少了些夏虫的聒噪，也无蚁蛾的烦扰，山乡的夜显得十分的静寂，就连天幕上的半轮月华也是幽淡幽淡的。星子们半隐半现，能辨得出的也就是最为熟稔的北斗七星。钓者一边吸着旱烟，一边细腻地感触钓竿与光标细微的颤动。烟火在溪畔时明时暗，与天边的星光相映生辉。钓者，多三五成群，彼此间也不作声，坐禅了悟一般。天刚麻麻亮，披一头水雾，收竿。钓着了，欣然；钓不着，亦坦然。无论收获多少，总之，“钓胜于鱼”。三三两两的，提着篓子，裹了一身的夜色，相互打趣，哼着阳戏小调回家，安闲而恬淡。

山里的天，善变。常常是，白日里还响晴的天，晚上又会风急雨骤。风雨过后，清晨的山林愈显青翠。溪水涨得快，消得也快。浑浊的溪水漫过了浅浅的滩涂，山林树梢上不时会有几只白鹭，在溪面上飞翔。其实,在乡间,这种白鹭挺常见。它们在稻子抽苗时,安家于油绿的稻田，每当你从溪边田埂走过时，它们忽愣愣地会从你脚前起飞,生生的,吓你一大跳。然后,沿着田边溪涧左左右右的旋几个来回,划出道道漂亮的弧形,又消匿在稻禾间。你寻不着它丝毫的痕迹,它也似乎不忍心打破田间这份静谧。

乡居的日子是静的,其实也不全是静。

山脚的小溪,镇日里总喜欢哗哗地流淌。溪床很宽,乱石较多。平常日子,溪水往往只占了一小半,显得瘦小清癯。溪水,浅浅地从山里奔涌而来,迂回跌宕,激石而过,水花四溅,恍如清亮的音符,潺潺不绝,悦耳悦心。涉溪而过,只需将裤腿稍稍挽至膝盖即可。溪底卵石,大大小小,各色各样,历历可见。水石相偎,不时,这里隆起个小丘,那里凹成片洼地。每逢暴雨过后,会有手指粗的鱼儿困在水洼。用石头东甩西掷,不一会儿,鱼儿惊吓得筋疲力尽了,便唾手可得。

最有趣的,莫过于夏日黄昏,七八个人安“排筲”撮鱼儿——将筲箕并排逆水安好,放上几块卵石,然后各人肩并着肩,手牵着手，用脚使劲搓动那些重重叠叠的小卵石，边搓边吆喝，步调一致,速度一致。十余米,甚至二十余米的逆搓,“趴胆子、黄翅骨、沙岗鳅”往往会惊慌失措地往“排筲”里钻。待肥壮的鱼儿进“筲”,一排人眼疾手快,连鱼带石头端起,那鱼儿便在筲箕里活蹦乱跳。整个小溪,到处弥漫手舞足蹈的嬉戏与尖叫。

还有不用筲箕的“摸鱼儿”,更有趣。行家里手,直接在溪边的草棚石隙里“摸”,深憋一口气,一个猛子扎下去。一会儿工夫,从水面探出头来，手里攥着、口里衔着两三尾大大的“乱鱼婆”或“土金鱼”，让人着实眼馋。有闷功狠的，当然，还会有鲤鱼、草鱼、鲇鱼等。其实，“摸鱼儿”需要一定的功夫，既要熟悉鱼的生活规律，又要水性及捉鱼的手法好，缺一则收获不大。不过，乡下许多人之所以如此热衷“摸鱼”儿，更多的只不过是以此寻个由头，想进一步亲近小溪，与小溪为伍罢了。

溪边翻螃蟹，是少不了的“保留节目”。轻轻地，将溪底鹅卵石翻开，螃蟹横七竖八地想逃，用手轻轻按住蟹背，待一双巨钳似的螯足收拢时，一并用手捏住，然后往裤脚里一卷，大功即可告成。捉得累了，在溪边寻些枯柴，将螃蟹往柴火堆里一丢，不一会儿，用棍子扒拉出来，一顿别具风味的螃蟹烧烤宴，便有滋有味地拉开了序幕。

六月的天，阳光没有一丝杂质，照在怡溪偌大的溪床上，白晃晃的，亮眼。

即便是溪中的鹅卵石，同样也引人入胜。卵石多呈灰白色，也有黄褐、灰红、绛紫甚至是纯紫色的。溪石的质地不太紧密光亮，有些黄皮岩卵石就像裁缝用的划粉。拿了一小块就可以在另一块上，像粉笔似的写字，有趣得很。有的卵石，竟会自然生成各式各样的花纹，行云流水如一幅幅的写意画，让人江汀水鸟、花木鱼虫地浮想联翩。我打小时便喜欢这些石头。有时遇到些小巧而又别致的，会宝贝似的捡起来。一会儿工夫，手里握不住了。可是，看看卵石，块块都别致，又舍不得扔，再低头瞧瞧，好像还藏着许多漂亮的宝贝。同伴常常在溪边摸着鱼了，用柳条穿起了一大串。有时一个猛子扎下去，双手还会一左一右地各自攥着一条“白鱼婆”或“红毛公”，口里还会衔着一条“连胡子”或“鲫壳板”。而我，因独独喜欢那些别人不屑一顾的石头，常常是同伴满载而前了，我却远远地落在后面。

曲曲折折的溪谷，空旷而寂静。阳光从头顶直泻下来，暖暖的。四周除了溪水声，没有一丝杂响。踩着高低不平的鹅卵石，沐着溪谷里纯净的山风，走着走着，就突然幻想自己一直是个不谙世事、不懂纷争的小孩子。一直幻想着，就这么永远地走在童年的岁月里。几多好。

乡居的日子，是清幽的。清幽得连村子里的狗，都常常地默不作声。不是慵懒地晒太阳，就是慢悠悠的，踱来踱去。

乡居的日子，是惬意的。惬意得连溪里的鱼儿，不管白天，还是黑夜，总是时不时地“哧”一声跃出水面，又倏地钻入水底，让人根本看不清它的模样。

乡居的日子，是难忘的。难忘让人离了山，离了水，那梦里的时光，悠闲的，踟蹰来，又踟蹰去，感觉总是水淋淋的，意幽幽的。

二

乡居的日子，最喜欢的，莫过于大冷天就着热气腾腾的炊炉子，喝大碗的米酒。

喜欢吃炊炉子，是师范刚毕业时在一所偏远的村小教书养成的习惯。喜欢喝大碗的米酒也是那时一个人寂寞落下的“病根”。

村小建在一个小山包上，山前一条溪，山后一条溪，学校被两条溪水弯弯的环着。其时，村小共有五位教师，其他四位都是本地的“民办”。

每当太阳灰灰地下山，学生雀跃似的，销匿在四通八达的山径小道上，四位“民办”便各自回家忙碌，搅拌那玉米糊似的日子。每当此时，简陋的学校就如一座庙宇，空空的，只留我一人，在黑天黑地里寂寂地守望。

村小的日子，常常没有电。天黑了，点一盏昏昏的煤油灯，将黢黑黢黑的夜燃出一丁点光明，一个人，开始闷闷的，在土炉子里生火做夜饭。日复一日，曾经喜欢写诗、作画、练书法，喜欢打球、唱歌、吹笛子的日子，不知不觉远远地去了。所有温暖而浪漫的向往，全在这空寂郁闷的烟熏火燎中黯然失色。

捡些柴火用鼎罐将饭煮好后，最发愁的便是不知捞什么菜了（本地喜欢将炒菜说成是捞菜）。后寻思来寻思去，便弄了个大大的土钵头，又从二十里地外托人买了四五斤猪板油，将猪板油在锅里“卷”了，这样，既有了三四斤白花花的猪油，还有了一大碗喷香喷香的油渣。每每这时，将长长的、红红的干辣椒用手掐成几截，把萝卜菜、毛白菜、小白菜之类的在小溪里洗了，盛放在箴箐里沥干水，等油汤烧得滚开滚开，便将油渣、辣椒、白菜“哧”一声“下”进去，想吃多少，便下多少。下菜时也不用刀切，全用手掐，那味道，竟还能过得去。这便是我最初常吃的炊炉子了。

在村小乡居的日子是艰难的。常常要十天半月才吃上一餐肉——因为村子里没有肉卖，我也没钱买。每月六十八元五角的工资，除了要供最小的妹妹读师范外，还要给即将成亲的二哥攒钱。但当到了寒冬腊月或是农历二三月，炊炉子便会名实相符起来。那时节，霜风凛凛，忙碌了大半年的村民开始极有限度地享受生活——一部分学生家里开始杀年猪。每逢此时，乡民们便会热情地请老师们去吃顿“谢师饭”——自然，这是我们最高兴的事情。在油天油地地饱吃一顿久违的猪肉后，纯朴的村民总会要老师还带点肉回校“打牙祭”。我一般不肯带。村民的生活，我知道，比我们更难。可是，他们常常会要学生第二天上学时给捎来，悄悄地挂在我的窗沿，外加一两块猪血。这时的炊炉子，因为有肉会增色不少。大块白腻的肥肉泊在青菜叶里挺有些堂皇与贵气。各样的下菜也开始丰富起来，有萝卜、甜菜、芫荽、茼蒿、菜蕻、青菜苔等，自然还有了葱蒜、花椒等作料。这炊炉子的档次，自然也就随着年关的到来提高了不少。

当然，最让人回味的炉炊子，应是农历二三月的腊肉炊豆腐。在村小的日子待得久了，村坊里的一些小伙子便与我熟悉起来，甚至是亲密无间。隔三岔五的，你出腊肉，我出豆腐，他出米酒，一起热热闹闹地“打平伙”，吃炊炉子，喝大碗酒，且吃喝出许多的“板眼”来。

吃炊炉子，讲究个原汁原味。乡下的腊肉黑亮纯正，口味好。猪是本地纯黑小脚猪，用米糠和猪娘子藤、葛叶、背耳朵等青草喂大的。用草糠喂出的猪，肉精、肉香、肉嫩。年猪杀了后，选出上等的“坐帮肉”用盐腌了，撒上花椒、胡椒等香料，在缸里(一般是水缸)腌渍一个星期左右，然后挂在“晾炕”用柴火烟子慢慢熏烤，直至颜色黑红透亮。待味道最正最香时取下，放在专门的肉柜里存储，随时可拿来待客、享用。吃时，将腊肉用米汤水洗净，大块大块地切好，不用锅炒，只需放少量的水，清煮。等水煮干，再放上干辣椒，小炒几下，等到有点点油脂泛出，便添加大半钵头水。水必得一次性添好，若中途水被炊干了，再加水，则菜味就寡淡得很。水炊开了，将豆腐托在手心，用刀一块块地拉切下去，也不用动锅铲，一直炊到土钵头的腊肉与豆腐一齐在水中翻滚为止。这时，豆腐也就白空出许多细细的沙泡，入盐，入味。炊的时候，不放任何调味料，下萝卜菜与白菜时一定只用手掐，以保持自然的原形、原汁、原味；用的炊钵也要有讲究，一定得用陶土的炊钵，这样炊菜才最具原汁原味；燃料也有讲究，宜用柴蔸，一般用檀木蔸、吐浆树蔸，茶树蔸等杂材为最好，这些杂材耐烧，火紧，烟又少，既保持了菜的原味，又有点冲眼的柴烟。吃时，便会烟熏火燎的有滋有味。

每当腊肉豆腐炊得烟气腾腾，白泡泡四处翻转时，大碗的米酒也就开始在肚里翻天覆地地搅腾了。

那时买不起瓶子酒。瓶子酒贵，也不好喝。特别是，如果点子邪，买上了假酒，可就惨了。因此，乡下人大都自己酿酒。将白净净的大米用甑蒸熟，在簸箕里拌上米酒曲子，然后用陶缸密封，待到发酵好了，最后用不沾半颗油星的锅盛放好半锅清水，架在自制的酿甑上开始烧酒。微火加热，约半个时辰，清黄的纯米酒带着扑鼻的香味，开始顺着简槽，丝丝缕缕温温地淌出。头锅酒，度数偏高，不宜直接喝。二锅酒，就是最好的入口佳酿了。有时去学生家家访，碰巧在烧酒，便一边就着炊炉子，一边喝着“二锅头”温酒，边喝边盛,真是“煮酒论英雄”,其滋味,可说是人间天上,独享其乐。三两碗温酒下肚,人便耳热心跳,种种豪情,在酒气间吞吐,大有“左牵黄,右擎苍,锦帽貂裘千骑卷平冈”与“金戈铁马,气吞万里如虎”的味道。最后,也不怕酒酣意浓时,种种的神吹海侃会被人点了酸筋,也不怕生出许多的洋相。那一时之乐,一时之气,一时之醉,全在热热闹闹的炊炉子与大碗酒之间奔涌跳腾。

乡居的日子,因着这炊炉子,因着这大碗酒,没少出“洋相”。但事隔多年,朋友聚在一起,谈起最多的还是那酒气腾腾的炊炉子,与那种种“洋相”百出的醉酒。常常因米酒后劲大,酒力发作后不知天南地北与天高地厚,走不稳路,东倒西歪的,趔趄着摔得个鼻青脸肿,甚至磕碰掉了两颗好端端的门牙的事,也时有发生。

如今,炊炉子虽换成了各种佐料齐全的火锅,米酒也换成了各种各样的瓶子酒,但留在唇齿间更多的却依旧是,乡下教书日子里的炊炉子米酒和那段酒气飘香的岁月,以及岁月内外的无尽遐思。

三

乡居的日子,案头最少不了的是煤油灯,菜碗里常常少不了的是黄豆。

乡居的日子,最渴望的是能天天有电,但往往天不遂人愿——山里的电,怕风怕雨怕太阳,来不了三两天,接着就是十天半月的停电。无电的日子,黑咕隆咚的长夜,煤油灯自然就成了案头最后一抹昏黄的光明与温暖。

在村小教书，从一年级到五年级，什么年级都教，什么课都上。一天五节课下来，人累得颠三倒四，而桌上一摞摞的作业本却示威似的不肯矮下去。夜色淹过来，人便成了无边夜海中挣扎浮游的一尾细虾，看不清前后左右。

没有光亮的夜，是令人窒息的。

起先，为了批改作业，也为了驱逐冷酷无情的长夜，我买了好几打蜡烛，也劈了好些松明子，但蜡烛毕竟造价太高，一个晚上要耗掉五六支，而松明子燃起来又不方便，松脂油烟大，且常常会因不小心而将手烫得起泡。

后来，干脆将空墨水瓶洗净，去掉塑料盖，用当时还是锡制的牙膏皮折叠成好几层，中间用钉子打穿一个洞，再在上面置一枚方孔的铜钱，然后从棉絮里抠出一小团棉花细细地搓成灯芯，从孔里穿过，将两头蘸上煤油或是柴油，一盏简陋的煤油灯就这样“横空出世”了。为了聚光，还得对煤油灯作一番包装，用白纸卷成一个粗细合适的圆筒，在筒上开出一方小孔，油灯点燃后，小心翼翼地用圆纸筒将油灯罩了，那一孔光明透射出来，会比平常亮出许多。点煤油灯，显然要比点蜡烛实惠得多，也比照松明子方便。自此，煤油灯便在案头一直陪伴着我那面黄肌瘦的身影。

昏黄的油灯，给孤寂的夜带来了一丝生机——这灯如一颗不沉的星，亮在学校所处的小山包上，也亮在四围村民的眼中。

油灯下，一本本作业在灯光的漂泊下变得生动起来。一篇篇作文便是一缕缕学生心灵的倾诉，而这缕倾诉，在油灯下会变得血肉丰满。学生走进了教师的灵魂，教师也走进了学生的心坎。

油灯下，先贤圣人从远古翩翩走来，各样教育理论精髓，漂洋过海汇聚而至。无数的哲人智者穿越历史的天空，用其博大的知识滋润一脉迷失久远的心魂。油灯下，便想，人在旅途，遭坎坷、受曲折、苦心志、劳筋骨、蒙羞辱，或悲或喜，或颓唐或昂扬，或潦倒或腾达，物我两忘。愈是艰难，便愈是要做。“不观于高崖，何以知颠坠之患；不临深渊，何以知没溺之患；不观于巨海，何以知风波之患”。静观默察，烂熟于心，绝不能让环境、让别人、特别是让自己给打败。油灯下，紧紧地，裹着无星无月的山村之夜，迷蒙中，顿觉有许多宏大而密切的东西纷至沓来，于是在那尺方的斗室写下：“千金之富不以易吾一日读书之乐也。”

擎起一方圣地红烛，开始绽放灵魂的绝笑。

在油灯陪伴的日子里，最能滋补身体的就是那金灿灿的黄豆了。每隔一两月回家的时候，我都要带上几升黄豆返校。黄豆营养好，易存放。无菜下饭时，就炒上一大碗。黄豆炒得香气扑鼻时，放入极少的油，然后撒下盐，此时，盐均匀地沾在黄豆上，入口脆响，入嘴喷香，既下饭，又补身体。更有让人得之一大享受的是，在油灯下看书批改作业，将脆香的黄豆置于桌边，想吃时便尖着手指随意捏起几颗放入口中，顿时书香、豆香，满口满心地钻，那种享受不是一般人所能体会得了的。

很长一段时间，就着微弱的灯光，嚼着黄豆，嚼着书。渐渐的，在不求甚解中，也能如贾平凹所言：略识天地之大，晓人生之难，寂寞时不寂寞，孤单时不孤单，于嚣繁的尘世而能自尊自重，自强自立，不卑不亢，不畏不谄。间或有暇，便在弥漫着泥土气息的效田野外与学生一道，看山悄悄地绿，水默默地涨。每天清晨，苍茫绵延的高山大岭在道道霞光中水灵灵地淡入；血色黄昏里，又在鸟语花香里依依地淡出。数十双有着温暖向往的眼睛，无论雨雪风霜、春夏秋冬，面对山外的世界，心造一弯秋水，推拉摇移。也就是在那个时候，一边读书，一边写些聊以自慰的小文，歌咏乡村恬淡的风光，轻诉些心灵的絮语。或立于讲台，或坐于田坎，吸风饮露，养浩然之气，为乡间纯朴的父老乡亲、为山里稚拙的孩童，捧奉我的青春与热血，真情与善良。

没有鲜花，没有掌声，独我一人在乡间的原野奔走耕耘，收获着孤独和野百合蓬勃的生命——但那盏油灯，却给我的灵魂带来了光明，那碗黄豆，让我的灵魂充满了香味。

四

三十八年前一个日斜的午后，十七岁多点点的我，刚刚从学校毕业，单单的一个人，掮着一捆铺盖卷儿，走十余里山路，来到一所偏远的乡村小学任教。其时，几丛枯曲的疏树，兀自披了夕阳淡薄的余晖，在溪边孤独着。空寂的校园疯长着油绿的狗尾巴草。几只绒线团似的小鸡，在荒芜苍凉的草地闲闲地觅食。有蜻蜓，东一群西一群地扑棱，透明的羽翼在阳光里晃晃地上下翻飞。

学校建在一个小山堡上，曾是一所村办初中，砖木结构的教学楼依山而筑，一边是两层，一边是四层，很有些巍峨。只是年久失修，楼上楼下残败不堪，偌大的一座学校，令人窒息地荒芜着。

走上楼梯一刹那，我突然觉得一个人生命的出发点与归宿点，竟是那样的切近而又遥远。虽有山风微微地吹过，却荡不起心海的半点涟漪。学校整个儿就我一人住校，四周山风呜咽，凄迷缈远。面对这一切，曾在学校读书时，许多汪洋恣肆、空灵晶莹的梦，全缈缈地随风飘逝，我不禁有些悲凉了。

无奈地将随身携带的棉被与锅碗瓢盆，一股脑儿放在千疮百孔的地板上，在深邃如海的静寂中干巴巴地呆立着，如禅般却又未能醍醐灌顶。当袅袅的炊烟把村子罩了，天便渐渐地暗下来，几位民办教师灰灰地缩了身子，回家捣弄着自己的日子去了，只我这唯一的公办教师伴着楼顶那群“唧、唧、唧”乐得颠三倒四的鼠们，共守那黝黑无边的长夜。

一个人开始缓缓收拾零零碎碎、凄婉迷蒙的心情，许多鲜亮如珠的梦也一并随着这夜色缓缓地幽下去、暗下去。

山里的孩子读书读得迟，猴三猴四的，七八岁了还光着屁股在门前屋后晃悠。做五年级班主任，学生与我个子一般大，站在一起分不清谁是老师谁是学生。偏偏学生还欺生，头一天便想着法子给我来个下马威——排座位，个儿比我还高出半个头的一个学生偏要坐最前面，我自然坚决不允，老师与学生便如西班牙斗牛士四目瞪瞪僵在一起，最后用扳手劲的方式解决了这一争斗。

再然后，接着的几天，便是课余下河扎猛子、上树掏鸟窝、溪里捉螃蟹、夜里赶山麂（打猎）等等，用山里孩子特有的方式赢得“孩子王”的尊位（当然，现在早已禁捕禁猎了）。

躬耕杏坛伊始，知识的力量没显现出来，倒是“武力”全用上了。就这样，我当上了班上的“酋长”，老师成了“部落”首领。此时，桀骜不驯的学生开始听话，我也使上浑身解数“传道、授业、解惑”。学生有了学习兴趣与活力，吊儿郎当的少了，迟到逃课的少了，乡里统考，成绩一流，破了村小多年的天荒。

然而，一次又一次，因为不屑年前节后去“居庙堂之高”者庭里院外东逛西游，我总被人遗忘在荒寂的村小。加之那一段时光，家里诸事不顺，境况黯淡惨然。

孤单单的，每看一次朱自清的《背影》及沈从文的《边城》《湘行散记》，心与眼都无法自抑的潮润起来。夜深人静，便想《离骚》为屈大夫之哭泣，《庄子》为蒙叟之哭泣，《史记》为太史公之哭泣，《草堂诗集》为杜工部之哭泣，李后主以词哭，八大山人以画哭，王实甫寄哭泣于待月“西厢”，曹雪芹寄哭泣于梦中“红楼”，我也欲以哭泣了，但又深恐哭不出什么名堂，且总觉哭泣不是男人所为，只得暗暗将心晾在阳光下，即便是推着西西弗斯那块永远也无法推上山顶的石头，也决不让心情发霉。恰如颜回：一箪食，一瓢饮，在陋巷，人不堪其忧，回也不改其乐。虽然“夫富贵，人所爱也”，但“颜子不爱不求而乐乎贫者，独何心哉？”，只因“夫天地之间，有至贵至爱可求，而异乎彼者，见其大而忘其小焉尔。见其大则心泰，心泰则无不足，无不足则富贵贫贱处之一也”。

在乡村的那些日子里，除了我教书，就是书教我；我教学生，学生也教我。高山大岭的道道霞光，血色黄昏里的鸟语花香，都成为我生命里无法逝去的感慨与感动。我开始执意地守望，守望着一年年寥落而又绝不甘沉沦的希望。

为了教好书，得拼命地读书。只是有很长一段时间，为了能有书读而伤透脑筋。那时，妹妹考上一所师范学校，我每个月不多的薪资几乎都要供妹妹上学，每每看书店如墙的新书，心里就欣羡得不得了，但摸摸口袋又只得将眼馋的目光收缩到脚面，最终是灰灰地一步一步，挪开那墨香盈室的地方。

既买不起书，就只好四处借了。

隔学校二十里地有个小小的乡图书室，我便托上一个熟识的朋友通通路子，未想，竟成了。每到星期六，总要走路或骑上自行车去那图书室借上一摞书，算是一周的“粮食”。记得有一次借书，为赶车，竟一口气跑上两三里地。那时车少人多，车不愿在小站停，绕山旋岭绝尘而去，我则肩扛那几十斤书，没命似的，从一处陡坡抄近路攀爬而上，最后横路将车拦了，酸酸地挨了司机的一顿臭骂。挤上车，脚却半天下不了地，人也半天出不了气，你拥我挤得彼此近乎成了相片。

那场面至今，刻骨铭心。

夜深人静，一个人寂寂地享受着读书的时光，人便有了一种沉甸甸的充实。学生们也在书的浸润中减了许多的野性，粗喉大嗓的竟也细雅文气了不少。渐渐的，就觉得许多人生的沼泽地，许多人生不可避免的痛苦和悲哀，甚至许多令人厌恶和心碎的东西，全让书给销蚀了，同时也明了一个浅浅的道理：一个对书敬而远之的人，无论他怎样刻意包装，始终是难得潇洒、伟岸起来，唯有经过书卷的墨香浸润，才有可能真正地认识自己，丰富自己，超越自己，辉煌自己。

许多时候，在道貌岸然的背后洞见无耻和无能，在朴实无华活得并不滋润的人们身上，洞察出纯善和良知。山山水水映照出我越来越澄清的泪水和呼吸。只是，我读得最多，也最愿意读的人，仍旧是我那些双眸里没有半点尘埃的学生们，从他们身上，我每天都会获得心灵的澄净和对未来的信心。

读书读累了的时候，我与学生们一道启开窗扉，相看两不厌，独对一山青。

学校对面的山，不高也不大，有些灵柔。山路弯来弯去，杂树参差，有着“秀木无人径，深山何处钟”的幽；远处绵绵大岭有着“岑耸尽逸峰，遥瞻皆奇绝”的艳。每每面对山的巍峨、静穆、奇奥与庄严，便觉得一个人，无论地位多高，名望多大，它不会俯仰于你的名望、地位，它只会高举起嶙峋的风骨，撑起一片绝俗的蓝天。

生于山旁水边，我是山的儿子，也是水的儿子。在岁月的风中行走，山赋予我一颗静默的心灵，给了我嶙峋不老的风骨，山也给我的灵性铸就了一种不屈的性格。“书山有路勤为径，学海无涯苦作舟”，岁岁年年，山是一本书，书也是一座山，书山使人从中领悟到一种人生的真谛，使人明白如何去珍惜这短促的一生，如何去找一条阳光灿烂的人生之路。

一边教书，一边读书，师生的岁月存活在书里，血液也浸泡在书里。短短几年时间，我一步步完成了从中专到专科到本科的学业。阵阵微风拨动着颤抖的日子，朵朵春花相约着去看秋天成熟的绚丽。来往于淳朴的乡间,昼夜守望那一畦碧绿的精神家园,为乡间纯朴的父老乡亲、为山里稚拙的孩童,奉献我的青春与热血,收获着孩子们一天比一天的成长与乡间百姓一天比一天温暖的问候。

如川之逝,不舍昼夜。在乡间村小整整待了两年,十九岁那年,我告别了那里的山山水水,和与我一起成长的学生,又背上行囊,开始踏上另一段人生旅程。

诗人食指那种痛并快乐着的声音再次在耳畔响起:当蜘蛛网无情地查封了我的炉台/当灰烬的余烟叹息着贫困的悲哀/我依然固执地铺平失望的灰烬/用美丽的雪花写下:相信未来!

是的,无论日子如何的艰难,无论世事如何的变化,人,依旧得做自己灵魂的领航人,执着地相信未来——这是,多么美妙的一件事情。

花翎桥记

自辰州东行四十里，经丘寻壑，津途上下，曲屈盘旋，云堑起伏，黛峰漆静，意想所至，皆山也。经七步弯，过松溪桥，逾白雾坪，俯势下行十里许，众阜如簇，旁出一隅，有竹树若许，幽翠偃仰。涧有两溪，其一出朗波洞、湛家冲，其一源董家垴、瞿家山。溪小水细，多伏于乱石，菖蒲被之，闲暇回缓，其声切切，澄鲜相顾。溪左之山，名大湾、小湾，溪右则谓尖山、鸡公湾，恍有高绝素蓄之意，篁筱处，有蹊介然，木屋青瓦，三五人家，皆可指数。此即余出生之地，花翎桥也。

花翎桥，又名花银桥，相去古驿里许，地因桥名。清流触石，渤渤如苍烟；湫水隘洄，幽微似草芥。然自蒙元始，往返京昆，或由溆浦低庄入沅，戴月冲寒，皆须由此涉水。溪岸曾多合抱之木，或苦楝，或梧桐，或槐柳，鸦集雀飞，静噪随四时而异。苍林积叶，举目而足，俯仰上下，穷达流奔，蓬户瓮牖莫不影出左右。

康乾之际，晴初霜旦，明月薄之，民有桥焉。桥为单拱石桥，长不过丈余，宽八尺许，青石凿砌，辅以石灰、桐油、糯米粉勾缝，半圈弧拱，妩媚于溪，典而雅，固且坚。离岸三五步，林树扶疏，杂花若绮。据传，桥浴雪而立，几欲合龙而未成，恰逢一头戴花翎骑白马者至，其眷属感于斯民劳瘁，纤手援银簪以入，桥始得虹卧两岸，天佑所成，众皆相与庆，故名花翎或花银。桥下有潭，水尤清洌，鱼可游数。间或三五水牛，于潭中偃石踵濯，漉漉耕牧，其濑上趣意，非兀兀潜入者所能名状。

桥行十余步，垒土之上，有杨梅、枇杷树各一，彼此疏疏杂入，杳霭之间，风摇韵动，远望如一。桥左，经露长丘，过瞿家山，翻王儿垭，可至腊塘；桥右，越董家垴，行王里丘，溯溪而上，可至青山岗，复经长界，可抵肖家桥、陈家滩。两溪东折西环，青芜红蓼，积石为洲渚，积壤为圃田，稼穑禾黍，各得其所，是为造物之功也。

余少时若木若讷，无侈无饰，耽于洼石晴柔，越阡度陌，多嬉于山间草木，鸡鸣狗盗，顽劣有余，甚讨人嫌。许是戊申属猴之故，精瘦如柴，尤擅攀爬，月黑风高，屋后伯父家柿树，叔父家板栗，无不殃及。所幸村人，多系本家，躬耕于野，温良本分，抱朴守拙，恕己宽人，纵破床碎几，每有客至，亦肯让人先，省己待客，款款然入情入理，诚诚乎沁骨沁筋，不戚于贫，不汲于贵，呼客纵饮，鸡鸣枕上，方可悉归。余得此朴茂教化，蹑履桥上，临渊自照，馋东坡，饿孤竹，终得耳目之胜，芸编一二，略识几字，知耻知辱，遂改前非，净从秽生，明由暗出，不误己，不误人，少蹉跎，少辜负，有木石心，具云水趣，亦算是亡羊补牢，犹为时未晚，此皆桥之功也。

碌碌风尘，不求甚解者多。时移事异，斯晨斯夕，停云时雨，或霭霭，或濛濛，大木深岩，去而不返，只一折青山，流水常新。丁酉孟夏，苦于沐雨栉风久甚，石桥终至零落倾圮，另辟新桥二，一去新驿，一去杭瑞，宽阔通达，桥之两端，复有百十户人家，徙迁而入，甘其食，美其服，安其俗，乐其业，方圆处世，和气致祥，烟火纷呈。

今之视昔，花翎桥，篱落野烟，片云沧浪，地因桥名；后之视今，济物度人，桃花流水，桥因名存。灯火明灭，草木深郁，山河无恙，勿使隐遁，是以为记。

老洞村记

己亥冬，天色开霁，余自辰州启程，越乾州，至镇竿。彼时，诸友咸集，臻臻至至，俯仰斯文，觞咏之间，或言或笑，晏晏然，莫不意惬。入夜，临城，烟火浮冉，饮者恣纵，扼腕抵掌，错杂嚣呼；歌者徐行，匿影树下，环顾左右。弱管轻丝，鸡鸣枕上，方簇拥而回。

翌日，往老洞，众皆欣。老洞者，去凤凰城西百十里，横三江，循千工坪，绕麻冲即至。余性孤，喜朴寂，虽常远足，却忽略于近郊，于老洞，不曾问津，浑不知一二。沿途高岭，多峙于一地，涧流穹谷，险夷不一，幽岩曲径，弥望盰盰，不知西东。

入寨，方知乃石头王城，世为苗裔所居。环山为壑，中洼为田，村依山势，回合迷冥，山即为寨，寨即为山，其石嵯峨，其树蒙茸。青石灰瓦，营营屋宇，连甍接栋，居人颇盛。石堡碉楼，枪眼密布，可瞭远，可鸣鼓，可传警，可御敌。墙高径细，斗折蛇行，呈九宫八卦状，家家相通，户户相连，似连却断，似通却闭，入之则迷。老洞设屯于明洪武年间，朱元璋曾屯兵数十万，军屯民垦，征苗平蛮。天启年间，保靖宣慰司属下田兴爵筑石为城，西托云贵，东控辰沅，北制川鄂，南扼桂边。

昔苗之远祖蚩尤，与炎黄逐鹿大战，兵败南徙，流散至湖广滇黔。峡山阻谷，穷陬僻壤间餐风饮露，饥渴劳顿，是故必强筋悍性，蹙然觅生，每朝出晚归，佩刀执弩，会聚一墟，莫不敢释。其妇多茁壮，绩麻染色，一犁春雨，耕织有时，喜裹青丝或花彩头帕，喜银饰，常罄家之有，或为项圈，或为披肩，或为耳环，或为戒镯，或为手串，斜行处，环佩叮当，声色俱佳。因其险僻幽翳，地瘠人贫，困于生计，常弱则请命，强则跳梁，叛服无常，故此盗匪盘踞，此击彼窜，兵去匪来，生民苦于此，聚族而居，筑寨以保，试图尔安尔居，然亦多不济事。

同行者中，志保兄系土著，淳笃朴厚，悉其掌故。言此寨有湘西苗家之首富，名麻江富，长塘丰草，走马放鹰，其麻家宅院，屋宇重重，妆于藻野。万担晒谷坪，人环观之，立者林林，蹲者蛰蛰。曾置银钱于阁楼，梁不堪负其重，断毙夫命。言毕，意色酣悯，可知其奢之侈，其悲之催，福兮祸兮，瞬息之变，天命使然，无不愀戚。

余之兴，在湘西王陈渠珍故居。玉鍪治于湘西，凡三十载，雄才强力，保境安民，兼之艽野尘梦，冲冒雾露，行万峰之顶，入藏平叛，皑皑雪域，冬穿羌塘，藏地惊魂，命不可期。幸有西原，万里从君，誓死相随，茹万苦百艰，敢犯壮夫健男窘步撖肘之奇险，从容以护，生死绝恋，天地感佩。入寨良久，巷陌迷离，凡数寻，臻臻簇簇，皆不可得。

泸溪晓凤姐，清妩若水，其孙玺涵，趣稚可爱，余负之。童骤言，有风处必有出口。余遽闻，惊诧莫名。遂复寻，横坡上下，左右东西，终于通幽曲径处，倚墙豁然，门楣高悬，窄身入，庭阔面敞，飞檐微翘，三五匠人，正推刨斧凿，似修葺房梁窗棂，厢房重檐，苞谷悬陈，一帷金黄，如幕如帘。有八旬老妪，探帘而出，面净衣素，颦眉一笑。苗言方语，虽不能解，却顿感日暮霞生，耳得目遇，大可净几暖炉，素瓷静递，凝香聚萃，心定神怡。

于老洞，匆促须臾，揩汗拭目，冯虚御风，犹遗世独立，虽不至羽化而登仙，亦可凝思寂虑，渺沧海之一粟，凌万顷之茫然。面山，米拉新村黄墙黑瓦，蜿蜒层叠，通衢处，高山枯荷，正蕴明月之诗，众鸟横山，可歌窈窕之章。春来夏至，一山清梦，满寨星辉，馨香盘结，馥郁其中，老寨未老，新寨日新，石头王城，亦可石破天惊矣。是为记。

新春归乡记

戊戌末，余归乡。适逢除夕，复立春，二者合一，甚是稀罕难得。从县城出，循岭以行，车喧人熙，约四十里，即抵马底驿。

马底驿，古滇黔之驿站。初入，一围大山，一带小阜，峦岫回合，涧水潺潺，凡数村，桑田秩秩，青甃隐隐，白雾骤起，烟霞蒙蒙，杳不知其所穷。

其地，左金山，右银山，上有花翎搭桥，下有犀牛镇潭。山，高其巍；谷，虚而大；水，清且浅。每临之，莫不令人欣然，不忍遽去。

鼓勇而行，入益深，但见傍溪右岸，两街横陈，长约里许。街分新旧，老街屋宇湫隘，高墙大院，多倾颓，多萧瑟，卵石砌花街道，所余者仅十数米，勉葆其貌。迤衍而下，或择其旧址，另起新楼；或委而去之，不复他顾。所幸，尚有天井小院三，相踵残存，执意甚坚。余踌躇良久，不禁恻然、恍然。唯念明之杨慎、清之林则徐、近之林徽因等，尝朝行暮止于此，或羁旅汩心，或戚语慰人，状不可抑。新街多楼房，屋随路转，栉比簇拥，姿势各一。适值年末，各色车辆，鱼贯至，人多鲜衣怒马，置年货，买炮仗，觅对联，呼朋引类，众声嚣嚣。男欢女嫣，所语者，少村声，多城事，汹汹然，茸茸可爱。未几，天忽开霁，山黛云袅，暖光迸逸，禽鸣切切，耳遇成声，目见为色，各尽其妙，可喜乐，可永日，乍大乍小，若远若近，莫可名状。

有乡首名鸿鹏者，与余交甚笃。其素怀乡邻之愿，殚精于一隅，志虑忠纯，敏于政事，能幽能显，可屈可伸。扶贫、治溪、助学、富民、强村、兴乡，斟于旨，酌于义，闻其音，聆其响，不趋于利，不避于辱，怀信甚久，始得一二，民颔首，众皆以为然。

既归，折溪而行，纵步沿溪坪，见步道平整，道旁溪流，淙淙有声，间植桂柳，不日即郁然成林。有扶老携幼者，言笑晏晏；有跳广场舞者，心怡神悦；有挑担荷锄者，宽豁从容；有走亲访友者，意惬灵舒。清风徐来，参差荇菜，亦足可"诵明月之诗，歌窈窕之章"焉。

复行学校，楼舍俨然，余尝于此学，又于此教，刹那芳华，渺渺予怀，琅琅之声，犹在须臾。驻足良久，情动于中，戊戌孟秋，幸得驿友众筹，爱心激涌，集腋成裘，得百二十万，资善庠序，谋划程途，得解陈陋窘境，冯虚御风，直挂云帆，以济沧海。

己亥初，阴霾遁去，晴日当空，一季暖阳，喷薄而出。万物复苏，四野苍翠。铜山西崩，洛钟东应，纵心物外，陪老父晒郁茂之光，交相缓行，虽日夕而忘劬。不念过去，不畏将来，仰飞纤缴，俯钓长流，中流一壶，默然寂喜，了无止息。

莲花池记

甲午仲春，向氏宗亲悉返莲花池，缅基祖彦公身居山宅，决策八方，恺悌慈祥，邦家乃昌，严严锐气，赫赫神光。先贤奇功，永泽后生。适逢盛世，莲花骄子，勠力同心，固本溯源，缮其旧制，嘱予作文以记之。

盖闻楚秦黔中古郡，天开地阔，山峙川流，大小酉溪，乃凌大壑，五溪通衢，可越沧渊。其间，临飞鸟而魄绝，视浮云而意长者，莲花池也。

莲花池者，古名曰小里坪，然茫茫积水，陵陵翠山，鞍子坳纵横驰骋，狮子岭撒豆成兵，荷塘莲花神霞光蔚，琪花瑶草舒英吐蕊，更听蒹葭之兰瑟，始知霜露之流莹。是故，莲者濯清涟而静植，未枝蔓而益清，可远观而不可亵玩；池者静水当观其融结，龙廻必达于幽微，可周流而不容小觑。

昔帝喾高辛，其妃简狄，吞鸟卵而生契，传汤帝始姓子氏，命式于九围。后武王灭商，封微子于殷墟，生子字叔向，以字为姓，向氏因之始传。及后晋，湖南土司彭士愁作乱，满朝文武，文者落笔，武者落鞍。金殿钦封向公宗彦，官拜平南金牌大元帅，复差马希范、黄希广为先锋，平叛八峒蛮。彦公骁勇善战，势如破竹，先破辰龙关，复克九溪六峒，逐之乌宿黑龙潭，激战会溪坪，鏖战八蛮峒口，大破溪州蛮，五溪初宁。窃思先祖向宠及马援南征，马革裹尸，遂立铜柱载其功，仁顺盟誓，标立三将名号，是为溪洲铜柱。

彦公入莲花池，但见山明水秀，茂林修竹，思卜居士，遂怀鱼归之心，神骏牵线，天作良缘，乃弃庙堂之高，娶张姓艾妹为妻，繁衍生息，大湘西向氏，从兹始焉。后彦公遭陷，钦赐鸩酒，殉难于桃源白马渡，素葬黑墓岗。其绝命家训曰：世泽起南昌，贻谋诗礼邦。传家唯孝友，积善有余芳。忠贞坚日月，节操励水霜。马渡神功大，莲花派衍长。未几，晋主明真相，悔之莫及，天子铭德，推诚奉节，加封彦公武略将军，八部大神向老官人，五谷尊神。向氏先祖，清廉忠悌，可谓生前有荣，死后加耀。及后，八二必杰，七二弥庆，元和元亨，抗辽御敌，精忠报国，名隆千古。

向氏祖庭，端居莲花池岩楼门之上，近山汲水，远接云霞，天地人和，神气运于其间，诸理并行不悖。是时，迢迢武陵雪峰拥翠，清清沅江酉水流长。山露石骨，水绕其下，元亨利贞，福往运来，钟灵毓秀，地灵人杰，贤豪每间世而出。及至改革发轫，举百业大计而冀腾飞，谋万民利益以臻洪福，千余载郁盛人文，数十里清嘉山水，政通人和，百业俱兴。向氏子孙，生生不息，耕读传家，勤勉质朴，岔支分派，参差十万人家。时愈千年，贤子孝孙，不远万里，问祖寻宗。临峻岭而自忖，凭沅酉而思远，抚尺书而欣悦，举樽酒而壮怀。

由是向氏后人，何尝不梦莲花之阡陌，忆祖庭之台昭。学富五车，秦人秦声，楚音楚奏，书通二酉，皋兰生坂，晴荷出池。及夫秋风爽至，白露团团；明月生波，顾盼滟滟，眷庭中之风云，念机上之罗纨，旭日始暖，蕙草可织。塘荷点点，流水碧碧，古寨墙垣，龙回莲拱，雕梁画栋，姹紫嫣红。及今，追缅先祖之浩气，抚忆忠魂之伟绩，永承壮士之遗志，共筑复兴之大业，实乃永含灵兮清水坪里莲花池，长不绝兮朱雀起舞，天下向姓永同宗。

中华书山赋

大湖之南，日月苍穹，山岳横空，巍巍乎武陵，荦荦兮雪峰，扼川黔而蔽湖湘，临原隰始旷滋荣。峰岫峣嶷，云缥雾缈，八百里酉水西来，千里沅江东去，漭漭泱泱，若昆阆之形，起晨风于宇内，激浩荡于八荒。盖天下积储在楚，楚之咽喉在辰，云影天光，陟彼高冈，有山壁立千仞，峨然而云举者，乃中华书山——二酉山也。

潇湘之西，磅礴圣人山，天命禹敷土，随壑浚大川。三山五岳外，中华有书山，清流映左右，翰墨薪火传。金乌寤宿，二酉之山，蕴妙华之气，大化天成，斯文提挈，积卑以丰盈；沧海桑田，二酉之水，涵万象之势，浪起微澜，濡云吞雾，无态而韵极。

嗟夫，鸿蒙肇始，八蛮峒口，云卷云飞，时传轩辕黄帝，披山通道，祥土德之瑞，藏书万卷于二酉，克明俊德，教化百姓；周穆王得平凉八骏，仰观天象，俯察地理，传异书于崖壁，诚意正心，修德立义。枉渚善卷，辞帝不授，隐于二酉，厚德尚道，经纬万方，不失其序；楚之屈原，沅酉涉江，怀瑾握瑜，风禾尽起，吟九歌而天问；秦扫六合，焚书坑儒，幸有伏生，携简千余，大力负行，道出咸阳，车陆水舟，日夜南奔，藏书二酉，薪火传承，华夏文明，生生不息。

是故，千年故郡，水墨辰州，山行天地气，书藏日月光，李太白欲寄愁心与明月，刘禹锡皓天荆楚照神州，陆龟蒙五丁驱得神功尽，黄庭坚古洞寻书探奇字，王阳明杖藜虎溪致良知，张亨嘉古藏书处凭阑久，沈从文长河如诗筑芸庐，朱子沅凝眸新月下层楼。诗书礼易春秋，摩诘画少陵诗，左氏传稼轩词，纵观百家语，窅渺半晴空，空蒙象外意，辑熙且深弘。当是时，苍山点点，云海茫茫，辰州书院，文脉氤氲，崇正立德，翠山融人，妙华启智，虎溪润心，龙山诵弦，让溪听雨，崇文尊贤、鹤鸣翔云，见贤而思齐，朗朗有其声，言传又身教，淳化五溪民。万卷岩之上，妙华洞之中，映雪读史，伴月吟诗，发蒙启智，勤学笃行 ，朝圣祈福，诸境合一，道由白云尽，人随流水香，振长策于书山，负雅志于高云，浩浩乎蔚为大观也。

且夫高山仰止，天下二酉，玉屏为顶，莲花为座，烟霞明灭，泠然御风，深壑邃岸，飞阁画栋。登临送目，天高地迥，凌四隅以环拱，开八极之恢弘。曲水环蛟鳄，迢迢隐青龙，记崖溪畔纤歌凝，藏书箧中扇底风，幽幽涧谷发蒙泉，晴耕雨读与君同。乌宿人家，参差烟树，石牌沙渚，舟横野渡；湘云楚水，文谐宫律，辞中章句，素晖溶溶。春则山花烂漫，夏则百草繁茂，秋则层林尽染，冬则负雪阑珊。伏胜殿内德行天下，洋洋乎极尽经天之象；尊经阁前唯新厥德，郁郁哉弥衍纬地之雄；教授村里俊采星驰，焕焕焉唯楚有材可擎长空。

至若云开天镜，烟雨抚琴，书山有路，皓月如初，文人雅士，少长咸集，或结伴而登，筑庐而居，或临水而读，面山而吟，兀兀恒恒，壮心不已，孜孜矻矻，徒行负笈。鼓琴瑟，赋诗章，溯文脉，揽弦月，唯精一，慎厥终，淬砺致臻，天道有恒，同契涵咏，千秋永存。

嗟乎，三楚名邑，凤翥龙骧，开山大典，重启荣光，壮心宏图，烨烨煌煌。晴云翠微，书山漫步，举河汉兮光被遐荒；平芜沧渊，学海泛舟，倚朝云兮气壮炎黄。穷山距海，道必极于高明；无远弗届，士弘毅以敦行。文脉赓续，弦歌铮鸣。学富五车兮，兴国之志可昭日月；书通二酉兮，安邦之怀必襟天地。大翼垂天九万里，山河拔地五千年，延泱泱华夏之文脉，启浩浩九州之隆兴，一撇一捺是脊梁，一文一墨皆前程。中华书山，人文荟萃，天下俯仰，唯此为胜！

小雪 · 人定

然而，触目之际，家国山河，一枝一叶，家山情怀，就如有喜担着抱鸭蛋出门，一路听着小鸭哒哒地啄开蛋壳，一路听出壳的小鸭欢欢地叫，又何曾不是一种坚韧温情的自洽自怡，一种生于斯、死于斯，生生不息的烟火赓续。

如是我闻

一　我执，故执我

燠热的天终于凉爽起来。晨起，细微的曦光漫漫地泊了一地，一种庄重恢弘的朦胧，涵虚沅江两岸临水而筑的风情。诗样的婉约很快潮湿了连日来被炙烤得有些焦黄的身心。拿起花洒，给窗前的一丛细竹浇上水，原本有些微卷枯涩的竹叶，三五分钟不到便开始舒展泛青。翠然有风拂过，心旌开始活泛。宋词一样的委婉细腻，元曲一样的清澈悠扬，话本一样的丰富生动，一点一点地融浸在“竹映风窗数阵斜，一人愁坐思无涯。夜来留得江湖梦，全为乾声似荻花”的翠风竹语中。

在这样的窗下，无论多忙多累，无论是怎样的没有闲暇，我都要觅上些微时光，置身书香，竹窗书语，让自己在暖尘中微曳，在记忆处寻“常”，既盎然恣肆又谦卑寂虚。

识得梁文道缘于凤凰卫视的节目《开卷八分钟》。可圈可点的毛光头，黑边框大眼镜，宽鼻阔口，觌面相见，侃嘻聊辩，行云流水，天生一学者、书评人。所开之卷，文学、历史、科学、财经、商业、宗教，人物传记无所不包，且以最有效的方式探究思想精髓，颇有

“私想家”的眼光，带读者、受众进入一个迥异奇妙的书中世界。在书天堂里有傅月庵放下总编不做，专去做“生涯一蠹鱼”，体验“三更有梦书垫脚”的妙处；有旧金山的城市之光，有伊拉克国家图书馆馆长萨德伊斯康德的烽火守书，有亦庄亦谐的毛尖说到孙甘露，只顾在那里用他水汪汪的眼神荼毒生灵；有西方名案沉思录，有光的所在，道德的重量，也有米其林指南，好吃与好色的饮馔丛谈，直至不生气的生活，正信的佛教，可谓琳琅满目，数不胜数。

“我都知道了，这一切谎言与妄想，卑鄙与怯懦。它们就像颜料和素材，正好可以涂抹出一整座城市，以及其中无数的场景和遭遇。你所见到的，只不过是自己的想象，你以为是自己的，只不过是种偶然。握得越紧，越是徒然。此之谓我执。”此种徒然，谁人都会遇到。然并非谁人都能言及，此种镜像唯有梁文道可文可道，挺私密挺灿然地冒出值得被领略记取的光彩来。杨照说，挫折着痛苦着想念着的梁文道，理所当然开放了所有感官的敏锐，迎接并对抗这个世界，于是他自己形成了一面多棱镜，将通过他的平常混浊的光，折射成鲜丽得令人无法逼视的纯粹色彩。邓小桦说，星辰也有忧郁的影子。一个理性睿智的梁文道，平时挟泰山而超北海，原来内在也有诸种深沉的软弱，难以排解的焦虑。诸种人际必有的摩擦，原来也会如藤蔓纠缠在一个人看来水镜晓鉴的心灵里，长成一片过于深邃的阴霾。

素情自处，冷淡如一。既然我执，得走进去看看，执我一片时光，扎个猛子，私密地阅读，私密地感应。

似幻似真，似实似虚，觌面相见，安静的忧郁，理智的哀伤。无法扭转的挫败，千回百转的探问，检视自身的拷问，静止煎熬的皈依，静修禅定的敏锐，时间就在我们这边，失去影子我们就成了鬼魅。思念那“不在”的他者，反刍一屋子的记忆，人生陌落，难言隐伤，纵是拥有一座灿笑的帝国，能御千甲万敌，最后却困住了自己：真正的我为诱惑所苦，贪情逐欲，一片荒芜，寸草不生。我犯了骄傲的罪，我犯了贪婪的罪，我犯了愤怒的罪，我犯了嫉妒的罪，我犯了饕餮的罪，我犯了懒惰的罪……尤其“迷色”，因过分爱慕一个人乃至于侵犯贬低了更大的爱。这些不知来自奥古斯丁抑或是卢梭式的忏悔录风格，宿浸契阔的淡定，拯救自己的宽恕，成就了一种可怖的崇高与美。

如是我闻。自己笑，自己悲，自己吟。

罗兰·巴特在《恋人絮语》里说到“许多歌谣与旋律描述的都是情人的不在”，此种不在，即是无法穷尽，永不满足的缺憾。不可思议的，愈是想得，愈是不得，成为我者、他者的终极矛盾，一个诡局。不占有对方，却试图将对方一直默存心中。无处不在且无始无终。何苦？

凭歌寄意。总是在失去之后，我们才开始明白。午夜的钟声响起，徒然地流窜在不知名的荒原之上，一个地点的探索同样会彻底失落词语的意义。梅尔维尔的《白鲸》，亚哈船长发誓不杀死白鲸莫比·迪克绝不罢休，结果终于把他本人和船员都带向了毁灭。然而，既然其他人都死了，还有谁回来说故事呢？有时，我们要做的就是那个把故事带回来的人，同时使自己也变成故事。

康拉德，这位了不起的海员和伟大的海洋作家，结束航海生涯后一直深居内陆。他是个真正懂得海的人，他知道，人不应该爱上大海。一个遇上海难的水手或许会知道海的秘密，但他没有回来通知大家的机会。要完全认识一个人，一定得认识他的恐惧。海员不会爱上大海，相反，海是他最大的梦魇。没有一个陆地上的人会真正了解水手的恐惧。海员未必爱海，但一定爱船，因为只有船才是伙伴与依靠，是汪洋里的慰藉。

风暴过后，六百七十二棵树倒下。生灭不止，缘起性空。天日放晴，清理完毕，浑若无事，照常往来。似乎什么都没有发生，也没什么想再说了。然后，“我”独自点一根烟纪念那被遗忘的树，以及另一株树的零碎骸骨。

不回电话的必定就是主人。因为在他的眼中，没有什么不是别具意义的，简单如一声叹息、一个手势、一段短笺里的标点符号，似乎都在指示着更遥远的东西。

罗马大诗人奥维德在《爱经》里声称，凡是想知道爱情秘密的，凡是想知道如何求得爱情的，都应该来读它。结果，这本书成为他的罪证。用文字去钻研文字最深不可测的核心，擅于文字的，终将死在文字的手上。

芬妮摩尔在威尼斯跳楼自杀后留下的笔记里有这么一条写作提纲：想象一个男人生来就少了一颗心，他善良、正直、彬彬有礼，但就是没有那颗心。而从经典中复活的亨利·詹姆斯却匆匆来到她的住所烧信，急于毁灭任何和自己有关的痕迹，他的行动恰恰印证了这句断言。后来，他替芬妮摩尔用精纯的文字写的《林中野兽》成为自己的画像——一个只能害怕却无能去爱的人。用福楼拜的母亲对儿子说过的话便是："你的心早已枯死在对文字狂热的执着里"了。

如是我闻。我执，故执我。

二 不完全的明天

翠翠的边城爱情戛然而止于一句话：这个人也许永远不会回来了，也许"明天"就回来。这无异于易卜生的《玩偶之家》，娜拉出走了，以后会怎么样呢？一个不完全的明天。就像一只狗，在阳光下使劲地追咬着自己影子的尾巴，屡屡地咬而不得，最后抓狂成了一只疯狗。除非，改变心态，准确说，应是狗态。狗有时也应学学人的，得狗模人样才行，一如斯威夫特快死的时候，一个人孤独地待在房间里，无意间夹住一只苍蝇又把它放了，还颤巍巍地说：去吧，世界这么大，总有你我容身的地方。

有人问马克·吐温是否敢把人和耗子放在同一个水平上，他严肃地说，那样对耗子是不公平的。因为他把整个人类——极为公正地包括自己在内——看作是一种最低级的动物。泰戈尔也说，当人是野兽时，他一定比野兽更坏。人是动物，但还不是野兽，他还没有达到野兽的道德水平，野兽出于饥饿才行凶，人出于仇恨而杀人，甚至根本都不需要仇恨，只需要一个念想，一个契机，一个欲望，一个没有来由的闲来无事。这，多么可怕。就像梅里美的卡门，一个漂亮的魔鬼—— 一步步将老实透顶的何塞诱惑成逃兵、小偷、强盗、走私犯、杀人犯，最后当可爱的小伙儿沦为一只疯狗(即野兽)时,卡门自己的末日也已经到了。鲁滨孙从孤岛的绝对君王重返文明社会时,许多人都死了。笛福说:从此以后,我再也没有见过他们,只见过他们的三顶礼帽、一顶便帽和两只不成对的鞋子。这都是些什么呢?匪夷所思,深藏不露。及至奄奄一息的桑提亚哥最后拖回一幅光秃秃的鱼骨架,有思想有个性的菲里普·凯里套着人性的枷锁由希望而绝望,韦克菲尔德却在“我很快就回家”的逃离中哭现已不属于自己的神秘微笑,终于,爱伦·坡的“夜归人”戴着面罩死在自己妻子的枪下。

一个不完全的明天,让人浮想联“翩”,又险象环生,惊悚恐怖。如果非要述说这一切,我只能沿用因《古拉格群岛》而获一九七〇年诺奖的索尔仁尼琴在受奖答谢辞开头所说的话:“献给没有生存下来的诸君,要叙述此事他们已无能为力。但愿他们原谅我,没有看到一切,没有想起一切,没有猜到一切。”好兵帅克终于不好了,整天在为“狗杂种”伪造纯正血统证明书,尤索林被第二十二条军规悖谬得欲疯不能、欲罢不能,伍尔芙达洛卫夫人的生命在每天的腐败、谎言、闲聊中逐渐失去而萌生自杀念头,而泰戈尔的迦冬比妮唯有以真正的死亡来证明她还没有死。那些温暖的河流,霍乱时期的爱情,那些喧哗与骚动,即便山鲁佐德还在讲着一千零一夜的故事,在约克纳帕塔法,在马孔多,在命运交叉的城堡,太阳还能照常升起吗?

怎么办?我们只是影子。

今天是昨天的影子,而明天呢?一个不完全的明天呢?听听艾略特《四个四重奏》第一部《燃烧的诺顿》是怎么说的吧。“时间现在和时间过去/也许都存在于时间将来/而时间将来包容于时间过去/如果时间都永远是现在/所有的时间都不能够得到拯救/那本来可能发生的事是一种抽象/始终是只在一个思辨的世界中/一种永恒的可能性/那本来可能发生的和已经发生的/指向一个终结，终结永远是现在。”

明天，永远属于时间；一个不完全的明天，同样会指向一个终结。黑夜越深，上帝的光越近。我们期待着，虽然仍然不知道，明天到底还会有些什么。

三　在那边的城

春节前后，一个蓄谋已久的转身，将三十五年打拼的光阴严实地关在门外。所有的荣耀与光华，所有的颓唐与沮丧，全都与我没有半点关系。将手机关闭，将电话掐断，甚至拔掉电源，将自己关在一个黑暗的屋子里，清心寡欲地隔断。

位处黑暗的中心，我将拥有一座帝国之城。黑暗的深处，有人类“死亡驱动”由衷的欢呼，有灵魂放逐的双重效忠，有魔幻玄冥的希声大音，有残缺的孤独即将化为灰烬的嘶鸣。恰如一头名叫莱卡或是佩斯楚什卡的母狗，死在太空前，嗥叫了很长的时间，让人觉得“这太可怕了，一头孤独的狗，单独地在宇宙之中，嗥叫”。这双狗眼，有史以来，第一双看见地球在黑暗中冉冉迎日的狗眼，究竟充斥了什么？新奇？恐怖？留恋？希憬？绝望？欣慰？痛伤？没有人能知道。

布莱克颇带神秘忧郁地说“永勿企图说出你的爱”。未开的花可能是美的，未着纸的笔有可能画出最好的画。可是事情只要一启动，就不只可能，而且必将走向衰落与凋零。早知如此，何必当初？如果。没有如果。物质的物质，混沌的混沌。我虽千年能变化，何时秋风画扇悲？

时间以外的旁观者，不复在时间的占有里。台湾作家苏伟贞以逝去的丈夫张德模为原型，为他写了一本小说《时光队伍》，这是她的“本命写作”，一本耗尽了全身力气，穷尽了所有想象力的悼亡书。她肝肠寸断地说：“我实写你，虚构看不见的流浪队伍，同样看着你渐次往更远更深处隐去，那样的重重失落，我已经完全不想抵抗。命都拿去了，也就无所谓失不失去……我们都不信死后的世界。曾经约定，谁要是先走，而果然有魂，就回来报个信，通知一下。方法是在对方的脚底搔痒。所以直到如今，我还会把脚伸出了被子，心想，你啊你啊，不要背约呀。”怎样的恓惶，怎样的深情，怎样的念想！瞧着远方，却看不到表情。

耶稣在最后的晚餐时说：“这是我的身体，你们大家拿去吃，以后你们也要这么做，好纪念我。”纪念那一刻？纪念那一世？纪念那不曾凝固的亘古？可能吗？可能。也未必可能。世间一切，皆为背景。自己的故事才是真正的故事。

十五世纪，拜占庭帝国的最后岁月里，一座建立在记忆之上，活在废墟里（帕慕克语）的众城之母——伊斯坦布尔，曾是拜占庭与奥斯曼帝国的中心。伊士坦丁大帝以自己的宏愿树擎天巨柱，希望这个城市成为古代一切伟大都城的灵魂归宿。然而，世界无处不废墟，它们最终早已瓦解湮灭在时间的沙暴之中，唯有博斯普鲁斯海依旧忧伤地深暗、沉静。

外面下着细雨，黑暗中，我谛听得十分仔细，将自身劈成两半，一半丢掷在黑暗，一半曝晒在沙尘。

就在那边的城——吊诡，下沉，膨胀，内缩，可堪告慰。

四　就这样开始吧

“叫我以实玛利吧。”麦尔维尔的《白鲸》就这样开始了。从以实玛利自荐到“裴廓德号”上当水手，跟随亚哈船长去追击白鲸，到发现白鲸并与之搏斗，最终“裴廓德号”连同它的水手沉入大海。麦尔维尔一直在冒险，无论是亚哈船长的沉思和独白，还是裹尸布一样白色的、让人忧郁的海洋，甚至连同一只乌贼鱼的出现都带给人一种前途多舛、命运乖违、吉凶难测的强烈隐忧。虽然他明知在上帝面前，人是没有资格去思索什么问题的，思考是种放肆的行为，只有上帝才有这种权利和特权，个人所能做的只是感觉、感觉、感觉……然而，他一直那么感觉下去，而且在死后三十年“侥幸”成功了。

这的确是一个有趣的事情。

既然开始了，就没有必要惶惑甚至害怕那些无法预知的未来。很多时候，个人可能面临的最大灾难或悲剧并非来自我们习以为常的外部环境的“他者”，而是内心的桎梏、窒息、紊乱和疯狂。人只可能是自己的囚徒，别人无法拘囿你——哪怕身处囚笼。人生开始了，写作开始了，在一个可能的世界里，召唤梦境，召唤时间，也召唤思想。有人问马尔克斯，你为什么写作？他说，因为我看了《变形记》，然后恍然大悟，原来小说可以那样写。所以，就开始写小说了。所以，就有了《百年孤独》用密码写就的现实。在那个遥远的下午，从一个形象出发，用十八年时间，将自己变成了一枚吸力巨大的磁铁，一路叮叮当当地穿行于整个拉丁美洲的“铁锅、铁盆、铁钳、铁炉”之中。也有人问大仲马：你是怎么创作你的故事的？大仲马冷冷地说：你去问问一棵李子树是怎么结出李子的吧。从成为一棵李子树开始，不结李子，那还叫李子树吗？由此可知，既然做就了大仲马，不会创作故事，那还叫大仲马吗？顺理成章的事情，若非要问出个原因道道来，岂不是脱裤子放屁多此一举？天大的秘密，大概也就源于此。

辛吉斯·艾特玛托夫说：“我久久地、苦苦地寻找着这开头几句话，这些话不仅对我这部作品来说是最必要的，在某种程度上还决定了这部作品的实质，而且要从一开始就引起读者的兴趣。作品的结尾我却早已知道，我正是先知道这一切将怎样收场，只是在这之后我才开始寻找从何处开头。”“这会儿我又一次站在这幅镶着简单画框的小画面前。明天一早我就要动身回家乡去，因此我久久地、出神地望着这幅小画，好像它能够对我说些吉祥的临别赠言似的。”这就是辛吉斯·艾特玛托夫《查密莉雅》的开头，简单、漂亮，优美，让人从一开始就对这“世界上最优美的爱情故事”久久回顾，难怪这位诺奖获得者于二〇〇八年六月十四日逝去时，被吉尔吉斯斯坦宣布为“国悼日”，并将二〇〇八年定为吉尔吉斯斯坦的艾特玛托夫年。

博尔赫斯也几乎是从一个词开始去写作的，由此出发，在时间这张巨大的网里，不断分岔，不断结果，回环往复，迷失探寻。这位最后双目失明的老人说："我的感受是，头几句话应该长一点，好使读者离开他的日常生活坚决地让他置身于一个想象的世界中。如果要举个例子，不妨去看看塞万提斯最著名的小说。"他说的当然是《唐·吉诃德》的开头："曼查有个地方，地名就不用提了，不久前住着一位贵族。他那类贵族，矛架上有一支长矛，还有一面皮盾、一匹瘦马和一只猎兔狗。锅里牛肉比羊肉多，晚餐常吃凉拌肉丁……"慢慢读，你就会进入一种状态，一种虚幻的时空，扯歪了嘴巴与手脚似的被拉进去，甚至找不到往回走的路径。

小说就这样开始，并得救了，成为一个谜案，值得探究解释，咀嚼回味，深陷其中，不能自拔。

五　另起一行

暮云叆叇，人影憧憧。七月上旬至中旬，从长沙到南宁，复返怀化吉首，穿行在高楼望断的繁华城市与草木蓁蓁的深山野墺之间，自西徂东，大江流日夜，春殿语从容。各样山色水势"切切偲偲，怡然如也"。

恍然，亦欲端坐在轩辕树下，观竹简，舞剑器，倾听沧桑变幻的黄钟大吕，弹响瑶琴上的春秋传奇。"二桃杀三士"的鼙鼓喧天，刳木为舟的孜孜矻矻，旧时王榭的堂前燕，大唐将进酒的杯莫停，或掬濠上之乐，宁生而曳尾涂中，或水置座右，当欲漱石枕流。登楼清啸，莼羹鲈脍，河清海晏，光前裕后，那是自古洎今怎样的“星垂平野阔，月涌大江流”啊。

于燠热迁徙途中，览傅佩荣《重归心灵家园》，思于当今这个清平时代，作为一个人，虽无法摆脱生老病死，但依然还可探问：如何才能不虚度此生，如何使人生更有价值？合理的答案来自恰当的理解。先生以“人生如牌局”作譬。每个人手上都有一副牌，牌的大小与好坏未必人人相同，但是成功的机会却完全相同，都要自己去安排。事实上，一个人若是真正认识自己，进而充实自己，不断超越自己，他手上的王牌自然越来越多，得胜的概率也随之提高。世事繁复芜杂，穷达顺逆难以预料，恩怨离合更是无常。如此处境的体认，更需要依赖决心或坚强的意志。西方近代哲人特重意志：叔本华倡言“生存之意志”，尼采高呼“奋斗之意志”，威廉·詹姆斯首肯“信仰之意志”，马塞尔倾心“创造之意志”。合而观之，“一诚解千惑”，个人若能矢志于生存、奋斗、信仰及创造，一切问题皆可迎刃而解。

生命是欲望的实现过程，其本质似乎就是欲望不断地呈现、满足了之后，又有新的欲望出来，结果，人的一生就永远在满足无限的欲望。而生命其实是有原点的，是有原始诉求的。人，为什么是这个，而不是那个，是这些个，而不是那些个，这就有一种自我肯定及类的肯定。肯定了自我，就必然发现会有许多非自我，肯定了人这一类，就必然会发现人这一类之外的万事万物。那么又如何与之相处相谐？整体的和谐自然是最愉快的情形。可实际的情况是，内在困境无时无刻不在。人因为肯定自我，就有了从知识、道德、爱情、艺术到宗教，构建价值世界的可能。可这一切，又必得重归心灵家园，重新再回到整体，与整体产生和谐的关系。

这样的一个无休无止的过程，就有了悲剧的产生，有了被缚在高加索山上的普罗米修斯天天被鹰啄肝脏的痛苦，有了俄狄浦斯破解斯芬克斯之谜后“目似瞑，意暇甚”杳然无知弑父娶母的大逆不道。当俄逖浦斯王骤然知悉事情的真相，立刻刺瞎自己的双眼并自我放逐于荒郊野外，最后说了一句话：“一切都很好！”这就是命运，这是人类的伟大！命运原可以给你们各样的惩罚、威胁与压力，但是人一旦以他个人的勇气承受命运的挑战与压力以后，他没有跪下来向它求饶，而是站起来与之面对面沟通、交谈，继而形成对人类自身生命精神的一种深度把握，他在承受的过程里就超越了命运。如此，诸神静默，不再喧哗。

莎士比亚《理查三世》中有句话：“再凶猛的野兽，也有一丝怜悯；我，没有丝毫怜悯，所以我不是野兽！”人若失却了人性，许多时候禽兽不如。这是很黑暗很可怕的事情。这时，就需要“知其荣，守其辱；知其白，守其黑”的老子智慧了。“道可道，非常道”，“以道观之，物无贵贱”，了不得的“启明之知”。这就需要思虑人生问题的定位了：我能够做什么，我应该做什么，我愿意做什么。赫拉克利特说“人的性格就是他的命运”，那么要改变一个人的命运，可以从改变性格开始。我们常说，陶冶性情，变化气质。教育从某种角度来说，就是性格与风格的培养。性格与风格变了，命运也随之改变。

尼采曾说：“只有人类才有烦恼，所以他们不得不发明微笑。就因为人类是最不幸的、最忧郁的动物，所以他们也是最快乐、最开朗的动物。”又说:“人生是一条悬在深渊上面的绳索,要从这一头走到那一头,很危险;走在中间很危险;回头向后看,很危险;踌躇不前,也很危险。人生就是一个危险的过程。”人生一辈子,必得是走一条自己的绳索,留在这边很安全,但是人不会成长;走过去很危险,不过可以学习成长。不要奢望一个没有痛苦的人生,要学习面对考验,勇敢地站立,活出人的尊严。

我一直记得加缪曾说过一句让我沮丧透顶的话:“我能相信什么？从生下来开始就活在一个充满否定的世界里,人生有意义吗？没有。”后来,又看了《局外人》,那个希望在“我”被处死的时候,能有很多群众在旁边呐喊的人,同样让我更加沮丧,每一个人都是自己的陌生人,都会死,这个世界只是我们暂时的寄居地而已。好在,后来他在《误会》里,借用男主角“父亲”说了一句话让人略带温暖的话“幸福不是一切,人还有责任”。他后来之所以得到诺贝尔文学奖,也是因为“他的作品里面反映了现代人的良知”。

其间,真正重要的是,我必须现在知道自己是谁,正在做什么事,为什么要这样做！我应该做什么,还能够做什么！这就需要洞察人性与超越荒谬,给心灵支起一根檀香的拐杖,圣乐梵唱,萦心绕怀,寻找真正的信仰,活得根本,积蓄且迸发生命最内驱的能量,恰如傅佩荣在《赢的人生哲学》中所言:“真正成功的人生,不在于一开始就握有一副好牌;真正成功的人生是把一副坏牌打得可圈可点。”

远芳侵古道,晴翠接荒城。红树青山,斜阳古道,伴一路车轮铿锵,如丸走坂,凄惶中却也让人畛域不分了。我于诸多人生要义，只因生性愚笨，无璞玉浑金之质，探赜索隐之态，纵然焚膏继晷，亦是绠短汲深，难以顿悟开显了。汗流浃背，酷热难当，倒是多想穿越时空与曾点一道——暮春者，春服既成，冠者五六人，童子六七人，浴乎沂，风乎舞雩，咏而归。

夜深。另起一行，明天再想吧。

六　那群家伙

“最伟大的人有最高尚的美德，同时也能做最糟糕的坏事（笛卡儿）。”一直以来，哲学都像是神庙上的神谕，被人们视为神圣的却又晦涩艰深的学问，以至于哲学本身都被那些性格古怪、行为诡异的哲学家们虔诚地供奉在高高的神龛之上，神秘如雾里看花，庄严如头顶星辰，更不用说普通的平民百姓如何去亲抚去透视去把玩了。

基于此，很长一段时间，我都不敢也不愿去潜入哲学这个领地，去思考那些本不属于我，本身与我风马牛不相及的问题。直至有一天，我在乡下的田野上雄心勃勃地想撒一泡尿，一位农人掮着犁头吭哧吭哧过来问我有没有火，他想抽袋大喇叭筒旱烟。于是，坐下来。我们呼哧呼哧地吞云吐雾，无头苍蝇地东一榔头，西一斧头，柴米油盐，婆娘媳妇，麻将跑胡，白云苍狗。我忽然毫无来由地放屁崩坑：什么是哲学？农人斜剜一眼：狗屁，不就是折来折去的学问?！我一愣，落荒而逃。

这让我想到——

毕达哥拉斯——不能对着太阳撒尿。这个第一个使用“哲学”一词的古希腊人，认为智慧就是数目，美好就是和谐，因为不踩豆子而被人捉住杀掉。

赫拉克利特，人不能两次踏进同一条河流。

这位原本爱菲斯特城邦的王位继承人，爱江山，更爱智慧。他在给波斯王的信中写道：“那样多的世人生活着，对于真理和正义都是陌生的。他们由于可恶的愚昧而保持着无节制的生活和虚妄的意见。但是我呢，由于已经遗忘了一切罪恶，遗弃了跟随我的无度的嫉妒和居高位的傲慢。因此，我将不应邀请来波斯，而在此山野中满足于我的卑微，并保持我的素志。”最终，这位认为“幸福就是拥有智慧”的哲人由于长期靠吃树皮和草根度日而得水肿病撒手西去。

巴门尼德和芝诺著名的芝诺悖论——阿基里斯永远都追不上乌龟。

雅典的人们啊，你们看看这个世界，也许你们认为这个世界是多姿多彩，多种多样的，你们都错了，这个世界并不是你们所看到的那样，世界是一而不是多，任何事物的存在是永恒的，是一，连续不可分；任何事物的存在都是不动的，是真实的，可以被思想；感性世界的具体事物是非存在的，你们的悲欢离合，喜怒哀乐都是假象，不能被思想。没有存在之外的思想，被思想的东西和思想的目标是统一的，任何思想都是思想着事物的存在而存在。

还有那个脸面扁平，嘴唇肥厚，眼球突出，鼻子扁大而向上翘，有着一张奇大无比的嘴巴的人——苏格拉底，坦言“这个世界上有两种人，一种是快乐的猪，一种是痛苦的人。做痛苦的人，不做快乐的猪”。德尔菲神庙的女祭司代表阿波罗神降下神谕：没有比苏格拉底更有智慧的人了。而经过多方求证，得出的最后结论是：他之所以是最有智慧的人正是因为他自己知道自己无知。他曾在地上画了一大一小两个圆圈给他的学生解惑说：“你们的知识就好比中间的小圆，而我的就像外面的大圆，我与外界未知的知识接触得更为宽广，这更令我感到惶恐不安啊。”苏格拉底还有一句名言：好的婚姻仅给你带来幸福，不好的婚姻可使你成为一位哲学家。这也正是他自己生活的最佳写照。苏格拉底为人和善，朋友很多，但他的妻子珊蒂珮却脾气暴躁，极难相处。据说，也正是由于此，才使得苏格拉底没法待在家里，只能够长久地待在外面同别人争辩。有一次，苏格拉底正在和学生们讨论学术问题，相互争论的时候，他的妻子气冲冲地跑进来，把苏格拉底大骂了一通之后又提来一桶水猛地泼到苏格拉底身上。在场的所有人都以为他会怒斥妻子一顿，哪知苏格拉底却抖了抖浑身湿透的衣服，风趣地说：“我知道，干雷过后必有大雨。”有人询问他为什么要娶这样的女人为妻时，他笑道：“如果你能驯服一匹烈马，那么其他马又有何难驾驭呢？我能忍受她这样凶的人，天下人还有谁不能做我的朋友呢？”

还真是一位悍妇造就的伟大的哲学家。

这位一生致力于哲学思索的巨人最终为真理殉难，在雅典饮下一杯毒酒时说：“分手的时候到了，我将死，你们活下来，哪一条路更好，唯有神知道。”

苏格拉底死了，七十六年后，亚里士多德逃走了，没有给雅典第二次机会；尼采因为那匹可怜的马疯了，他的上帝也死了；马克斯·韦伯正在宣告众神时代的来临。

在时间的环形监狱，在一条大水边，在一棵孤独的树下，我似乎也在感叹马塞尔·普鲁斯特的感叹："真正的天堂是失去的天堂。"一直以来，我们在光阴平分翻转的两侧，常常是受囿于体制、现世，在桎梏中被思想，很少能思想。月光浮动的河流一次次被阻割，被干涸；剔透晶莹的薄翼，一次次被折断，被覆盖；每个人都被幽囚在生命的时间之墙里，左冲右突，却很难找到秘密的出口。其实，人虽然不能两次踏进同一条河流，但能对着太阳撒一泡尿，真是件惬意辉煌的事。无知的苏格拉底死了，我们还活着。我们没有苏格拉底的相貌丑陋，而我们的灵魂却正在腐朽溃烂。良心是一个温柔的枕头，道德是一个欲望的躯壳。午夜的阳光正在把一个个生命改变成一种种命运。

在众神瞌睡的间隙惊慌失措地逃遁。罗伯斯庇尔，这位法国大革命的领袖认为每个人的墓碑上都应该铭刻着这样一句箴言：死亡是不朽的开始。既像诗篇又像哲学的日子越来越少了，黑色的河流没有了月光的浮动，悄无声息。

说吧，记忆；说吧，遗忘；说吧，穿越；说吧，轮回。托马斯·布朗固执的声音在耳畔轻轻响起：严格地说，除了不朽，世上没有什么东西是不朽的，凡没有开始的，也一定没有终结。

丹书铁券

日览太祖高皇帝朱元璋赠第一开国功臣徐达“免死铁券”，其文曰：朕闻自古帝王创业垂统，皆赖英杰之臣，削群雄，平暴乱，然非首将智勇，何能率统而成大功？如汉唐初兴，诸大名将是也。当时虽得中原，四夷未尽宾服，以其宣谋效力之将比之，岂有过吾朝大将军之功者乎？尔达起兵以来，为朕首将，十有六年，廓清江汉淮楚，电扫两浙，席卷中原，威声所振，直连塞外。其间降王缚将，不可胜数。顷者诏令班师，星驰来附。朕念尔勤劳既久，立功最大，今天下已定，论功行赏，朕无以报尔，是用加尔爵禄，使尔子孙世世承袭。朕本疏愚，皆遵前代哲王之典礼，兹与尔誓，若谋逆不宥，其余若犯死罪，尔免二死，子免一死，以报尔功。於戏！高而不危，所以常守贵也。满而不溢，所以常守富也。尔当慎守斯言，谕及子孙，世世为国良臣，岂不伟欤？

徐达，凤阳人，授开国辅运、推诚宣力武臣，特进光禄大夫、左柱国、太傅、中书左丞相，晋封魏国公，食禄五千石，赐铁券。“廓清江汉淮楚，电扫两浙，席卷中原，威声所振，直连塞外”，“以智勇之资，负柱石之任”，为明王朝的开创立下了盖世奇功，可谓神武异常，忠诚异常，就是朱元璋本人亦盛赞：“忠志无疵，昭明乎日月”。然后，就是如此志虑忠纯之士，即便在有了“尔免二死，子免一死”的御赠护身金符下，据传，亦免不了一死——洪武十七年，因过于辛劳，徐达在北平患病，是极为凶险的背疽（毒疮），患背疽，忌吃蒸鹅，朱元璋特地赏赐蒸鹅，次年，遂卒。

搜罗一下“丹书铁券”始末：洪武二年，太祖欲封功臣，议为铁券，而未有定制。或言台州民钱允一有家藏吴越王镠唐赐铁券，遂遣使取之，因其式而损益焉。其制如瓦，第为七等。公二等：一高尺，广一尺六寸五分；一高九寸五分，广一尺六寸。侯三等：一高九寸，广一尺五寸五分；一高八寸五分，广一尺五寸；一高八寸，广一尺四寸五分。伯二等：一高七寸五分，广一尺三寸五分；一高六寸五分，广一尺二寸五分。外刻履历、恩数之详，以记其功；中镌免罪、减禄之数，以防其过。字嵌以金。凡九十七副，各分左右，左颁功臣，右藏内府，有故则合之，以取信焉。 三年，大封功臣，公六人，侯二十八人，并赐铁券。公：李善长、徐达、李文忠、冯胜、邓愈、常茂。侯：汤和、唐胜宗、陆仲亨、周德兴、华云龙、顾时、耿炳文、陈德、郭子兴、王志、常遇春、费聚、吴良、吴桢、赵庸、廖永忠、俞通源、华高、杨璟、康铎、朱亮祖、傅友德、胡美、韩政、黄彬、曹良臣、梅思祖、陆聚。

最后的结局却是令人胆战心寒。李善长，免死铁券两张，己身免死两次，子免死一次，结果全家七十余人同时被处死；蓝玉，世袭免死铁券一张，结果是灭门，株连一万五千余人死；邓愈，讨吐蕃病卒，世袭免死铁券一张，结果是长子因李善长案，坐奸党诛。查此免死铁券三十四家，本人不被杀，子女不坐胡蓝案者寥寥。能免此二劫，又不因靖难见杀者，共二家：汤和，晚年益为恭慎，入闻国论，一语不敢外泄，二子皆卒于军，孙及曾孙早夭；华高，远镇海南，无后。

呜呼哀哉，丹书铁券原来非免死，实是催命！天可怜见！狡兔死，良狗烹；高鸟尽，良弓藏；敌国破，谋臣亡。

见其由，一是帝王之术，出于巩固政权需要，可谓可以共患难，不可同安乐是也。太祖高皇帝不想让那帮“骄兵悍将”们毁了其大明帝国的基业，所以送出去了那么多“免死铁券”，“免死铁券”可以让你免死一次、二次，但绝不会有第三次！作为皇帝，最为忌惮的就是这些位高权重的功臣，是否会威胁到他的皇权，以及他的子孙。譬如，当朱元璋册封李善长为魏国公、岁禄四千石，并且把他媲美于萧何的同时，就在考虑削夺他的职权了。其入手点便是胡惟庸。胡惟庸逢迎有术，系一宵小之徒，由于李善长的提拔，才步步高升，终成“一人独相”局面，把持朝政多年。朱元璋为人生性多疑，在任命胡惟庸为左丞相同时，重新起用汪广洋为右丞相，利用他和李善长的矛盾，互为牵制，监视胡惟庸。洪武十三年，朱元璋以“擅权植党”名，处死胡惟庸，诛杀僚属党羽及其家属一万五千余人。洪武二十三年，胡惟庸党案逐步升级为“谋逆”，并且牵连到李善长等人。于是，李善长的杀身灭门之祸由此必然而来。二是，引蛇出洞，甚至纵容其“谋逆不宥”，使其死有余辜。上帝想灭亡一个人，必先使其疯狂，必欲使其为所欲为。胡惟庸的死，是其咎由自取，无可非议。刘基就曾提醒过徐达：残棋半局，车无轮，马无鞍，炮无烟火卒无粮，喝声将军，提防提防！可在莫愁湖畔的彼时彼刻，就是生性沉稳谦卑的徐达也有骄矜的一面：古画一轴，龙不吟，虎不啸，花不闻香，鸟不叫，见此小子，可笑可笑！故，时有语：湖本无愁，笑南朝迭起群雄，不及佳人独步；棋何能胜，因残棋误投一子，致教此局全输！居庙堂之高日久，且又有免死铁券，自然会言行不检，形容跋扈，常显功高盖主之态。得之高信，甚至有恃无恐，身家性命也就岌岌可危了。“福兮祸所伏”，凿言甚是。

所以，当朱元璋向刘基提出丞相人选“杨宪、汪广洋、胡惟庸”三人时，刘基一一否定：杨宪有相才而无相器，做不到“持心如水”“以义理为权衡”；汪广洋过于偏浅，还不如杨宪；胡惟庸则好比一匹劣马去驾车，必然会翻车坏事。于是朱元璋感叹道：“吾之相，诚无逾先生。”刘基诚恳辞谢：“臣疾恶太甚，又不耐烦剧，为之且辜上恩。天下何患无才，明主悉心求之。目前诸人，诚未见其可也。”刘基的见解是高明的。一方面，从大局考虑，不撤换李善长，有利于政局稳定；另一方面，他已经萌生退意，仿效张良，急流勇退，不想卷入权力漩涡，招来杀身之祸。这位再世孔明，果然有先见之明，朱元璋心目中的人才——杨宪、汪广洋、胡惟庸，先后受到重用，也先后被朱元璋处死。刘基如果出任丞相，恐怕也是凶多吉少。

刘基足智多谋，心明如镜，虽能料事如神，不过，伴君如伴虎，最终依旧难以善终。

免死还是催命？其实，远离权力、权利与是非圈子，不自恃，不仗势，不自欺，不欺人；做平常人，思平常事，怀平常心，过平常日子，这也是一个不错的择取。能坐言就坐言，能起行就起行，不做能坐言而不能起行的人,不做能起行而不能坐言的事。

“世界上最光辉最宏伟的事业就是使个人站立起来！”一八三七年,爱默生在美国发出了这声呼吁,这话有道理。泰戈尔说:“鸟的翅膀绑上黄金,它还能飞远吗？”这话更有道理。

遥远的下午　想起一个人

多年之后，我不止一次地想起一个人——一个与我没有丝毫关系的人。

一九八六年的六月十四日，我丝毫都没有意识到这个日子会有什么特别。这一天，我正在讲台上冠冕堂皇地上我平生的第一堂实习课，紧张、不安、惶恐。讲台下面黑压压一大片的头发，与同样黑压压一大片的眼睛压迫着我，让我喘不过气来。然后开始汗流浃背，当我不得不去擦拭那快要淹没我双眼的汗水时，竟然错把黑板刷当手绢，沾在黑板刷上的粉笔灰，把我弄成了非常彻底的花里胡哨，最后，满堂的哄笑声，同样彻底地淹没了我前所未有的狼狈与内心的疼痛。

我不知道那天怎么了，怎么会那样荒唐恐惧与不堪入目。

之后的近二十年光阴，我一直痛恨这个日子。虽然，那一次的狼狈肯定有一个理由。但我总觉得在这个理由背后，绝对还会有一个理由。

再后来，那个与我丝毫没有关系的人，总在黑夜里将我弄得神经错乱，欲生欲死，惶惶不可终日，他将我的时间维度彻底颠覆，让我颠倒黑白，弄不清过去、现在与未来，他将我毫不留情地推入了神秘、怪诞、充满虚幻又不乏真实,既像地狱又像天堂的迷宫中,使我在阴阳上下之间,上不沾天下不沾地。

每当黑夜降临，我用我那可怜的煤油灯点燃一丁点光亮,猥琐地袖着双手看书，或是战战兢兢地备课批改作业，甚至晚上睡觉都不敢熄灯。我害怕他的到来,害怕他带来的那些悚人的故事、场景与神经质般的错乱、迷惑。然而当害怕成了一种习惯,我却又隐隐地盼望着他的到来。之后很长的一段时间,说来也怪,只要我想,他真的就会来。

每到深夜,他都会鬼头鬼脑悄无声息地来,不等天亮,就会大雪无痕悄无声息地去。十足的一个幽灵，害得我常常要念祖上传下的“金光咒”:人魂在上,鬼魂在下！人魂在上,鬼魂在下!!!

每晚,他都将一些神奇怪异的故事撒落在我面前,丝毫不管我喜不喜欢,愿不愿意。

他说。他有一个哥哥叫斯蒂安,一个弟弟叫埃杜阿多,哥哥与弟弟同时爱上了一个女人胡莉娜，于是哥弟俩产生仇恨情绪,可是为了维持亲情，兄弟俩又合议后把她卖给妓院。可之后又忍不住，分别以种种理由光顾那里，他们依然无法摆脱这个十分折磨人的困境,当兄弟俩在妓院里不期而遇时,互相开始为她吃醋,最后,哥哥重新掏钱把这个女人赎了回来,然后狠下心,杀死了胡莉娜,哥俩于是抱头痛哭。

兄弟俩为了给感情找一条出路,似乎只有杀死这个女人才是最好的结局。我问他为什么会这样?他悲伤地说,必须这样。你怎么不去劝说劝说,难道没有更好的办法?我气冲冲地问。他油腔滑调地说，当然会有更好的办法。我问，什么办法？他竟然也气冲冲地说，我不告诉你。

由此，害得我高声痛骂，捶胸顿足，通宵失眠，不知所措。

他说，他有个朋友叫达尔曼，在一家小酒店吃饭时，受到当地几个雇工的挑衅，达尔曼决定克制自己，一走了事。可酒店老板的好意劝解，却让这场挑衅升级，雇工要与达尔曼决斗，偏偏旁边有一个素不相识的老头儿，及时地给达尔曼抛来一把亮闪闪的匕首，最后，他们出了店门，如果说达尔曼没有希望，他至少也没有恐惧。他跨过门槛时心想，在疗养院的第一晚，当他们把注射针头扎进他胳臂时，如果能在旷野上持刀拼杀，死于械斗，对他倒是解脱，是幸福，是欢乐。他还想，这样的死亡正是他要选择或向往的。于是达尔曼紧握他不善于使用的匕首，向平原走去。我怒气冲冲地问他，为什么不阻止？为什么要这样？他看也没看我一眼地打了个呵欠说，天要下雨，娘要嫁人，我不告诉你！

他说，他们镇上有心狠手辣的解放者莫雷尔，有女海盗秦寡妇，有皇家典仪师小介之助，有圆形废墟中的魔法师，有交叉小径的花园，花园里有老虎的黄金。还有许多许多神灵幻化的东西，让人目不暇接，目瞪口呆。

他说，时间对于我们来说是一个颤抖的、严峻的问题，也许也是抽象论中至关重要的问题。我们是由时间做成的，造成我们的物质就是时间。否认时间的继续，否认“我”、否认宇宙，这都是表面上绝望的表现和神秘的安慰。我们的命运并不因为它不是真实的而令人毛骨悚然，我们的命运之所以可怕正是因为这是实实在在的现实。

他说,时间是造成我的物质。时间是吞噬我的河流,而我正是这河流;时间是摧毁我的老虎,而我正是这老虎;时间是焚烧我的火焰,而我正是这火焰。世界的可悲在于它是真实的;我之所以可悲正是因为我是我。

最后有一次,他神秘兮兮地对我说,一次在城南靠近宪法火车站的地方,我莫名其妙地感到我超越了时间。我努力捕捉这种感觉,但它来无影去无踪。我为此写过好几首诗,但它们写得一般,没有道出那次体验。我没法将这种体验讲给你听,因为我没法重新把它讲给我自己……我记得圣奥古斯丁说过,何谓时间?若无人问我,我知之,若有人问我,我则愚而无所知。我想时间的问题是一个真正的问题。时间问题把自我问题包含在其中,因为说到底,何谓自我?自我即过去、现在,还有对于即将来临的时间,对于未来的预期。如果我们知道了什么是时间,我们也就知道了我们是谁?

他把我彻底地弄成了神经病。

这家伙深不可测,他终归注定要与人类的体验——思想和本能、个人和社会、生活和梦想——掺合在一起。他所言所行的形状让我一时间摸不着头脑,在他那个玄秘的世界里有无数的猜想、假设,有思辨、纯理论研究,有定义、主义和似是而非的道理;他有时安静而冷静,他有时不可思议地为世界悲哀。世界是美丽而多愁的,而那树荫最深处的忧伤却是一种神秘与虚妄。他一天天地在我面前诉说,在我面前飘浮,把持住了在我看来是无由无限的神秘，并探索出了于悲哀中升华的沧桑与美丽。最后，在榆荫下的黄昏里，他掷给了我一首诗，风一样地走了：即使是无华而又平淡/日落也总是感人的景观/然而，更能让人动情的/却是夕阳最终沉没之后/那将原野染成锈色的/余晖残焰/那光焰浓烈、多变，让我们的心灵震颤/那光焰将黑夜恐怖/遍洒于整个尘寰/在我们发现它的虚幻的刹那/那光焰却消隐在转瞬之间/就好似当我们意识到自己在做梦的时候/梦境就会消失得无影无踪一般。

我榆木脑壳似傻非傻地端坐着，纵身到学校旁边的小溪里，净身无由地细嚼：这家伙，竟然在诗中呈现了一处多么美丽的景致，一份多么忧伤的情愫，一种多么不可捉摸的神秘。

人生总是虚幻多过真实的，诸多现在看来实实在在的形象都会在岁月里逐渐消隐，我们的旅程既长又短，在后来许多颠沛流离的日子里，我一直在颠三倒四地寻思，人一辈子真的是长不过时间，宽不过空间，一切的最终归宿都是黑暗。但，人总还是要继续在梦中扮演既定的角色，在无路之中唯一的出路，是找出自己身上的虚幻，回归到现实之中，生活在别处，死在不死中。

多年的时光，那个与我没有丝毫关系的人，那些故事，那些场景，那些片段，那些草稿，那些轮廓，那些遥远的影子一样的人物，如梦魇般地来了去，去了来。

那家伙每一次的飘魂，都让我亡魂。二十二年后，我终于知道，一九八六年的六月十四日，就在我用黑板刷擦脸的时候，那个家伙死在燠热潮湿的美洲大陆，球星马拉多纳的国土上，伴随他的是双目失明、高龄、疾病和布宜诺斯艾利斯最后的激情。

怪不得，那天我会那么惶恐，那么不安，在那么狼狈之后会是那么的疼痛。

也许有些东西是不会跑的，它们就在你眼前，但你还是无法抓住，因为它们随时都可能转身离去，或者永远亮在“玻璃的另一边”；这么一个与我没有丝毫关系的人，他从来不通过把什么推到很远让我抓不着，相反，他总是把那些玄幻的东西什么都推到我的眼前，看上去一切都显得那么活灵活现神秘幽冥，似乎伸手可及，却又永远抓不着。

我不知道他与他的这一切，从何而来，又从何而去。

这个人到底是谁？

他说，我不告诉你！

自然，我也无法告诉你！

青，出于蓝

冬至时节，原本薄雾浓云的，寒凉得很。说来也怪，当我读到张雪云刚刚出版的散文集《青寨》时，一些干净、透明、简洁的阳光，从云隙中斜斜透下来，照在窗前草舍如篱的丛菊上，暖乎乎的，温润，纯粹而阔绰。

时间的树下，依稀记得，四年前，她的散文集《蓝渡》入选中华文学基金会“二十一世纪文学之星丛书”，以对土地与自然的真诚守望而发声，突显出一种浓重的乡土精神和自我意识的表达，具有个人独有的感念和意蕴，情致意绪，往往能随风写意，随地赋形，且始终以生命体证自然万物，不华丽，不浅薄，不平庸，不浮华，不矫情，不甜腻，没有脂粉气。叙写山乡风情，用语节制，富有韵律；抒情议论，明净高远，苍凉厚重；浸润亲情，深沉内敛，朴实真诚。整个行文，既有自己抱朴守拙的眉眼俊俏，又有清白厚实的细腻庄严，给人一种秋水文章不染尘的清新明亮之感。

四年后，她的散文集《青寨》入选中国作协二〇二三年度“铸牢中华民族共同体意识·中国少数民族文学之星丛书”。这一次，她由溪而入江河，随山刊木，将自己鲜活的文化自觉与生命融入到村寨里的每一棵树、每一丛草、每一簇花、每一片云、每一个人，用心灵应有的澄澈、怜爱与慈柔，生命应有的温度、深度与厚度，从原生态的自然山水之中，从非遗文化的活态传承之中，从烟火日常的简素生活之中，寻找回乡的路径，见证这一方水土，洞见这个时代，淬炼生活的意义，烛照尘世的光亮，将芸芸众生骨子里的坚韧，血脉深处的精神图腾，乡村风物的沧桑之美，清波微澜的厚重文化，诸多乡村与城市，传统与现代，彼此碰撞融合的生存哲学，心灵轨迹与生命感悟互为一体的智性力量，进行了一次深情浅语的集中书写，万物有情，万物有灵，众生太美，厚重而灵动，典雅且清奇。

由《蓝渡》而《青寨》，显然，青，出于蓝。

叶梅老师在《青寨》的序言里指出：《蓝渡》，是作者对家乡的守望，也是她从一条小小的蓝溪出发，寻见光阴的渡口，度人，也度己。每个人心中都有一个属于自己的渡口，从此岸到彼岸，她为更多的人划起了摆渡船。而在《青寨》里，一个个时间沿岸的村庄正在蓬勃生长，她将自己浸透乡愁的灵魂融入到大湘西的村寨，以一个游子的深情，描述着乡土生命的姿态、声音和温度，寄寓了真挚的凝思及发现，是作者写给乡村故园、血缘亲情、写给人文自然、历史记忆，写给自己的过去与未来，也是写给时间停留在人间的另一种形态。

此话，真是一语中的。

青寨，其实，并不是一个具体实在的寨子，而是作者给村庄起了一个自己想要的名字，或者说塑造一个自己想要的村庄。因为大湘西先前的村村寨寨，大抵多是木屋小院，青瓦覆顶，远山青黛隐隐，近水青碧迢迢，男人喜欢穿藏青色的对襟上衣，上了年纪的女人喜欢包青丝头帕，偶有院墙，也是青砖砌就，山间多水雾，多青色烟雨，五大三粗的男人平常吃饭，多喜欢端了青花大瓷碗蹲在门槛上扒拉。后来，因为作者知道了“雨过天青云破处，这般颜色做将来”的典故，知道了汝瓷的“青如天，面如玉，蝉翼纹，晨星稀，芝麻支钉釉”，又听了“天青色等烟雨，而我在等你”的歌，于是心里便暗暗地给所有的村子取了个只属于作者一个人的名字：青寨。

由此看来，青寨是一个寨子，又不是一个寨子，它是你的，也是我的，更是大家的，它是大湘西深处，乃至整个湖湘大地青绿山寨的一个缩影，也是人们共有的心灵故园。青寨里，有汉族，有苗族，也有土家族等诸多的民族，一眼望去，山外有山，山上有山，山搂着水，水抱着山，山水相偎相依，如胶似漆，山水之间有着无尽的柔情蜜意与沧海桑田。青寨里，有各种各样的腔调，是一个人的归途，也是来处，每一声腔调都温温热热，苍苍凉凉，每一次举手投足都可以把人的魂魄带走，每一处颦笑都可以让人的灵魂轻轻浮起来，往那幽深的寂静里去。在风里，在雨里，在光里，于青寨，每次都能听见苗银苗饰的叮当，木叶声声的悠扬，渔鼓敦厚的回荡，三棒鼓的又唱又耍，傩舞傩歌的铿锵有力，辰河高腔的人声鼎沸，每一声都传递着生命丰沛的活力，每一声都渗出山川大地不朽的精魂，让人心跳怦怦地阅读四季，理解生死，学会感动，找到回家久违的路。

《青寨》全书分为家园、凝眸、传承、回望四个小辑，呈现的内容丰富多彩，有村庄、有城市、有河流、有山脉、有历史、有文化、有老人、有小孩、有老师、有学生、有木匠、有画家、有歌词创作者、有非遗传承者，每一个山川风物人事的背后，都渗透浸润了有作者精神世界的柔性、韧性、广度和深度……因为一条埋伏在中年里的河流，奏出了青寨里各式各样的腔调，月照兰草溪时，她在五保田看近处的泸溪，在最初的尘埃里闲时立黄昏，发现树树皆秋色，没有一块土地是慌张的。她无数次跋涉在父亲的蓝溪与母亲的沅河，站在青寨的台阶上，五月辰河看龙腾，有时又会迎着腊尔山的风回到惹巴拉，探究比耳的竹艺，小枫溪的三月，舍南舍北皆春水时，齿痕处处，吾心吾愿，又唱十八洞；在时间沿岸的村庄回望山河远阔，有的城邑居千年，有的以春天的名义完成一次昭山之隐，有的清风与归时，江皋月华云渺苍，更多的是行走潇湘，看烟火老街，听一脉江声下洞庭。作者用水做的柔眼去发现，用山做的峭笔去记录，用敏锐的心灵去感应，向故乡的土地致以深深的敬意和沉沉的爱意。眼下的一切，各种青出于蓝而胜于蓝的事事物物，无不在作者的心底扎了根，破了土，发了芽。青天云畔，渚洲水汀，一招一式，一板一眼，此去经年，无论身在杏花春雨的江南，或是骏马秋风的塞北，无论置身于草长莺飞的春天，乱花照眼的盛夏，或是落叶纷飞的深秋，泥炉微火的寒冬，青寨，都随了一丛花香，一阵蜂鸣，一声腔调，魅惑她整个笑青吟翠的生命。在一个人的青寨，风来风去，云卷云飞，既陈旧，又新鲜，见天地，见万物，遇见苍茫的自己，美得让人心痛。

正因为如此，《青寨》一个十分突出的亮点与特色便是，作者花费了很大的笔墨,用朴实灵动的文字,精心描摹出湖湘大地“非物质文化遗产”的别样精彩,体味出非遗传承的“艰难困苦,玉汝于成”,对非遗文化独一无二的理念、智慧、气度、神韵、内涵、价值意义以及创造者、传承者、保护者,进行充满敬意的细致叙述和真诚抒写。在灯火可亲的非遗文化传承中, 当春天的苗鼓咚咚地响起,跳花灯操的孩子们翩翩起舞,有人在素心素绣,有人操着一种叫“密基撒”的语言传递着一个民族的生活密码,有人刀锋所向,行云流水般地“踏虎凿花”, 有唱着阳春里的阳戏,让心灵丝丝入弦,有人编织着西兰卡普摆手成舞,还有人手捧花瑶之花,在自身的纹路里找到一条命运重返春日的捷径。腊尔山的蜡染、比耳斫竹所编的青篮,四十八寨盛大的赶歌会、芷兮胡杨的石雕,以及无数的木匠、岩匠、篾匠、铁匠、银匠、瓦匠、箍桶匠等民间匠的烟火日常,都在凝眸的停云时雨中生动呈现。

非遗,作为一种活态的文化生命,不论是色彩的、声音的、姿态的、形象的,还是一种节庆,一种习俗,一种仪式,都蕴含有独特的地域历史文化风情之美,具有不可替代的价值。譬如绍兴,其地域文化的代表往往并不是鲁迅,不是阿 Q,而是莲花落、乌篷船和梁祝传说。然而,非遗在种种不可逆转的时移事易中,一旦传承受阻,瓦解失散,了无存证,便是真正的消亡。所谓“五里不同风,十里不同俗”,非遗的传承关键是技艺,技艺是非遗的生命。一个传人,无论是舞者、绣娘,或是艺匠,他们身怀独门绝技,技艺炉火纯青, 这是一方古老土地独特的人文创造, 代代传承并极其珍贵地保留在他们身上。正是在这个意义上, 作者以一种十分难能可贵的文化自觉，怀揣敬意与真诚，用心用情，凭借一支劲健葳蕤的笔，从某一场景，或某种情绪切入，深入挖掘人物和故事，实现对非物质文化遗产背后历史文化的记录、呈现、探寻与思考，从而拥有了一种文学与非遗的相遇、相知、相融与相通，突显出一种非遗文化、非遗文学独特的性质、意义与价值，实在是善莫大焉。

由于作者素怀一颗善良与悲悯之心，有着开阔的思想与真挚的情感，注重在"情感"上立足，写出它的色彩、温度，乃至生命，既因物生情，"思君如流水"，又以情迁物，"感时花溅泪"。因此，作品无论是在语言、格调、还是结构、布局上，都有一种灵魂的在场，打通历史、连接历史，从生命出发，一次又一次将自己更幽深、更个性、更独特的精神历险与灵魂体验浸润到写作对象中，且努力做到自然自性，浑然天成，一如苏东坡所说"行于所当行，止于所不可不止"，唯有这样，才能文理自然，姿态横生。

《青寨》里的文字，本色、朴素、自然、流畅、干净、灵动，在貌似娓娓道来的平常中涵蓄着丰厚的底蕴和雅致的趣味，显出一种经过锤炼之后的精雅之美，又具烟火之气，让人品味不尽。同时，又有着相当的"代入"与"介入"感，重在我观、我感、我思，致力于把文学还原到生活中去，用真切的生命、真挚的感情，散发出恰到好处的泥土味和五谷杂粮味，不使劲、不刻意、不矫情、不营造，更无须"绞尽脑汁"。大气宏约时，可以铁马长风，绝尘千里；温婉旖旎时，又可以款步软语，细腻灵动。在用颤抖的心写出泣血文字，和用恬淡的情描出宁静风物之间，她似乎可以轻松自如，自由切换，内心想要的乡土大地，清风明月，都能给到你，长歌短调，宏微交融，才是最自然最美丽的风景。这，大概就是清刘熙载《艺概》所言的“纷者整之，孤者辅之，板者活之，直者婉之，俗者雅之，枯者腴之”，剪裁运化，切莫呕心并刿肺，须知妙语出天然。

《青寨》里的村庄，无疑是一个人或者一群人的史诗，所有人的喜怒哀乐，所有人的春夏秋冬，所有人的生老病死，村庄总会静静地聆听，默默地注视，并包容着万物日复一日的生长。从男人的一根扁担，挑天挑地挑日月，到女人的一只背篓，背风背雨背人生。她知道应该怎样停下来，好生看一看这片曾经苦难的土地，当微微的风，从她的双肩拂过，她分明感觉到，这是五千年前瑟瑟的风，正缓缓经受漫长时光的研磨，其来有自，峥嵘抵达，如今，温温的，暖暖的，清香四逸，鸟声充沛。她写她的三伯父，花甲之年终于入了党，他开心得像个孩子，逢人就把他那枚红闪闪的党徽亮出来，徽章别在胸前，那是他一身最耀眼的行头，这让一个老人，走起路来腰杆都直立着，总有雄赳赳气昂昂的自豪。母亲的沅河，阔达、宽泛、丰富；父亲的蓝溪，蜿蜒、曲折、幽窄。一个人将镂空的心思，付之于山川、河流、大地与花鸟，剪刀之上，小心翼翼地，剪出阳光与土地，剪出风雨与节气，剪出时间与空间，剪出日子和生活。剪刀之下，心无旁骛的，裁出一地命运与传说，一缕炊烟与念想。

也许，在人们心目中，早已习惯了大湘西的地理和人文属性，即山高路险，交通闭塞，楚风流韵中，多奇谲，多魔幻，诸多民俗，真真假假，虚虚实实，神秘莫测。人们惯常了解的湘西，多停留在沈从文的书里，黄永玉的画里……美丽与神奇并存，血色与匪性交融。印象中,上山割茅打草时,隔了溪,隔了山,男女老少扯天扯地对唱山歌,让面朝黄土背朝天的日子有了悠扬的腔调;赶边边场时,"队队银圈戴满肩,谁家娇女正翩跹"的苗家女孩儿,将世间的色彩穿戴在身上;高亢尖厉的梯玛神歌在漆黑的乡村夜里凄神寒骨;深远的苗族古歌暗含着一个多灾多难不断迁徙的民族沧桑;盘瓠的传说演绎出远古洪荒的脉动;土家先民的生活歌谣在摆手堂前如山野的天籁唱响;成群结队的苗族山歌是不绝的咏叹;飙滩抢滩的船工号子成为山水的绝响;新岁展庆时,此起彼伏的山村镏子声一浪高过一浪;峰回路转的咚咚喹总是摇荡着人们的心旌;新娘哭嫁是岁月凝成的离歌;结草为服,抖肩沉臀的毛古斯舞是五溪蛮地的活化石;红灯万盏人千叠的摆手舞是一场人神共娱的狂欢;苗鼓声声越千年,轰轰隆隆,覆盖大地,席卷长天;绚烂的挑花,经三纬四,穿针走线,一朵朵,一枝枝,闪耀在苗疆峡谷山间,其实,当新的时代来临,如今的青寨,它已逐渐告别过去封闭、落后、贫穷、野蛮的印象,生态、丰富、包容、发展成为新的名词。寨子里,一天到晚都是川流不息的路人,车水马龙的街道两旁,各样新式的楼房,大小不一的酒楼,鳞次栉比的铺子,里间悠悠扬扬的多是流行的歌曲,休闲绿地上人们跳起了欢快的广场舞,月明星稀的夜晚,家家户户的窗户里映出明亮的灯光。

大自然的一次次轮回,时光不可回避。帕慕克说:在我们的一生中,会发生成千上万件被忽略的小事,只有文字才能让我们意识到它们的存在。去往青寨的路径,也许有很多,可以沿着《诗经》里的蒹葭水岸而行,可以沿着屈原的追问逆流而上,可以沿着沅江西水的汩汩清流而往，也可以沿着绵延苍茫的武陵山脉而去，然而，触及满目的青山，蹚过清冽的溪泉，要想探索青寨人的灵魂深处，仍有很长的路要走，一如俗话所言：即使走遍千山万水，也很难走遍自己，更何况一个个青寨、一群又一群青寨的人？

因为热爱，所以丰盈，为时代抒写，与人民沉思，这或许，会成为张雪云此后余生的要义。一切的一切，皆源自春风大雅，清风于归。于山川万物之中，保有一份自观；于生活的洪流之上，保存一份自省；于写作的征途，保持一种自砺。

蓝渡、青寨，之后，张雪云的下一部散文作品，又会是什么呢？会是紫墟吗？

如此想时，我竟然有了一丝期待，一些山水相逢的命运，一些可以时时供奉的古老血统，一些可以滋养未来的符号，一时间，在冬至之后难得的阳光里，暖暖的，静静的，有了某种惊鸿的模样。

在路上，沾满秋天的水分

这个春天，先是下了一场苍茫的暮雪，然后是冻雨，之前或之后的一段时间，许多五花八门的方言都被困在既定的路上。风向朝西时，屋后与时间相依为命的楮桃、苦楝树上，几只灰灰的青菜雀瑟瑟缩缩地东张西望，似在提前探望通往春天的路径。趁着雪色，我小心翼翼地辨认着它们，它们也提心吊胆地望了望我，彼此都气喘吁吁的，特别期盼能在某个恰当的时候，一起被暖阳照耀，被春风吹拂，被月光和星辰收留……

眼前，通往田野的雪径，细而窄，幽而远，覆了零乱的草茬，虚蒙蒙的。一阵雪风，从遥远处刮过来，又向遥远处刮回去，恍惚中，一些人，一些事，沿着这一条条隐约有致的路，小径分岔，不断地出出进进，来来回回，每一个脚印都是一粒符号，每一处路途，都是一种命运。人来人往，花开花落，万事万物，卑微与高大，存在与消逝，蒙昧与觉醒，出发与归来，每一次邂逅，每一次转折，每一次兴奋，每一次伤痛，莫不都在被日子揉皱，却依然散发自身光芒的路上。

李一鸣老师的散文集《在路上》，正是这样一部可以被月光和星辰收留的作品，以深邃的哲思、精粹的语言、寥廓的格调，呈现出生存的坚韧、生活的沸腾、生命的昂扬，透出一派静气、雅气、朝气、大气与贵气。无论是精神的“逆旅”，或是人生的“苦旅”，无论是精神的困顿、思想的困惑、生活的困窘，或是理想的困境，都在朴素而灿烂的诗性文字里，或清澈，或明秀，或性灵，或奇峭，穿梭于时空的隧道，有我，主真，由自，形成自己独特的价值判断，承载着超拔的智慧与情感，引领人们重新审慎生命的际遇、逼视内在的灵魂，跨越历史的长河，思考人生的意义，找寻到一种行者无疆、弦歌不辍的力量，散发出极目千山万壑的璀璨霞光。

乱山乔木，碧苔芳晖。好的作品总有一条属于自己的阿里阿德涅之线，隔而未隔，界而未界，少有道契，终与俗违。作者往往会用一双锐眼，洞穿人心，寻找到人性的精神所在，探究出灵魂的上限与下限，凭借超逸的精神海拔，创造出深度的意象，来表达思想情感，启迪与引领读者如将白云，清风与归，或若有所思，或不言自明。李一鸣老师的作品，处处流淌出思想与智慧的光芒，每个文字都似从鲁北滨州出发，过无锡，临章丘，越彭山，复经黄河口，直抵北京的鲁园，有着李贺式的“向前敲瘦骨，犹自带铜声”。远眺华不注，孤峰拔地，兀兀独立，似一个含苞的花骨朵，翠黛蹙聚，引得郦道元、李太白、赵孟頫、孔孚等为之倾心、倾注，兼有忠与孝为之氤氲。岁月如风斯年远去，雪中的华不注，苍然盛放，而目之所及的山水最终活在文化里，活在人的情感里。无锡，泊在阔大摇荡的水中，是自然山林中的大景致，只是一路游去，是景改了，还是人变了？物是，人在，只是时光，时光这无赖，摇落了花，摇老了树，摇走了人的青春，最终改变了这个世界。而在所有的遇见里，一样的成长，不一样的故事，吾之止水，又在哪里？在离彭祖墓不远的养生殿里，当许多人面对彭祖养生十三法图解，驻足揣摩，流连忘返时，作者却猛地掉转头，快步走了出去，只因如彭祖，在他的一生中，先后竟有四十九个妻子，五十四个孩子去世。生离，令人黯然神伤；死别，必定撕心裂肺。如此，其痛若何？其悲若何？充满痛苦的长寿又意义何在？四十不惑时，自作八句座右铭：沉稳不浮，冷静不躁；智者不忧，勇者不惧；临之不惊，加之不怒；坚忍不拔，自强不息。如此林林总总的哲思意蕴、生命意识、悲悯情怀、文明视角，遍布于字里行间，以文化人，以艺通心，令人看清世界，认识自己，不役于物，不囿于心，不困于情，不滞于行。

韩愈在《答李翊书》中说："气，水也；言，浮物也；水大而物之浮者大小毕浮。气之与言犹是也，气盛则言之长短与声之高下者毕宜。"所谓气盛言宜，"气盛"即情绪饱满，思想充实，"言宜"乃语言合适、准确。"言之长短"与"声之高下"，或一泻千里，或戛然而止，一如画舫笙歌，骏马收缰，可长则长，能短则短，运用之妙，存乎一心。李一鸣老师的作品，语言精粹、鲜活生动，行气流转、顾盼有情，既绵密醇厚，又雅致细腻，豪放处金声玉应，婉约中清新明快，情中有理，理中含情，字立纸上，行于所当行，止于所不可不止。如《远眺华不注》开篇一句：济南北，历城界，黄河南，一山奇崛，名曰华不注。短短十二个字，即将华不注的地理坐标，山川形势交代得清清楚楚，可谓惜字如金，敬字如神。《忆江南·过无锡》开篇只一句：一座城，泊在阔大摇荡的水中。有动，有静，有辽阔，有聚焦，有画面，有意境，让人想象无尽。然后写文天祥三过无锡，两度经过黄埠墩，复言：黄埠墩的大气象，在于顶天立地的文天祥；端严正大的“正气楼”才是黄埠墩高昂的头颅。当文天祥被幽禁在四面环水的黄埠墩上，面对元世祖许以“元朝宰相”的劝降，他望着草木茫茫的锡水，慷慨陈词：“但欠一死报国，刀锯鼎镬，非所惧也！”一边是生，一边是死，一边是相位，一边是地狱，他舍弃了生，选择了死，成就了永生。整个文字如黄钟大吕，载瞻星辰，体素储洁，乘月返真，且回响出瑟瑟浩荡的金石之音。而在《每逢暮雨倍思卿》中，作者感慨王朝云陪着苏东坡一路相随，密州、徐州、湖州、黄州、惠州，谁料造化弄人，最后不幸染疫卒于惠州：西湖孤山南，塔下松林中，埋进了那个长袖徐舒、轻盈曼舞的人，那个黛眉轻扫、楚楚可人的人，那个空谷幽兰、清香幽幽的人。惠州真的有幸啊，一自此人谪南海，天下谁敢小惠州！行文细致婉约，情思绵绵，恰如采采流水，蓬蓬远春，风日水滨处，碧桃满树，如逢花开，如瞻岁新。作者无论是小时的串杨叶，沿着上学的路走向远山，还是野地漫步听黄昏，九月彭山访故人，无论是话说那个鬈发同学，还是忆及岳父的眼神，以及坎坷创业的表弟，用语满含深情，如水流花开，清露未晞，犹之惠风，荏苒在衣。即便是在苏州旅途萍水相逢的过客，仅一笔：一个客房四张床，那晚住了我们两个人，同舍的似乎是个中年人，高、瘦、黄、皱，头戴一顶苇笠，一句话也没说，只是看了我一眼，点了点头。一个可以想象的饱经生活沧桑的中年男人，便栩栩如生，跃然纸上，亦荡漾在读者心中。

风物长宜放眼量，一个人的格局与格调，会直接影响作品的高度、深度与广度。清人薛雪在《一瓢诗话》说：“畅快人诗必潇洒，敦厚人诗必庄重，倜傥人诗必飘逸，疏爽人诗必流丽，寒涩人诗必苦瘠，丰腴人诗必华赡，抑郁人诗必凄怨，磊落人诗必悲壮，豪迈人诗必不羁，清修人诗必峻洁，谨敕人诗必严整，猥鄙人诗必萎靡。”此话虽说多多少少有些绝对，但，文章千古事，得失寸心知，言为心声、文如其人，乃为文之道，也是为人之道，终归是有相当道理，也应该明体达用，一以贯通的。李一鸣老师的作品，气象博大，景象辽阔，气以实志，志以定言，在真性真情中吐纳英华，特别是其中的历史、文化散文，走云连风，行气如虹，给人一种大河前横、吞吐八荒的感觉。譬如，《神意于人间的见证》置身于人类历史文明的演化过程中，火如何改变了人类的历史，又如何威胁人类的生活。如此一来，火就具有了哲学意义的悖论审美，令绵绵神意，在人间有了最为深情庄严的见证。《夜宿淮安》，眼见一河大水，从遥远繁华的京都穿过津门、燕赵大地、齐鲁山水，漫然而来，又默然南去，奔向吴越古道、江南水乡。大河之上，商船云集、千舟往复，纤夫拉纤、船夫摇橹，飞虹卧波、不分昼夜。由其美自知的汤包，到软嫩柔滑的文思豆腐，到一座座酒楼饭庄、一间间面馆饼铺、一个个熏烧摊、一条条叫卖担，再到清淮八十里、临流半酒家、青旗沽酒舫、红板卖鱼船。然后由饮食而文化，枚乘、杨万里、李白、韩信、梁红玉、吴承恩、关天培、周恩来等等，无数的人与事，来了，又去了，唯有一条襟吴带楚，淡烟斜日的大运河，就这么在历史的长河中沉沉着着缓缓地流着，饱含秋天的水分，漫漶在一片秋日的金黄里。《万山的行板》中，饱含历史沧桑的巷道，坑壁遍布，记载着几千年来万山人艰难寻找赤丹的记忆。《鸣世章丘》，章丘，以泉鸣世，以大葱鸣世，以铁锅鸣世，以文物鸣世，更以李清照、张养浩、房玄龄、刘敏中、李开先、李慎修等无数人的俊彩星驰鸣世：如果说泉是章丘的禀赋，赋予这座城以灵性；物产是章丘精神的外化，辉映着这座城的品性和韧性；文物作为章丘历史的记忆，积淀着这座城的根性；那么心地坦荡、耿介忠直的章丘人，即是这座城的灵魂，也是章丘鸣世的根本。大既有小矣，小既可大矣，即便是一只小小的《蟋蟀》，也是跳动在宁津的大地上，在历史中，在现实里。

腹中天地宽，常有渡人船。作者无论是写亲情、友情，还是爱情，无论是写山川大地，还是历史人文，无论是写自身生命的成长与历练，还是写恩师、同学、同事的风吹雨打、人生际遇，都“把一颗心掏出来给读者”，把“庸常的深渊变成神话的巅峰”，在朴素中见旖旎，细微处见深情，尘埃处见宏大，卑微处见伟岸。事事物物，一草一木，在风居住的街道，一直在路上的那些人、那些年、那些地、那些事，皆似白云初晴，幽鸟相逐，又如春风拂面，明心见性。那些翠绿的、柔软的、温暖的风，同样会一直在头发里、在衣袖里、在烟霞里、在心坎上、在人世间……有着自己独有的形状、颜色、气味、姿态、声音，有着自己独有的情感、态度、立场、意味、形式。

“闭门即是深山，读书随处净土。”清张潮在《幽梦影》里说，读经宜冬，其神专也；读史宜夏，其时久也；读诸子宜秋，其致别也；读诸集宜春，其机畅也。而李一鸣老师的这本散文集《在路上》，却挺适合一年四季，又岂止一个四季，随时随地，反复阅读，透过字里行间，读出天地静美，读出内心素净，读出面对大地的心灵倾诉，读出诗意栖居的精神维度，读出寂然凝虑的生命体验，读出苍老后复又年轻的内在意蕴，读出内心深处的“远山如黛，万木葱茏，风光旖旎，美不胜收”，读出生命在路上的不惧风雨，日夜兼程……

一场春雪，终究，很快化了。

春华秋实，坐在春与秋之间，听群山呼吸，万物静观皆自得。

苟日新，又日新。遇见，读到，从此就有了不同。

五更惊觉家山梦

清明前后，雨天雨地的，我在沅陵马底驿乡下老家，就着乡村的风声、雨声、鸡鸣声、狗吠声，细细读完王跃文先生的《家山》。许多溜熟的人与事，活跳跳从字里行间奔出来，既磅礴，又细微，且硬梆，复柔软，各样的人物命运、声音气息、味道调性，风雨苍黄的温情暖意，劳作生息的精神谱系，全都随着绵密醇厚的烟火日常，揉面团似的，放心落意地从沙湾村边的那些枫树、樟树、泡桐树、乌桕树，红的红，绿的绿，黄的黄，五彩斑斓地漫下来，从娘井流入儿井，从儿井又流到天井，从天井流出窨子屋老宅，通到万溪江，如此绵绵滔滔，川流不息，直奔长江东海，最后洇入每个人的心田。

奇妙的是，每天夜里，我似乎都能听到梆老倌齐岳的梆声，然后是纺车吱吱地响，燕子亮亮地叫。小说从开始到结束，无数次写到梆声，从一更到五更，从年初到年尾，从清末到民国初年，再到中华人民共和国成立初期，梆声俨然成为小说的声线经纬与情绪节奏，成为乡村生活的良俗秩序与意义符号，成为乡土文化的有声传递与故园情感起伏的明快旋律，让人读罢小说，仍然余音绕梁，寂寂响起。

“嘴是两块梆，一敲管全乡！”梆老倌齐岳在沙湾无疑是个很小很小的角色，一家三代都在沙湾敲梆打更，爷爷手上靠着祠堂外墙搭了几间偏厦。多少年过去，一直还是老样子，年年雀儿现窠叫，按沙湾人的说法——就是兴旺不起来。手脚勤快，嘴巴子多，村里人都说他日里夜里都敲梆。除了夜里敲梆，平常要么在租来的十余田地里干活，要么在豹子岭巡山，做禁长，短衣少食的，后来，因为收留了一个快要被冻死的女叫花子，终于有了两个儿子——有续、有统，一年到头苦巴巴地活，因为人微言轻，在村里上不了台面，说不上什么有分量的话，反而特别喜欢唧唧喳喳地说话，嘴巴子不会锁得天紧。

然而，正是在沙湾的梆声里，豹子岭同村子隔着宽阔的田野，田里长着麦子和油菜，山上有很多野物。东边的齐天界不远不近，隔着万溪江，山重着山，起起落落，没入云天。日头偏西时，天边飞着云霞，田野一片青黄，田里做事的人，有扛锄头的，有担箢箕的，有赶着牛的，三三两两回家。到了晚上，云朵扫着月亮，地场坪时明时暗，围墙上爬满了丝瓜、南瓜、冬瓜、蛾眉豆，都在露水中散发着清香，萤火虫四处飞来飞去，满田垄的蛙声沸沸扬扬。万物有声，万物有情，万物有灵，万千的风物人事都在大地的泥土中隆日隆夜地生根、发芽、开花、结果。

“大字墨黑黑，小字认不得”的桃香打赢了人命官司成为乡约老爷，泼辣犀利的四六八句远近闻名；有打功的四跛子修权跑起来火火的，因为两个家族械斗，万般无奈，手起刀落剁了外甥德志，最后又把自己与桃香生的第二个儿子拜赔给姐姐，姐弟终得和好如初。乡贤佑德公作为沙湾的灵魂人物，仁义守礼，德高望重，信奉老规矩，却并不迂腐斥新，经历掩护红军家属、捐谷劳军、带头抗税等各样的世事，始终有自己本能的良知与良善的抉择。逸公老儿作为前清县令，解职回乡后，既恪守传统礼法，却又将三个儿子送去东洋留学，有着浓重的家国情怀。做人硬棒打功厉害的放公，胆小爱贪便宜的达公老儿，吃橘子不晓得分瓣瓣的扬高，晓得分瓣瓣的扬高儿子修岳，满腹经纶、矢志不渝修水库的扬卿，兴办学校、抗战报国的邵夫、贞一，沉潜隐蔽、果敢勇毅的齐峰、瑞萍，明智仗义的克文，浪子回头金不换的五疤子有仙，既是村长又是道士的修根，死于非命的知根老爷齐树，宽厚仁俭的福太婆，端庄虚怀的容秀，清澈俊秀的云枝，出家为尼的月桂，勤快灵泛的有喜等等以陈家五代人为主的近百个人物，所有的爱恨情仇、荣辱悲欢、生老病死、新旧冲突、内忧外患、波谲云诡、沧桑变化、溃败救赎、浴火重生，都在貌似平淡无奇、枯燥单调的梆声中静水流深似的轮番上演。

小说中第一次梆声响起的时候，四跛子剁了外甥犯了大罪，放公老儿发了大脾气骂人："我长日交代你，越是有打功的人，越要有忍让之心，你就是不听！"四跛子夜里数着更数，听着梆声："亥时二更！孝顺父母，尊敬长上。和睦乡邻，教训子孙。各安生理，毋作非为。"四更刚过，其姐喜英带着男人祖贤和双胞胎弟弟祖明抄了扁担，七死八活地哭喊着到了四跛子门前，要剥四跛子的皮，并发誓从今往后屙尿都不朝沙湾方向。沙湾村与舒家坪的事，结果却演化成姐弟两家之间的生死危情。

第二次梆声响起来，正是邵夫牵了毛色油光水亮的大马回来,双腿跪着朝老爹磕头,磉墩岩上尽是水珠,妹妹贞一想外出求学以至绝食,福太婆摸黑对邵夫放话:你要是把妹妹带出去读书,你也不要归屋了！此时,马日事变,城里机枪乱扫,人们四处逃散,像被竹竿乱赶的鸡鸭,社会急剧动荡,人人无法置身事外,又当如何各安生理?

然后是佑德公因为赋从租出的事儿见过新任县长李明达回来,“坐得黄包车,颠得屁股肿”,福太婆每回夜里听到鸡叫头遍,就像是替代邵夫拜堂成亲的那条戴红花的雄鸡在叫一样,总觉得屋里会犯了哪门煞星，于是佑德公寻思替五云寺再雕一尊观音菩萨,以祈福祛灾,并允许村人在自家山上剁柴。只是,隐隐觉得,不是自家屋里出事,而是这个世道出事了。梆老倌刚吃过夜饭,便急急地在外敲梆:“今日一更天,传个大喜讯。豹子岭上柴,家家可以担。干柴随你捡,大树不准砍。杂树茅草柴,任你担不完。搭帮佑德公,下凡活神仙！”

当心怀壮志的扬卿与父亲逸公老儿正商谈修建千秋功德红花溪水库的事儿,齐岳敲着梆声从屋外走过,边敲边走边喊:戌时一更！孝顺父母,尊敬长上。和睦乡邻,教训子孙。各安生理,毋作非为。听得逸公老儿笑了起来,说:“齐岳这个梆老倌,我回回听着是胡作非为。小时候听他老头儿喊也是胡作非为。也不晓得他家喊了几朝几代的胡作非为了。”时光如白驹过隙，世事如白云苍狗,许多时候,胡作非为的并非某些个人,更多的是世异时移的晦暗时代。

当梆老倌帮修根屋打禾，修根老儿赶麻雀，东边起来西边落，快一更了，很是着急地匆忙扒了几口饭，虽然嘴巴子喜欢乱讲，但敲梆打更是乱不得的，三皇五帝定阴阳，不能乱了时辰，于是村头村尾，又响起了惯常恒久的梆声。梆声里，一只雄鸡管一乡，一只鸭公管一江，遇人遇事，换个方式，裤裆底下打望，天宽地阔。

已是大年三十，家家户户把煮好的柴头肉放在茶盘里托着，先端到土地庙烧香、烧纸、作揖，再回到神龛前烧香、烧纸、作揖。除夕夜里，人们在火塘里烧着炭火、守着岁，很快就又听到齐岳的梆声："三更梆出，癸酉岁除。鸡鸣狗叫，甲戌将到，新年新时，吉星高照！"很快天麻麻亮后，人们在茶堂屋忙前忙后，有的提着礼信去拜年，点炮仗的，舞龙灯的，打哦嗬的，看热闹的，众声高喊"龙灯眼鼓鼓，今日进王府；龙灯尾巴翘，女贤男儿孝；龙灯高抬头，儿孙封王侯！"人们上上下下，进进出出，一派宁静祥和的热闹景象。

"逢赤必诛，斩草除根，赤匪红属，断子绝孙"的血雨腥风、白色恐怖时期，齐峰与佑德公急中生智将十一户红军家属秘密送至凉水界，刚走到下头院子，就听得梆声：四更梆出，天地清寂；再困一觉，明日早起。

如此这般，每当剑拔弩张，风云突起的紧要关头，在密不透风的窒息处，在缓不过气来的紧要时，总有安闲平静的梆声划破死寂的夜空，别有深意地响起来。小说中最后一次梆声响起时，正是齐峰、克文起事，即将迎接解放，齐岳的梆声敲了起来："敲起五更梆，快要大天亮；半夜黄狗叫，沙湾起兵了；楚河分汉界，剑起双面锋；叔侄要搞赢，高香求祖宗！"

王尔德说:“每个圣人都有过去,每个罪人都有未来。”前人兴起,后人跟起,有对,也有错,有守正,也必得有创新。梆声里,沙湾人的乡脚越走越宽,虽然日子如草鞋没样,边打边像,但做人做事,总不愿难为别人,困眼闭也好,栽眼闭也罢,凡事既不忘怀了老规矩,又不惧向外向前看。下马田,上马塬,村里村外,恪守着自己特有的礼仪、规矩与尺度,纵然,所有人的命运,自己并无法被自己完全掌握,甚至无常得很。有时,真的如“乡村典故”里的满叔赢官司——越是赢得彻底,越是输得惨烈,越是温良恭俭让,越是“五疤子捡宝”,被人不识好歹。然而,触目之际,家国山河,一枝一叶,家山情怀,就如有喜担着抱鸭蛋出门,一路听着小鸭哒哒地啄开蛋壳,一路听出壳的小鸭欢欢地叫,又何尝不是一种坚韧温情的自恰自怡,一种生于斯、长于斯,生生不息的烟火赓续。

俗话说,木匠看凳脚,瓦匠看瓦角,泥匠看墙角,裁缝看针脚。梆声只是村庄里很小很弱的一个声音,然而,王跃文先生却将这样一个细微的声音恰到好处地置于他的鸿篇巨制之中,穿针引线,让它成为特有的节点,让整个乡村社会结构、伦理道德、经济模式以及一方水土的精神谱系,充满王维式夜静春山空的《鸟鸣涧》与杜甫式艰难苦恨繁霜鬓《登高》的意味。小村庄、大历史;小细节、大立意;小人物、大性情;小风俗、大民心;小是非、大原则;小声音、大旋律;小褰挟、大尊严;小柔弱、大力量;小纯粹、大灵魂;小庸常、大史诗。各样的命运起伏,各样的人生境况,各样的苍翠秀润,各样的动静巨微,尽在子丑寅卯的梆声之中,不动声色,且意味深长。

的确，乡村是最大意义上的中国，真正优秀的作家是用密码来写作的。《家山》专注于日常化写作，在柴米油盐、耕织劳作的日常生活中写出时代的风云与嬗变、乡村的肌理与根魂、人性的温暖与善良、生命的悲喜和坚韧、命运的偶然与必然、价值的固守与异化、意义的追问与理解，深得中国传统叙事文学的精髓和神韵，是一部在人物塑造、细节捕捉、方言运用、情境营造、场景描写、氛围烘托、气息调配、味道烹制等方面匠心独运，获得巨大成功的作品，其方方面面自有众多的评论大家与读者去品评言说，会有时间终极意义上的尘埃落定，自然不需我在此赘言。“击木柝，劝呼备火”的梆声，我只是觉得它如同乡村的摩斯密码一样，意味着乡村生活的节奏和秩序，传递出乡村生活的信仰、习俗和传统，连接着乡村生活的过去与未来，伦理情谊，人生向上，差序格局，参差映衬，平添人无限的沉思、眷恋、意蕴和慰藉。

因为再黑的夜，只要五更的梆声响起，天一定就快亮了。

跋

有关父亲的时辰

大端午，扒龙船时，我回了趟老家。父亲蜷缩在杂乱的书房里，正埋头写他的《大地时辰》。见我回来，父亲立起身，说，你回来得刚好，这部散文集的跋，就交由你这个典型的理工男来拉扯几句。

我一时有些惶恐，惴惴然，却又不便推辞。心想，父亲当年要我做"理工科中文科最好的"，现在莫不是到了考核检验的时候？大约，简直，一定是这样子的。

父亲的文章，我倒是看过不少，准确地说，我常常是他文章的第一读者。因为，他说过，他的许多文章是写给我看的，以便让我能了解自己的父辈，以及他曾经所处的那个时代，让我知晓，彼时彼刻，他是怎样看、怎样想的。他常常会将写出的初稿，第一时间发给我，要我看看，是个什么感觉。他不在乎别人的评价，只在乎我的感觉。说句实在的，父亲读书时，最拿手的倒是数理化，语文成绩向来不好。只是后来，在村小教书，无可奈何，只能参加汉语言文学自学考试，凭着毅力与坚持，先后完成了专科与本科学业，累积了厚实的功底。再后来，做电视，写电视专题片，竟然在全省全国拿了不少的奖。

父亲在他那个年代，算是个一往无前的自强不息者。做教师，从村小老师做到中学校长；做电视，从普通记者做到电视台负责人；做教研，从基层教研员做到全省基础教育数字化项目评审入库专家。他在很年轻的时候，便评上了副高职称，对教育有着近乎本能的热爱。写作，于父亲而言，只能算是本职工作之外的偶尔为之。然而，即便是这样的偶尔为之，却也“为”得独具一格，不浅薄、不庸俗，行云流水，雅韵盎然，既烟火日常，又洒脱深邃，洋溢着生活的静水流深与生命的昂扬奔腾。

大约是四年前，小雪过后，天冷得十分刻薄。爷爷病重，父亲心情杂乱而沉重。我回来陪护爷爷，心情同样杂乱而沉重。想到亲人故旧的离去，一场场葬礼上，有人哭。有人因为身边麇集的人哭了，便也跟着哭。也有人不名悲伤，犹疑着是否该哭。人就是这样，以己哭为始，以他人泣作结。

后来，我想想，自己记忆最深刻的是外公的葬礼。事实上，我也只正式参加过那一次葬礼。老家的风俗是人死之后要守七天的夜，老人寿终是白喜事，按风俗，灵棚里座席鳞次铺开，羊头猪肉，雾气缭绕。乡村专治丧事的乐队锣拔齐鸣，伴着斗破苍穹的鞭炮声，蜜糖引蚁般招来一波波乡党前来吊丧，人来人往，不可断绝。

头七那天，我去见外公最后一面。因为年岁尚小，向来是没人牵制的小孩，坐在三舅家的门槛上翻一本陈年老书，不用被派去端茶倒水，打烟唱喝，很是幸运。偶尔瞥一眼堂屋门前满地的鞭炮碎屑和酬酢正酣的宾客，嗅到空气里缓缓流动着的食物气息，像是冬天里的油脂，一点点凝住。家人一直忙东忙西，不得休憩，直至夜幕降临，人声渐阒。好像是为了延续白昼的车马喧阗，余下的人三五成群凑上几桌麻将，赌点小钱尽兴。灵棚上拉起的简易灯下，飞蛾扑转，人影昏黄不定。

我几乎是要睡去了，可不觉又望了一眼堂屋。外公就躺在那里，他听不到外面的许多热闹，更做不了许多热闹的事。葬礼上的人气，是为了让人离开的时候不显寂寞吗？我以为，活着的人才会觉得乏味，这正应了伊壁鸠鲁的话：“死，不是死者的不幸，而是生者的不幸。”

入夜临近十点，众人要围着棺椁转经，负责超度的师傅发了一条红绸子让我们擎着。我们随着他念的莫名的咒走动起来，不知走了多久方才停下。旁人叮嘱我别哭，可是我并没有哭的想法，只是想到外公再也听不到我给他讲罗通扫北、薛仁贵征东了，忽而有点怅然。转完经后，我去神龛前同兄弟们一起跪着，磕了几个头，出了一会儿神，回到房间沉沉睡去。外面的一切，就此与我无关。

我虽从小怕死，怕死以后吃不到麻辣烫，看不了动画片，连三国群英传都玩不了，但能在很小的时候，了解到逝者因生者得以继续存在的道理，至今我仍感激。正应了岁月神偷里的那句“人总得信点什么”。是的，不管信的是什么，同命运相搏，脆弱一方的人总能拿出些许凭借，以此应对这芜杂纷繁的世界。

古人云：“黯然销魂者，唯别而已矣。”别离分两种：暂离之态，永诀之情。暂离之态，如送杜少府之任蜀州的挚友，如“晓风残月，此去经年”的恋人；永诀之情，则似巫山沧海，明月松冈。我是未经历过大喜大悲的人，过着最平常的日子，家人大多安好，彼此相安无事。朋友有聚有散，聚时开心，离时不以为意。而父亲可谓见惯生死，故旧至亲的生离死别，他都经历过。止庵在惜别中写道：“逝者未必是最不幸的。”那么从某些角度来说，有时候，他甚至是不幸的主要承担者。旁人悲戚时，父亲常在为各种后事忙碌，无言的他显得镇定自若，可能这是男人应有的表现。然而我明白，他从来都不曾看透生死，脸上一副坚不可摧的样子，骨子里却是个感时易伤的人。老妈也一样。我经常感到这世界还不坏，至少还没坏透，全因了与他们生活过一段时间的缘故。

临近岁末，已经发生的一些事情却不好，有长辈的离开，也有好友家中突发的变故。我看见有人泣不成声，知道有东西在他们心里飞速坍塌，也有东西如泉涌般释放。如纽约特鲁多医生墓志铭中说的：“有时治愈，常常帮助，总是安慰。”作为局外人，我常常选择坐在一旁，陪伴他们度过那些时刻，我知道要度过那些时刻不容易，与其故作坚强，倒不如痛痛快快哭一场。

毕竟，时间可以用来消弭悲伤。毕竟，人时已尽，人世很长。

之所以说这么多题外的话，我只是感觉，天地人伦，事事物物，得失荣枯，生死轮回，这大抵就是时辰。是外公的时辰，是父亲的时辰，也是我的时辰，是大地的时辰，也是万事万物的时辰。

过了天命之年，父亲活得慈柔而寡言。头发少了许多，鬓角白了许多。我看着父亲，心里突然有些酸楚。

舍不得他老，应该不算是良心发现。父亲总在翻旧照片时，夸赞自个儿年轻时的样子好俊俏，真真可以晃晕了丫头的眼。我出了奇地不顶他，不像平常那样开句无伤大雅的玩笑，讽刺一下中年人的心态。理由是，老照片上弱冠之年的他，的确长得一副剑眉星目，瘦削的脸上虽尚有几分幼拙，但止不住的英气从电脑里呼之欲出。他喜欢梅尔·吉布森时，我说自己也是那位的粉丝，他便傻呵呵地在脸上绽一朵笑。英雄迟暮、美人褪颜的事多少让人怅惘，没人会喜欢老了的史泰龙吧，但我永远例外。

由于年代久远，那时候的人，到现在不会剩下几张年轻时的照片，当然，也可能原本就没照过几张。和现在满大街自拍比较，这也是他常说的在那个"摩登年代"里的遗憾之一。

父亲十八岁开始挣钱养家，在一个僻远的乡村村小里教书。那时教师资源紧张，这种类似于支教的际遇，在他那届的师范毕业生里却是独一份。他曾三分正经、七分玩世不恭地打趣说，如果不是热爱生活的人，仅仅从生存出发，那是份相当没有希望的工作。

多年以后，他写了两本集子，叫作《醒着的灵魂》《河流在人间》，里面很多的故事，是那段艰苦寡淡、寂然无畏的教书匠生涯的剪影。我可以像听"说岳"一般听完他的有关河流人间、简上迁陵、瓦乡人家、乡居笔记的传奇。对我而言，这与他集子的读者，谈论的人生意义抑或是所受的贫苦教育无关，事关他的青春，他已经逝去的年华。我也不是他唯一的读者。他有恩于我，是养育之恩，我时常感念他的青春，不是为了同他一起缅怀过去，只是为了提醒自己，我是他青春的延续，要对得起他曾经一脸的帅气。

我舍不得他老。说他老了麻烦多多，还得人伺候，自己要是还有自卑心理，那得多可怜。心理阴暗的时候，真会这么想。忘了自己是怎么活到现在的,以为无所不知就挺像个人的。

他毋庸置疑地正在老去,我安慰说,只是年纪大了,不是老了。可是,人不能违背自然规律,我能看到一些病痛在他身上初现端倪,我也早能预想到一个人坐在椅子上,动也不能动,像歌里唱的"我要抱着你"的情形。

现在的他,虽已过天命之年,时不时地仍和我嘻嘻哈哈,称兄道弟,干着很多的事,为当下的教育担忧,甚至愤世疾俗,有时还想回到讲台上课,呼吁教育要回归常识与本质。我也不知道他过得是充实还是疲累。曾经多少次想,他大概不了解我,从来也没想过我是否了解他。他大概算是个有理想、有抱负的人,别人评价他众口一辞,说他不混日子。如果是装的,那五十多年的演技还真不是盖的。我只知道他爱好摄影,喜欢拍盛开的花卉,每年冬天都会耐心地等待下雪,拍一拍积雪的老房子,或找个好视角取个纵深拍个远景,那都是极好的。为了生存,为了抱负,他一直在努力生活。

读大学及参加工作后,我和他在一起的时间少了很多,常见面第一句话是对他抽烟的警告,他说不能管得这么紧,幽幽地。我不置可否。

他向来理解别人,我也学着去理解他。

我和他之间从来就没什么好说的,我不想他老去,他则期望我长大,是汪曾祺说的"多年父子成兄弟"吗? 我不记得了。

只是希望他开心、健康,哪怕有时候骗骗他——我真的不是梅尔·吉布森的粉丝。

大凡被生活精打细磨过的人,没有不被驱赶着奋勇向前的。从书中五个小辑中，我看到父亲正俯下身来，和一簇簇旷野的草茎交换名姓，把脚下方寸皲裂的泥巴拧成自己的疆域，收容无依无靠的清风白云，把每个细小的瞬间都当成浩大的遗址，让午后的阳光,把一个个生命改变成一种种命运。

子在川上曰:逝者如斯夫,不舍昼夜。的确,没有一种不幸可与失掉时间相比的了。即便,既像诗篇又像哲学的日子越来越少,然而父亲的骨头,总是最硬的,他不会将穷困看作人生的羞耻,而认为这是上天所能赐予他的最慷慨的奖赏。他一路走着、晃着,看透诸多表象，不断深入另一种迷雾笼罩的存在，直捣时光深处的精髓要义。哪怕没有一个人同行,没有一个人喝彩,他也愿意在一个人的深渊里,用一个人的张灯结彩,去努力发现人、事、物的美好,哪怕在时间之外,历史之外。

黑格尔曾说:“密涅瓦的猫头鹰要等黄昏到来时才起飞。”如果,一个人想知道其中的奥妙,就请读一读《大地时辰》。再卑微的骨头里也有山河故人,他书写了他们,他们也将他书写。每一行文字里,都有家门前寂静的夜,夜里有时光的荒烟蔓草,有渺小炽热的生命,有一切皆有可能的期许。我看时,常常如一首诗所言:“我不得不有意抬高视线,因为,我怕一低头,眼泪就会流了出来。”

存在就是被感知。惊喜之后,还是惊喜。看看,想想,这是多好的事情。

张一冲

二〇二四年九月于长沙

后记

既在其中，又在其外

不再年轻的时候，每次，我都是倒退着回到老家的。从山那边的遥远，退回到阡陌交通的眼前；从小径分岔的道路，退回到踉跄蹒跚的脚步；从数字编码的身份证，退回到炊烟喂养的乳名；从英气勃发的眉眼，退回到满脸平静的皱纹。

每次回家时，肥沃的月光都堆成了山。暮色中的事物，缭乱着，东来西往，南下北上，有时越来越近，有时又越来越远。站在屋门口的坪场，我一次次后退，一次次端详，不烦不躁。总觉得，多多少少有些必要，投石，问路，打草，惊蛇，将既在其中的生活逐一唤醒。或许到了某一天，一些被雨水吵醒的人与事，会闪着嫩绿的光泽，既不疲惫，也不厌倦，忠实庄严，吆来喝去，蓬勃向上。苍天在上，每一处埋首人间的感念与疼痛，并非来历不明，它们一直会在某个既定的路上，有着自己的出处，自己的路径，自己的方向。要么雾失楼台，一地鸡毛，要么风雨驱驰，身不由己，要么浩荡磅礴，热泪盈眶。

许多回，我在老家那株早已死掉了的苦楝树桩旁，有事无事地走来走去，像是在寻找大地上的某个时辰、某种东西、某处意味。侧耳谛听，我似乎听到了门前流水的敲击声，溪边水草的摇曳声，屋后柿树的呼唤声，以及风的沙沙声、云的漂浮声，这些声音仿佛都在隐隐地倾诉着什么，又似在感叹着普鲁斯特的感叹："真正的天堂是失去的天堂。"默神良久，显而易见，再细小的世间万物，都会被幽囚在自身生命的时辰里，未来姗姗来迟，现在像箭一样飞逝，过去永远静立不动。

在村庄，风一吹，月亮一照，村庄里每一个全新的旧日子，都历历在目，屈指可数。一些人，从村前的马路走出去，一些事，从屋后的田埂走回来。前前后后，来来回回，每个人，每件事，无论愿不愿意，最后都一遍又一遍，成为村庄的一部分，辽阔而幽远，微弱且深情。

或许，是因为做村小老师时，就着煤油灯读过一些乱七八糟的书，在长满狗尾巴草的溪边识得一些横竖葱郁的字。再后来，又做电视，做教育科研，做专职督学，对诸多风物人事有了幽微切身的生命体验。又或许是活得略略有些久了，慢慢看得有些多了，连骨头都想隐隐发芽。于是开始提笔写些自不量力的文字，关乎一些回溯，一些看见，一些敬畏，一些深情，一些叩问，一些救赎，一些后来的光阴，一些朴素的美德。

《大地时辰》在地域审美观照的基础上，辅以较为深邃开阔的人生思考，横处拓宽，纵处掘深，以"大地"这一空间概念为经，"时辰"这一时间概念为纬，深耕地域文化，叙写这片土地上生生不息的人、事、物，于遍地经纬中，呈现别样的喜怒哀乐、悲欢离合。凭借个性化的深呼吸，不断抵近与融入这块土壤，探寻生活与生命的繁杂命题。以置身其中的生活态度，呈现生命现场，映照生命立场。既不慌张，也不潸然，从从容容，大大方方，以小见大，见微知著，探赜索隐一些独有的乡土生活，钩沉致远一些时光里独存的生命形态。通过对沅江、酉水这片流域的回溯与发现，用多元的叙事文本，启智启美，叩问沉思，入乎其内，出乎其外，呈现生活的原初、原在、原乡，以及必然会至的光芒。

风怀其中，灿灿不已，旷野中总有深情。放眼望去，坡坡岭岭，一堆堆的浅黄、深绿，或浓或淡，有疏有密，大地的角角落落里，各样的生命，密密匝匝的，尖尖细细的，挤挤挨挨的，蓬蓬勃勃的，悄无声息地存活一处，各自安静，各自欢喜。你以为的，通常不会到来，你想不到的，往往又会不期而至。

许多的时光，或已辜负，或待辜负，只是，故乡之上，还有故乡，很多事物披上卑微的袈裟，咀嚼悠远的时光，需要亲近，也需要远离。独处一隅，苍茫的月夜，这么远，那么近，一岭岭风中喊疼的树，可以被忽略，可以被忘记，却无法被消逝，被虚拟，因为，它早已准备好银晃晃的枝条，供万物栖息。

在此，特别感谢百花文艺出版社，感谢编辑老师们的倾情付出，感谢所有给予过我帮助的人！

张远文

二〇二四年九月于沅陵